Ce que je sais de Vera Candida

Du même auteur

Le Sommeil des poissons
Le Seuil, 2000 et « Points », n° 1492

Toutes choses scintillant
Éditions de l'Ampoule, 2002
« J'ai lu », n° 7730

Les hommes en général me plaisent beaucoup
Actes Sud, 2003 et « Babel », n° 697
« J'ai lu », n° 8102

Déloger l'animal
Actes Sud, 2005 et « Babel », n° 822
« J'ai lu », n° 8866

La Très Petite Zébuline
(illustrations de Joëlle Jolivet)
Bourse Goncourt du livre jeunesse
Actes Sud Junior, 2006

Et mon cœur transparent
Prix du livre France Culture-Télérama 2008
Éditions de l'Olivier, 2008

VÉRONIQUE OVALDÉ

Ce que je sais
de Vera Candida

ÉDITIONS DE L'OLIVIER

ISBN 978.2.87929.679.1

© Éditions de l'Olivier, 2009.

Le Code de la propriété intellectuelle interdit les copies ou reproductions destinées à une utilisation collective. Toute représentation ou reproduction intégrale ou partielle faite par quelque procédé que ce soit, sans le consentement de l'auteur ou de ses ayants cause, est illicite et constitue une contrefaçon sanctionnée par les articles L. 335-2 et suivants du Code de la propriété intellectuelle.

Prologue

Le retour de la femme jaguar

Quand on lui apprend qu'elle va mourir dans six mois, Vera Candida abandonne tout pour retourner à Vatapuna.

Elle sait qu'il lui faut retrouver la petite cabane au bord de la mer, s'asseoir sur le tabouret dehors et respirer l'odeur des jacarandas mêlée à celle, plus intime, plus vivante, si vivante qu'on en sent déjà poindre la fin, celle pourrissante et douce de l'iode qui sature l'atmosphère de Vatapuna. Elle se voit déjà, les chevilles sur le bord d'une caisse, les mains croisées sur le ventre, le dos si étroitement collé aux planches qu'il en épousera la moindre écharde, le moindre nœud, le plus infime des poinçons des termites géantes.

Tout au long du voyage en minibus qui l'emmène du port de Nuatu jusqu'à Vatapuna, Vera Candida somnole en goûtant à l'avance la lenteur du temps tel qu'il passe à Vatapuna. Vera Candida sait qu'en revenant à Vatapuna, elle récupérera son horloge. Celle qui ne ment jamais, qui ne fait pas disparaître comme par un enchantement malin les heures pleines, celle qui ne dévore rien et égrène avec précision, et une impartialité réconfortante, les minutes, qu'elles soient les dernières ou qu'elles ponctuent une vie encore inestimablement longue.

Il y a longtemps de cela, Vera Candida a perdu son horloge.

C'est arrivé quand elle a quitté Vatapuna vingt-quatre ans auparavant. Elle avait pris dans le sens inverse le même minibus que celui-ci – moins rouillé sans doute, moins rafistolé avec des tendeurs et du gros scotch noir, moins bringuebalant et bruyant, moins sale, la route n'était pas encore visible sous les pieds quand on soulevait le tapis de sol, les pneus étaient moins lisses, mais le chauffeur était le même, des grigris jumeaux se balançaient au rétroviseur, juste empoussiérés maintenant et plus ternes, la radio diffusait déjà une soupe inaudible et criaillante, une sorte de continu crachotement de sorcière.

Vera Candida est seule dans le minibus, elle n'a plus de bébé dans le ventre, mais quelque chose de moins étranger et de plus destructeur, et elle n'a plus quinze ans.

Terminus, gueule le chauffeur.

Vera Candida s'empare de son sac à dos, elle le glisse sur ses épaules, les sangles lui blessent la peau, elle grimace, se dit, C'est ainsi que je sais que je faiblis, le type la regarde descendre, il se penche vers elle quand elle est sur la chaussée :

Je vous connais ? lance-t-il.

Elle se retourne et le fixe. Il paraît gêné. Il dit :

Je croyais que je vous connaissais. Mais je vois tellement de gens.

Il fait un geste rond qui englobe la rue et les alentours déserts.

Vous ne pouvez pas me connaître, répond-elle. Elle sourit pour ne pas paraître trop abrupte. Elle sait quelle impression elle peut produire ; elle a trente-neuf ans, à cet âge on sait quelle impression on produit sur ses contemporains. Elle devine le malaise du chauffeur, Vera Candida a le regard azur et féroce, ce qui coïncide mal. Elle a, depuis qu'elle est née, toujours gardé les sourcils froncés. Il y a des gens qui ne regardent jamais leur interlocuteur dans les yeux mais juste au-dessus, sur le point le plus bas du front, et ce décalage crée un trouble indéfinissable. Vera Candida a ce genre de regard, c'est comme un muscle de son visage qui serait toujours crispé, une malformation congénitale, impossible d'avoir l'air doux et attendri. Déjà minuscule, Vera Candida ne lâchait personne avec sa scrutation, elle semblait percer chacun à jour – sans que cela fût vrai d'ailleurs, Vera Candida n'avait pas ce pouvoir, elle ne faisait que fixer les gens comme l'aurait fait un bébé jaguar. Et on n'avait qu'une envie, c'était de décamper le plus vite possible.

Le chauffeur referme la porte coulissante et démarre.

Vera Candida pose son sac, elle respire l'odeur des palétuviers, la poussière de la route, le gasoil, et les effluves du matin caraïbe – le ragoût et les beignets –, elle perçoit le jacassement des télés et des radios par les fenêtres ouvertes – il doit être sept heures sept heures trente, estime-t-elle –, le ressac de la mer en arrière-plan, un chuintement discret, elle reprend son sac et traverse le village, se dirige vers la cabane qu'elle a quittée vingt-quatre ans auparavant.

Il y a un snack à la place.

Une baraque en tôle cadenassée. Vera Candida s'approche pour jeter un œil à travers la porte vitrée, les relents persistants de graillon lui rappellent l'état de son estomac, elle se sent nauséeuse, elle jure entre ses dents, Putain de putain, elle s'attendait de toute façon à ce que la cabane en bois ait été rasée, c'était couru d'avance, elle le savait, n'est-ce pas, avant d'avoir entrepris le voyage, alors pourquoi a-t-elle entrepris ce voyage, elle entrevoit des tabourets retournés sur les deux tables et un comptoir bricolé avec du bois de récupération, elle s'assoit sur son sac et reprend son souffle, elle croise ses mains devant elle, voit ses doigts se superposer les uns aux autres, elle pense à ce que charrie son sang, elle pense à son corps qui déclare peu à peu forfait, elle a la tentation de se laisser aller à un désespoir tranquille. Elle ne se sent pas si mal, elle se sent juste en proie à la fatalité.

Pssst, entend-elle.

Elle lève le nez et aperçoit sur sa gauche, à travers le grillage, une petite vieille, les doigts accrochés au fil de fer, debout dans son jardin pelé, qui lui sourit d'un sourire de nourrisson édenté.

Pssst, répète-t-elle.

Vera Candida se remet sur ses pieds et se dirige vers la vieille, soupçonnant que la voix de celle-ci ne pourra venir jusqu'à elle, elle s'approche tout près de la vieille femme qui porte des breloques brillantes autour du cou, des médailles surdimensionnées et des sautoirs en strass, on dirait un catcheur, elle a l'air d'avoir sorti la totalité de son coffre à bijoux et enfilé tout ce que ses cervicales peuvent encore endurer, elle a un œil morne et un œil pétillant, elle semble avoir cent-dix ans. Vera Candida regarde les doigts de la vieille accrochés au grillage comme des griffes de serin, elle dit, Bonjour.

Tu es Vera Candida, rétorque la vieille de sa toute petite voix. Elle toussote et ajoute, Ta grand-mère m'avait bien dit que tu reviendrais.

I

VATAPUNA

Les deux métiers de Rose Bustamente

Rose Bustamente, la grand-mère maternelle de Vera Candida, avant de devenir la meilleure pêcheuse de poissons volants de ce bout de mer, avait été la plus jolie pute de Vatapuna.

Répudiée à quatorze ans par sa mère parce qu'elle n'était plus vierge, Rose Bustamente avait vécu chez des cousins sur les hauteurs de Vatapuna. Les cousins en question étaient ceux dont les fils avaient fréquenté d'un peu trop près Rose Bustamente. On n'avait pas su si c'était pour cette raison qu'ils l'avaient accueillie chez eux. Ils l'hébergèrent pendant quelque temps avec une sorte d'indifférence fruste comme si elle avait été une biquette de plus.

Rose Bustamente avait fini par descendre à Vatapuna et faire ce que sa mère avait prédit qu'elle ferait : elle s'était mise à son compte dans la cabane, aujourd'hui transformée en snack miteux. Ses clients pouvaient baiser avec elle pour une somme raisonnable en écoutant la mer qui toussotait sur la plage tout devant, à l'abri derrière la portière en capsules plastique multicolores.

À quarante ans, se considérant trop vieille pour continuer son ministère, Rose avait cessé d'être pute. Elle ne se voyait pas travailler exclusivement de nuit pour ne pas effaroucher le chaland et n'imaginait pas se faire toute petite sur sa paillasse afin que ses rondeurs amollies passent pour des plis du drap. Elle s'était acheté une barcasse, une épuisette et un chapeau à large bord et s'était mise à pêcher les poissons volants (ou plutôt à les attraper comme s'ils avaient été des papillons) pour les vendre au marché le mercredi et le samedi. Elle était habile, délicate et dure à la tâche, toutes qualités qui lui avaient fort servi dans ses deux métiers.

Jusque-là Rose n'avait pas eu d'enfant parce qu'elle ne le pouvait pas, ce qui avait été bien pratique. Elle trouvait le monde assez instable et violent pour se réjouir ouvertement de n'avoir pu enfanter.

Très peu pour moi, disait-elle, assise à son étal sur le marché, à une ou deux vieilles commères près d'elle qui lui enviaient ses poissons volants et les bracelets qu'elle portait au poignet. J'ai le ventre sec et la vie plus simple. Et les vieilles acquiesçaient en la plaignant et en la jalousant tout à la fois, causant dès qu'elle avait son joli dos tourné, Elle fanfaronne mais elle est bien malheureuse, la pauvresse, personne ne s'occupera d'elle dans ses vieux jours, ni mari ni enfants, oubliant, les cousines, combien leurs maris étaient choses volatiles et que leurs enfants avaient eu tôt fait de quitter la cabane pour tenter de voler de leurs propres ailes, s'abstenant de retourner auprès de leur vieille maman même dans ses dernières heures.

Rose n'avait jamais été importunée à cause de son premier métier, ni pendant qu'elle l'exerçait ni après qu'elle l'avait abandonné. Les femmes avaient été assez naïves pour penser qu'avec une Rose au village leurs hommes n'iraient jamais chercher plus loin et elles étaient assez rouées pour lui être reconnaissantes de faire ce qu'elles-mêmes ne voulaient plus faire aussi souvent et avec d'aussi jolies simagrées qu'au début de leur mariage.

Rose avait donc eu la paix pendant des années et sa vie ne se compliqua qu'avec l'arrivée de Jeronimo à Vatapuna.

Blanche avec des ailerons

Rose connaissait déjà deux trois choses à propos de Jeronimo quand elle apprit qu'il approchait du village. Sa réputation l'avait précédé comme c'est le cas pour tous les brigands, les joueurs professionnels ou les play-boys aux yeux verts. Même dans cet endroit reculé du monde, à l'extrémité ouest de l'île, dans le village de Vatapuna, on avait eu vent de Jeronimo.

Ce fut au marché que Rose fut informée de son arrivée. On avait l'impression d'entendre parler d'un cyclone, trajet, force des vents, espoir d'y échapper, certitude de finalement se retrouver pile au centre de son œil. Rose vendait ses poissons volants sans se préoccuper outre mesure de la rumeur, elle avait mis au point des techniques d'évitement, l'air d'être là sans y être, le sourire entendu, le hochement de tête, une absence étudiée et bienveillante comme si tout cela ne l'affectait pas directement, elle aurait bien aimé certes être concernée, mais, allez savoir pourquoi, les rumeurs ne réussissaient jamais à la passionner ou à la faire sortir de ses gonds.

Dans le cas de Jeronimo, on parlait beaucoup d'argent volé, de morts suspectes et de frasques chet-set (personne à Vatapuna ne parvenait à prononcer « jet-set » et d'ailleurs aucun de ceux qui employaient ce drôle de mot ne savait véritablement ce qu'il recouvrait, ils avaient dans l'idée qu'il s'agissait essentiellement de gens qui passaient leur temps à sillonner les ciels du monde entier à bord de leur jet privé ; en définitive le terme englobait une sorte d'ennui de richard et une vie désespérante et sans contraintes). On racontait à Vatapuna que Jeronimo était protégé et faisait des affaires (il était *négociant*, répétait-on), on disait qu'il avait fait trucider deux ou trois anciens cadres du pouvoir, tout ça en chaussures bicolores, et qu'il trimballait des valises de dollars.

Imaginez comme Rose Bustamente, née pute de première main, reconvertie dans la pêche aux poissons volants, pouvait bien s'en tamponner de cette histoire de Jeronimo le détrousseur de casinos.

Jeronimo atteignit donc Vatapuna sans que Rose Bustamente eût la moindre intuition ou le moindre rêve prémonitoire. Il arriva en voiture et il aurait tout aussi bien pu débarquer en chemin de fer, tout seul dans une locomotive avec des types pour poser les traverses et les rails juste trois mètres avant la loco, et avancer comme ça pas à pas au rythme du travail de ses esclaves. Ça n'aurait pas été plus bizarre. La voiture dans laquelle il fit son entrée à Vatapuna était radicalement incongrue. Elle était blanche avec des ailerons, c'était une vraie voiture de caïd, de star de Hollywood (de celles qui mouraient étranglées par leur écharpe de mousseline dans leur décapotable) ou de gars de la chet-set.

Comment elle avait parcouru le trajet jusque-là, mystère. Mais le fait est que tout le monde la regardait, plantée au milieu du village, rutilante comme si elle venait de se prendre une averse, avec ses chromes et sa blancheur de vierge. On tournait autour, on s'approchait, les plus audacieux la touchaient, et le fils Marquez, qui était un pitre, s'adossa même à la portière du conducteur en prenant l'air désinvolte du propriétaire, cela exaspéra sa mère qui vint droit vers lui pour lui assener un coup sur le crâne, et le fils Marquez s'éloigna en riant et en hurlant kaï kaï. Pendant ce temps, Jeronimo était reçu par le maire et, on le saurait si vite qu'on se demanderait si ce n'était pas les moustiques qui diffusaient les nouvelles, il donnait à celui-ci une bonne liasse de billets pour s'octroyer le droit de planter une maison sur les hauteurs de Vatapuna, le plus bel endroit du monde, tout en haut de la liste des plus merveilleux sites de la planète.

Ainsi parlait Rose Bustamente après coup.

Elle, bien entendu, était restée sur son quant-à-soi, elle avait remballé son étal sur le marché vu que la population locale avait déserté les lieux pour s'extasier devant la voiture de maquereau de l'affreux Jeronimo. Et elle était rentrée chez elle afin de se préparer une petite friture qu'elle grignoterait, les pieds sur son tabouret, son joli cul confortablement installé dans son bon fauteuil en osier, installée sur ce qu'elle appelait sa terrasse (trois lattes de bois qui isolaient sa maisonnette du sable de la plage), le nez au vent et les yeux fixés sur l'horizon. Elle ne s'attendait pas à ce que Jeronimo vînt la solliciter si vite. Elle pensait pouvoir éviter les ennuis. Rose Bustamente était un peu trop sûre d'elle. Elle s'imaginait que, puisqu'elle ne dérangeait personne, personne ne viendrait lui chercher noise. Comment une fille qui avait si longtemps percé l'âme humaine depuis sa paillasse pouvait-elle avoir encore ce genre de naïveté ?

Elle fut donc fort surprise quand quelques jours après l'arrivée de la voiture blanche (qui maintenant siégeait devant chez le maire puisque c'était lui qui hébergeait Jeronimo), le maire en question et quelques élus fantoches vinrent la trouver pour lui expliquer que sa maisonnette gâchait la vue depuis la colline où Jeronimo avait décidé de planter sa Villa, et que, comme il était riche, impressionnant, capricieux et censément puissant, il lui proposait une grosse somme d'argent pour qu'elle acceptât de quitter l'endroit. On raserait sa maisonnette mais on lui en reconstruirait une autre un peu plus loin, plus spacieuse et plus confortable, dans un endroit qui ne gênerait pas Jeronimo quand il prendrait son petit déjeuner le matin, en robe de brocart, sur sa terrasse (une vraie celle-ci), ou qu'il se relaxerait en contemplant l'océan sans rien de perturbant entre ses yeux et l'azur infini.

Évidemment Rose Bustamente refusa, elle répliqua que Jeronimo n'avait qu'à venir lui demander lui-même de déguerpir et qu'elle se ferait un plaisir de l'envoyer incontinent se faire tripatouiller ailleurs.

Toute cette histoire, Vera Candida la tenait directement de la bouche de sa grand-mère supposée stérile Rose Bustamente. C'était de l'information de première main. Et Vera Candida n'avait jamais mis en doute un seul instant ce que lui avait raconté Rose Bustamente la magnifique.

*Le code du Commerce
et des Échanges de Vatapuna*

Jeronimo fit mander Rose Bustamente à plusieurs reprises. Il restait dans la maison du maire, buvait du café avec quelques gouttes de rhum ou alors il s'asseyait dans le bureau, fumant des cigarillos si toxiques que leur fumée tuait les petits oiseaux. Il patientait dans son costume clair, c'est ainsi qu'il voyait la vie, Jeronimo, c'est ainsi qu'il l'imaginait sous ces latitudes, crapoter en complet de lin avec le notable du coin, certain qu'on finirait par accéder à sa toquade.

Sauf que Rose Bustamente refusa de se déplacer et s'entêta.

J'ai autre chose à faire, lançait-elle en réparant ses filets.

On rapportait ses paroles à Jeronimo qui accueillait la chose avec flegme et répondait, J'ai une patience d'ange.

Chaque jour un nouvel émissaire venait inviter Rose Bustamente à lui rendre visite. Les émissaires étaient estomaqués par son aplomb, ils la supplièrent puis finirent par prendre comme un affront l'obstination de Rose, oubliant qu'il ne s'agissait pas d'un homme qui faisait la cour à une femme mais d'un capricieux qui désirait raser la maison de cette laborieuse. Ils dirent entre eux, Elle est arrogante, la vilaine, elle est suffisante. Et quand ils allaient, fort marris, transmettre l'échec de leurs négociations à Jeronimo, celui-ci souriait et répondait toujours, J'ai une patience d'ange.

Mais un jour ce qui devait arriver arriva : un petit garçon de Vatapuna attendait Rose au retour de sa pêche. Il était assis sur la plage, il la regardait revenir du large à l'abri sous son chapeau de paille verte. (Cette paille n'est pas encore mûre et elle mûrit sur la caboche. Le chapeau change insensiblement de couleur jusqu'à devenir marron, c'est un plaisir pour les yeux et une surprise quotidienne, un couvre-chef comme ça ; la paille dore puis brunit et, pour que le processus s'arrête, il faut la baigner chaque jour dans de l'eau citronnée. Comme les enfants portent souvent ce genre de chapeau à Vatapuna, ils dégagent tous une délicate odeur de citronnade. Mais trêve de couleur locale.)

Le petit garçon attendait Rose et jouait avec ses pieds dans le sable, il les enfonçait puis remuait ses orteils et on aurait dit des bébés tortues qui émergeaient, il aurait pu consacrer des heures à faire éclore des tortues-orteils. Rose le vit de très loin, il n'y avait que lui assis sur le sable, elle sentit un petit quelque chose dans son cœur qui se serrait, elle se dit, Ça se corse, et elle devina que l'affreux Jeronimo était passé à la vitesse supérieure. Alors quand elle ramena son bateau sur la plage (il fallait voir les bras de Rose, elle avait des biceps parfaitement dessinés), puis emporta son panier de poissons jusqu'à sa cabane, le petit garçon se leva et l'accompagna.

Je dois vous dire, madame Rose, finit-il par annoncer depuis le seuil de la maison, sans pénétrer dans l'antre de l'ancienne prostituée mais l'interpellant depuis la prétendue terrasse. Je dois vous dire, madame Rose, que monsieur Jeronimo vous commande dix kilos de poissons volants pour sa soirée de ce soir (il perdit le fil de ce qu'il disait, il se demanda comment réparer sa répétition, il s'embrouilla) pour la soirée de maintenant (il grimaça), vous pouvez les apporter là-bas ?

Là-bas où ? s'enquit Rose Bustamente en se plantant devant lui de toute sa hauteur de créature à biceps parfaits, elle mit les poings sur les hanches, se tint dans l'encadrement de la porte et le toisa (elle n'aimait pas particulièrement les enfants, il s'agissait en général de petites personnes moqueuses et bruyantes qui n'avaient pas, jugeait-elle, développé une intelligence et un comportement plus élaborés que ceux d'un chiot de quatre mois).

Le gamin recula d'un pas et le sol se déroba sous ses pieds, il chuta, boum.

Chez le maire, grinça-t-il.

Rose Bustamente ne l'aida pas à se relever, elle fit volte-face et rentra. Le rideau de capsules de bière retomba. Le gamin ne sut que penser, il s'était bien acquitté de sa mission mais il n'avait pas de réponse à rapporter. Il se releva et attendit un instant, il sauta d'un pied sur l'autre puis s'en retourna. Et quand il revint auprès de Jeronimo faire le compte rendu de son mandat, il dit qu'elle avait accepté. Il croyait qu'ainsi il aurait les trois sous qui lui avaient été promis et que si tout compte fait Rose ne venait pas, on ne pourrait lui en tenir rigueur, Elle a changé d'avis, dirait-il, souvent ex-gourgandine varie.

Jeronimo donna les trois sous et sut sa victoire proche.

Car en effet Rose Bustamente ne pouvait refuser.

Il était stipulé dans le code du Commerce et des Échanges de Vatapuna qu'on ne pouvait jamais refuser une vente sous peine de se voir retirer sa place assignée et son étal au marché du village ainsi que le droit d'exercer son activité. Cette règle datait de l'époque où plusieurs clans se partageaient le village ; un vieillard de l'un des clans avait failli mourir de faim parce qu'au marché (qui était tenu par le clan adverse) personne n'acceptait de lui vendre de nourriture et qu'il était bien trop orgueilleux ou trop dérangé pour faire appel aux gens de son clan. Il avait fini par tant s'étioler que le maire avait pris les choses en main.

Rose sut ainsi que c'en était fait d'elle. Il lui faudrait livrer ses dix kilos de poissons volants ou bien retourner à son ancien métier (c'était comme ça qu'elle voyait les choses, Rose, c'est dire qu'un petit fond dépressif la minait malgré l'apparente détermination qu'elle déployait ; imaginer qu'il n'existe comme activité lucrative à sa portée que la pêche aux poissons volants ou la chasse au micheton illustrait bien le désarroi dans lequel elle se trouvait).

Elle prépara son panier de poissons. Elle pensa les assaisonner à la belladone pour se débarrasser de Jeronimo, mais elle n'avait pas l'inconséquence de risquer la vie des convives pour se libérer des exigences de Jeronimo. Elle remplit donc son panier avec lenteur, le déposa sur sa charrette, prit un petit verre de gnôle puis un deuxième, mâcha une feuille de menthe et s'en alla, poussant sa charrette vers la maison du maire (Rose ne tirait jamais la charrette en question, elle aurait eu l'impression d'être une bête de somme).

Et quand elle s'arrêta devant la maison, agita la cloche et avertit de sa présence, quand le petit négrillon qui faisait office de majordome du maire (et cumulait bien d'autres fonctions auprès de celui-ci) vint prévenir Jeronimo de l'arrivée de Rose Bustamente, celui-ci sourit, sentit son buste se gonfler de satisfaction et but ce qu'on appelle communément du petit lait.

Les insinuations de l'affreux

Rose Bustamente resta plantée sur le seuil du patio, avec l'air le plus digne et le plus revêche qu'elle pût mettre au point. Elle voulait se faire payer sa marchandise et le garçon de l'entrée lui avait dit qu'il lui fallait aller jusqu'au patio où Môssieur Jeronimo le chetsetteur l'attendait et lui réglerait ce qui lui était dû. Elle aperçut Jeronimo qui fumait dans son fauteuil rotin et bascule et qui ne leva même pas les yeux quand elle apparut.

Fourbe crevard, se dit-elle par-devers soi.

Elle le trouva séduisant. À cause de sa tête de gangster moscovite, de ses cheveux un peu longs et blonds et de la classe un brin vulgaire avec laquelle il tenait son cigare.

Fourbe merdeux.

Elle ne l'en détesta que plus. Théoriquement Rose Bustamente, de par son ancien métier, pouvait trouver un homme séduisant, le ranger dans cette catégorie-là (le type belle prestance, pas d'estomac et haleine fraîche), sans pour autant chavirer sous son charme, et même, il n'est pas impossible que plus le coquin était beau garçon plus Rose Bustamente était méfiante.

Je suis réfractaire aux appas des hommes, avait-elle souvent affirmé à ceux qui la jugeaient assez à leur goût pour tenter de la revoir dans des circonstances moins lucratives, certains allant jusqu'à lui proposer de l'épouser dans l'heure et lui offrir monts et merveilles.

Jeronimo se tourna alors vers elle et lui fit signe de s'approcher, Approche approche, il glissa la main à l'intérieur de sa veste et en sortit son portefeuille (crocodile luisant teinté vert), Rose Bustamente soupira et s'avança bien droite, la colonne vertébrale si étirée qu'elle la sentit obligeamment aligner ses osselets. Jeronimo lui tendit l'argent mais ne le lâcha pas quand elle le prit en main, Sais-tu ma belle, sais-tu que dans la maison que tu habites sur la plage il y a encore vingt ans on emprisonnait les étrangers et on les torturait en toute quiétude, le bruit du ressac couvrant leurs cris de détresse ?

Je t'emmerde, dit Rose Bustamente, mais tout à fait silencieusement, à l'intérieur de son crâne, parce qu'elle ne souhaitait tout de même pas s'attirer trop d'ennuis.

Monsieur sait donc où j'habite ? demanda-t-elle, l'air candide, ne lâchant toujours pas la liasse, et c'était une drôle de chose de les voir tous les deux à chaque bout de la liasse, aucun ne voulant desserrer sa prise.

Je sais beaucoup de choses, ma belle, répondit Jeronimo, cramponné à l'argent, devinant que, dès qu'elle aurait les billets en main, elle déguerpirait en vitesse. Il voulut prendre un air malin. Rose Bustamente aurait souhaité cracher par terre pour éloigner la mauvaise impression que lui faisait cette canaille, mais pendant qu'il s'évertuait à prendre son air malin, elle tira un coup sec sur les billets et Jeronimo, ayant baissé sa garde, se croyant si futé, lâcha l'argent presque sans s'en rendre compte. Rose prononça, Grand bien vous fasse, et, comme il s'en était douté, elle parut s'évaporer tant elle passa rapidement la porte pour quitter l'endroit.

Le problème fut que lorsqu'elle voulut s'endormir cette nuit-là, elle sentit tout autour d'elle la présence des étrangers emprisonnés qui geignaient et soupiraient bruyamment comme pour l'empêcher de s'assoupir.

Elle se dit, Le ver est dans la goyave, ce salopard a trouvé les mots qu'il fallait.

Elle prit sa couverture et sa natte, elle sortit, c'était lune pleine, et elle alla s'installer dans son bateau pour tenter de trouver le sommeil. Quand elle se réveilla, l'aube pointait à peine, elle leva le nez et tourna l'œil vers sa cabane, elle vit une flaque sombre dégouliner depuis le perron, elle pensa, C'est donc du sang, puis la flaque disparut, ce ne fut plus qu'une ombre, et Rose Bustamente voua Jeronimo à l'enfer.

Comment une femme telle que Rose Bustamente aurait-elle pu paisiblement supporter qu'on ait souffert mille morts dans sa maisonnette, que des tortionnaires aient pu camper sur son perron à imaginer les douleurs et les privations qu'ils imposeraient à leurs victimes enfermées là-dedans ? On savait à Vatapuna que les étrangers emprisonnés avaient existé, qu'ils avaient été parqués dans le village, que la milice les avait isolés dans ce coin de l'île parce qu'elle pensait terroriser assez les habitants de Vatapuna pour qu'ils ne cherchent jamais à savoir qui étaient ces types qu'on amenait en camion et qu'on ne voyait pas toujours repartir.

Quelle était la probabilité pour que de pareilles forfaitures se soient réellement déroulées dans la cabane de Rose Bustamente avant qu'elle ne fût la cabane de Rose

Bustamente ? C'était ce qu'elle se demandait toutes les nuits. Comment n'avait-elle pas été au courant plus tôt ? Elle réfléchissait, J'étais sur la colline à cette époque, j'étais toute gamine, la cabane ne valait pas grand-chose quand je l'ai achetée, elle s'interrogeait, Au fond ne l'ai-je pas toujours su et n'ai-je pas juste réussi à enfouir cette horreur pour ne pas avoir à m'en épouvanter, elle eut envie de questionner ses voisines mais l'intérêt gourmand qu'elle décela dans leur regard la fit battre en retraite. Elle n'avait aucune envie de se coltiner un opprobre généralisé.

Rose Bustamente en voulut infiniment à ce salopard de Jeronimo de ses insinuations. C'était impossible dorénavant de ne pas y penser. Surtout que la colline au-dessus de Vatapuna se mit à résonner du bruit des tronçonneuses et des coups de masse. La présence de l'affreux se rappelait à son esprit de l'aube à la tombée de la nuit. Jeronimo avait commencé la construction de sa Villa avec l'argent qu'il disait avoir gagné au poker et il était manifeste qu'il avait dû empocher des sommes astronomiques vu l'ampleur des travaux. Rose Bustamente crut un moment qu'il avait abandonné l'idée de raser sa maisonnette pour mieux voir l'océan. Mais c'était naïveté de croire que Jeronimo renoncerait aussi simplement à l'un de ses caprices.

Le Taj Mahal

La pêche fut moins bonne.

Puis devint quasi désastreuse.

Et comme si un malheur n'arrivait jamais seul (mais les malheurs, on le sait tous, n'arrivent jamais seuls, ils viennent à plusieurs, ils viennent par cycle, c'est ce qu'on dit à Vatapuna et à peu près partout dans le monde), Rose Bustamente ne réussit plus jamais à s'endormir dans sa maison. Elle pouvait écouter la radio jusque fort tard, lire *CinéRevueMonde*, faire les mots croisés et jouer aux sept différences, boire des tisanes Retour durable d'un Sommeil réparateur, essayer les herbes de la folle qui habitait sur le chemin des grottes, boire du ratafia de mangue ou de cerises vertes jusqu'à ce que la tête lui tournât et que le menton lui tombât sur le col, rien n'y faisait. Rose Bustamente dut adopter sa barcasse comme lit de fortune. Elle ne parvint plus à trouver le repos qu'allongée dans son bateau le nez sous les étoiles, se demandant ce qu'elle allait faire quand les pluies reviendraient, nourrissant rancune contre l'affreux Jeronimo et ses insinuations, s'inquiétant parfois au milieu de la nuit du bruit que produisaient les crabes sur le sable (les crabes, pour Rose Bustamente, n'avaient jamais été rien d'autre que des araignées blindées et Dieu sait comme Rose Bustamente détestait les araignées), dormant par bribes, ce qui lui permettait au moins de tenir le lendemain quand elle avait ses filets en main, quand elle attendait en plein soleil et sous son grand chapeau la venue hypothétique des poissons volants.

Pendant ce temps la Villa s'élevait peu à peu au-dessus de la colline et de la forêt de Vatapuna.

Rose Bustamente perdit goût aux choses qu'elle aimait. Aller chercher au minibus son *CinéRevueMonde* et son *Reader's Digest* mensuels puis les lire en grignotant des beignets sans se préoccuper du gras qui dégringolait directement sur ses hanches, s'installer dans son fauteuil sous sa loupiote près de l'encens qu'elle faisait brûler et de la petite bouteille de citronnelle qu'elle laissait ouverte afin d'éloigner les moustiques, même ces activités délassantes perdirent de leur saveur.

Elle en aurait pleuré tant elle se sentait démunie.

Elle finit par se dire, Je vais lui proposer un marché.

C'était lui, bien entendu, qui l'avait mise dans cette situation (on pouvait peut-être même lui imputer les eaux moins poissonneuses), mais ce qui importait le plus à Rose Bustamente, à ce moment-là, n'était en rien de lui régler son compte, c'était juste de retrouver la tranquillité de sa vie d'antan. Alors, un après-midi, elle monta le voir. Il était déjà un peu tard ; le soleil était plus doux, l'ascension serait moins éprouvante.

Quand elle parvint aux abords de la Villa, elle fit la grimace et se dit, Quelle arrogance. Elle croisa sur le chemin des gens de Vatapuna qui étaient venus constater la progression des travaux et la magnificence de la bâtisse, et qui la saluèrent. Elle en vit même qui plaisantaient avec les ouvriers au bas du grand escalier de Jeronimo, grignotant des crevettes au poivre apportées exprès pour obliger ces derniers à s'interrompre. Ils avaient envie d'obtenir des informations sur la Villa et sur Jeronimo afin de les enfler et de les répandre sur le marché de Vatapuna.

Le bâtiment était blanc, d'une blancheur de Taj Mahal (Rose Bustamente connaissait le Taj Mahal à cause des fiches spécial Merveilles du monde qu'elle collectionnait), il paraissait à moitié construit ou à moitié démoli. Il était d'une suffisance de pièce montée. Elle s'arrêta et, pendant qu'elle reprenait son souffle après avoir escaladé la colline, elle compta les marches du grand escalier qu'il lui restait à monter : il y en avait cent trente-deux. Elle s'adressa alors aux ouvriers qui étaient tous très jeunes et ne venaient pour la plupart pas de Vatapuna (cela arrangeait bien Rose Bustamente vu que son ancien métier portait parfois préjudice à sa crédibilité) et elle leur demanda, Savez-vous où je pourrais trouver monsieur Jeronimo ? J'ai une affaire en cours avec lui, une affaire de la plus haute importance. Ils lui indiquèrent la terrasse, celle qui donnait sur les levers de soleil au-dessus de sa maisonnette à elle. Elle gravit l'escalier et ses cent trente-deux marches, y mettant de la majesté et de la pompe, même si elle savait que les ouvriers et leurs visiteurs avaient l'œil fixé sur son cul, ce qui aurait pu être somme toute intimidant mais se révélait juste agaçant et très légèrement humiliant.

Elle traversa un grand hall et se dirigea grâce à sa boussole intérieure vers la terrasse des levers de soleil, le hall était envahi de sacs de plâtre et de luminaires à pendeloques et pampilles de cristal (de cristal ? mais il se croit où, l'affreux Jeronimo, il se croit revenu à la cour d'Autriche ?) posés en vrac sur le carrelage, le sol du couloir qui menait vers la terrasse n'était pas terminé alors il fallait marcher sur des planches en les sentant ployer sous son poids, Rose Bustamente détesta cette expédition, elle eut l'impression d'être une aventurière partie chercher un trésor, se devant de déjouer tous les pièges qu'on tendait sur son chemin.

Sur la terrasse, Jeronimo était là, il scrutait la mer et fumait un cigarillo. Il portait un costume blanc avec une sorte de peignoir ou de manteau chatoyant par-dessus, Ce type est en robe de chambre au milieu des travaux, constata Rose Bustamente, elle secoua la tête, Il est totalement siphonné. Il pivota vers elle, Tiens la petite vendeuse de poissons ? lança-t-il, et Rose Bustamente serra les dents.

Je viens vous proposer un marché, annonça-t-elle sans cérémonie et avec la plus grande dignité (et ce faisant, elle regretta de ne pas s'être habillée pour la circonstance, de ne pas s'être enveloppée dans son châle à broderies dorées qui la faisait toujours se sentir royale et magnifique ; elle regretta que son marché ne soit manifestement qu'une sollicitation).

Dans ce cas asseyez-vous et parlons affaires, et il lui fit signe de prendre place sur une caisse en bois pleine de carreaux de céramique, il s'assit lui-même sur la balustrade de sa terrasse et Rose Bustamente se dit qu'elle aurait dû refuser et rester debout, mais elle ne put que lui obéir, elle s'assit sur la caisse en bois et se retrouva bien entendu beaucoup plus bas que lui, ce qui était grotesque au vu de la négociation qu'elle voulait entamer, elle se mit à le détester furieusement, alors elle se releva d'un bond et s'approcha de la balustrade, elle lui montra le rivage et sa maisonnette au milieu du panorama, Je suis venue vous proposer d'échanger la maison où je vis qui affecte apparemment tant votre horizon avec une autre que vous pourrez faire bâtir tout à loisir de ce côté-ci de Vatapuna (elle fit un geste vers le sud) du moment qu'elle est le plus près possible de la plage. Vous disposez visiblement des moyens nécessaires à la construction de ma nouvelle habitation dans des délais très brefs (elle désigna un sac de plâtre), cela ne vous prendra que quelques poutres de votre charpente et quelques kilos de ciment. Et vous pourrez ainsi faire ce que bon vous semble de ma cabane (et elle ajouta, mais elle n'aurait pas dû :) Je ne veux plus y vivre.

Jeronimo se tourna vers elle – durant son discours il avait regardé ce qu'elle lui désignait. Il avait l'œil clair mais le visage un peu flasque et ridé comme quelqu'un qui a abusé de soleil et de rhum. Son nez avait dû être cassé depuis fort longtemps, ce qui lui conférait un profil de petite frappe, et ses cils étaient si blonds qu'ils en devenaient transparents. On apercevait sous sa robe de chambre et sa chemise blanc cassé quelques centimètres carrés de peau glabre et Rose Bustamente ne put s'empêcher de le relever – il était extrêmement rare de rencontrer des hommes qui n'étaient pas velus comme des chimpanzés sous ces latitudes.

Il la fixa droit dans les yeux, bombant le torse comme un toréador, avec une virilité ostensible qui donna à Rose Bustamente envie de se moquer (elle remarqua qu'il était petit homme, ce qui était chose commune à Vatapuna, mais sa blondeur lui octroyait une apparente fragilité qu'il essayait de contrecarrer, J'ai perçu ta faille, petit Jeronimo, pensa-t-elle), Je ne suis pas sûr d'avoir encore le désir de raser votre maison, dit-il, elle ne gêne point autant la vue que je l'imaginais.

Il la jaugea et continua :

Si vous aviez quelques minutes à m'accorder j'aurais une chose à vous montrer, je voudrais l'opinion d'une personne avisée, je manque singulièrement de personnes avisées dans mon entourage et j'ai senti, dès le moment où je vous ai vue, que vous étiez une femme de bon sens et de discernement.

Rose l'écouta et songea, Il faut que je m'en aille, mais rien n'y fit, elle se sentit prise d'une léthargie alarmante, elle se rassit (et cela ressembla plus à une petite chute en arrière), tenta de s'ébrouer mais ne parvint pas à se relever, elle s'inquiéta, il lui tendit la main pour l'aider à se mettre debout, il dit, Mon souper allait être servi. Quand je suis seul, je dîne tôt et frugalement, accepteriez-vous de m'accompagner et juste après je vous exposerai le petit miracle qui m'enchante.

Rose soupira et ne sut refuser, elle se dit, Ça ne prendra pas longtemps, elle se dit aussi, L'affaire n'est pas conclue, il me faut encore un peu de temps pour le convaincre, elle haussa les épaules, Il est bien plus filou que moi, elle eut un instant le pressentiment qu'elle ne sortirait pas de cet endroit avant qu'une longue période ne s'écoulât, elle chassa cette désagréable impression mais, comme souvent, Rose Bustamente avait deviné juste.

Le Fils de Tarzan

Jeronimo ne logeait plus chez le maire comme Rose l'imaginait encore, il avait aménagé une aile de la Villa pour n'avoir point à la quitter, il y avait installé une domestique à demeure, une vieille femme qui ne venait pas de Vatapuna et qui possédait le triple avantage d'être docile, muette et quasi invisible.

La vieille leur servit un repas froid sur la terrasse ; Jeronimo parla peu, J'aime les femmes bavardes, lui dit-il, c'est la condition *sine qua non*. Rose ne comprit pas de quoi il retournait. De toute façon elle trouvait sa propre présence sur cette terrasse si saugrenue (et sa propre réaction également) qu'elle ne put prononcer un mot de la soirée.

Quand il eut l'air de commencer à s'ennuyer, il lui dit qu'il se faisait déjà tard, que ce qu'il voulait lui montrer requerrait toute son attention, qu'il ne pouvait lui imposer cette concentration à cette heure, que lui-même ne se sentait pas de différer plus longtemps son sommeil, il lui promit de lui présenter son prodige dès le lendemain (Rose l'observait en se refusant à comprendre où il voulait en venir), et lui offrit subséquemment de rester pour la nuit. En tout bien tout honneur, certifia-t-il, une main sur le cœur, le visage modestement incliné comme s'il eût été absurde et malséant de le soupçonner du moindre guet-apens. C'était juste qu'elle paraissait épuisée, que la route était dangereuse à cette heure, que la Cadillac, sans visibilité, ne pouvait pas passer par d'aussi étroits et pierreux chemins, que le bas de caisse n'y résisterait pas, qu'il ne pouvait se résoudre à la laisser partir seule dans l'obscurité (il ne suggéra pas de la raccompagner à pied, elle se dit, Il a peur des bestioles nocturnes), que rien ne pressait, alors si elle acceptait cette honnête proposition il pouvait lui faire tout de suite préparer l'une des chambres d'amis.

Rose Bustamente contempla au loin les lueurs de Vatapuna, elle considéra l'opacité de la forêt qu'il lui faudrait traverser pour se rendre dans sa cabane qui n'offrait plus le havre de paix auquel elle tenait tant, elle sentit tous ses membres indolents (et c'était sans doute dû à cette boisson pétillante qu'il lui avait servie à table) alors elle demanda à voir la chambre en question, J'ai besoin de vérifier si je pourrais y dormir, dit-elle, arguant de son sommeil difficile, il l'y mena, elle vit qu'il y avait une serrure et une clé alors elle accepta.

La vieille lui apporta des draps propres mais ne fit pas le lit, elle posa le tout sur le matelas et ressortit de la chambre en traînant les pieds sur le carrelage. Rose inspecta la pièce qui était d'une simplicité de cellule mais dont le sol était recouvert d'un tapis à ramages trop épais pour la chaleur de ces tropiques. Elle vit par la fenêtre la lune scintiller sur la mer, elle resta assez longtemps pour deviner son mouvement (tiens, là, elle se rapproche de la forêt) et ce panorama si discrètement changeant lui fut d'un grand réconfort. Elle dormit dans le lit aux draps blancs d'un sommeil sans interruption.

Le lendemain, dès l'aube, elle voulut partir, s'habilla au plus vite en ayant décidé de ne pas même revoir Jeronimo, pensant, Je reviendrai, je reviendrai pour régler cette affaire, sûre de ne jamais revenir mais sentant l'urgence de s'en aller comme si elle craignait une capture, elle ouvrit doucement la porte de sa chambre, les chaussures à la main, trouvant, à présent que le soleil se levait, sa présence à la Villa tout à fait incongrue, s'étonnant d'avoir accepté l'invitation de Jeronimo, se disant, Je ne menais pas la conversation, c'est pour cela, je me suis laissé mener, elle trottina dans le couloir en essayant de se repérer pour dénicher la sortie, prenant à droite puis à gauche puis de nouveau à droite, Je ne suis pas passée là hier soir, puis de nouveau à gauche, Je ne me souviens de rien, c'est sans doute à cause de la boisson, mais c'était un cul-de-sac, elle n'osait ouvrir les portes de peur de tomber nez à nez avec le maître de maison, tournant en rond puis s'arrêtant, se sommant à plus de calme, recouvrant ses esprits et se retrouvant par hasard dans le hall d'entrée de la Villa, pressant alors le pas à la perspective de sa libération imminente et soupirant de soulagement. Mais au moment où elle allait atteindre la porte d'entrée (et de sortie), elle fut arrêtée par l'irruption de Jeronimo qui se planta devant elle (se glissant entre Rose et la porte) et lui lança avec une bonne humeur affectée, Je vous attendais, j'ai fait chercher des beignets tout frais, venez venez jusqu'à la terrasse, vous partirez aussitôt après le petit déjeuner.

Rose eut d'abord un frisson d'effroi puis elle se dit, Je partirai après le petit déjeuner, se rendant compte que s'il ne s'était pas posté entre elle et la porte, elle se serait sans nul doute enfuie au son de sa voix, même si cette fuite aurait mis en déroute ses projets de transaction. Elle fit demi-tour et le suivit, tout en lançant, Je ne reste pas, j'ai à faire, mais il avait ordonné qu'un petit déjeuner somptueux soit servi sur la terrasse, elle se promit de ne pas s'asseoir mais elle s'assit, et il lui demanda si sa nuit avait été bonne, la sienne avait été agitée, puis il parla de son désir de calme après ses pérégrinations passées et elle pensa, Je voudrais qu'il fasse un arrêt cardiaque maintenant, se surprenant à cette idée, parce que Rose Bustamente n'était pas une adepte de la pensée magique, elle avait toujours préféré et de loin les choses rationnelles.

Il faut que je vous montre mon petit miracle avant que vous ne partiez, dit-il quand les beignets furent mangés, et comme il vit qu'elle faisait mine de refuser, il insista, Ça ne vous prendra qu'un instant.

C'est que j'ai à faire.

Il est encore très tôt… plaida-t-il.

Je commence mes journées très tôt.

On est dimanche, il n'y a pas de marché le dimanche.

J'ai mes filets à réparer.

Vous les réparerez.

Il se leva et lui fit signe de l'accompagner, Je vous en prie, dit-il, rien ne me ferait plus plaisir. Et Rose Bustamente le suivit en se demandant en quoi le plaisir de Jeronimo lui importait. Elle le trouva plus petit que la veille, son visage était tout chiffonné de sa mauvaise nuit, elle entendit une sonnerie retentir quelque part dans la Villa, elle se dit, Le téléphone vient jusque-là, et le pouvoir de Jeronimo lui parut vertigineux.

Ils descendirent deux volées de marches sans rampe et Jeronimo se révéla attentionné sur le chemin. Il lui ouvrit la porte qui était verrouillée et la laissa le précéder – Rose Bustamente ressentit une fugace angoisse à l'idée de pénétrer avant lui dans une pièce inconnue de cette Villa, mais la stature de Jeronimo la rassura : il ne ferait jamais le poids face à une Rose Bustamente dont la poigne avait une réputation olympique.

La pièce dans laquelle ils entrèrent était terminée. Il s'agissait d'une salle de cinéma ou de quelque chose qui y ressemblait furieusement – moquette au mur, pas de fenêtres, fauteuils en velours rouge et grand écran. Il lui dit, Asseyez-vous, asseyez-vous, je veux votre opinion. Elle ne voulait pas s'asseoir mais elle s'assit. Il grimpa dans la cabine vitrée et fit le noir ; sur l'écran apparut *Le Fils de Tarzan*. Rose Bustamente se retourna vers la cabine pour comprendre ce qui se passait, Jeronimo lui montra l'écran en souriant pour l'inviter à regarder le film, Rose Bustamente se sentit piégée, mais elle se dit, Voyons au moins cela le plus confortablement possible. Elle avait gardé son petit sac sur les genoux comme prête à déguerpir dans la minute, il descendit de la salle de projection et posa une fesse sur un strapontin un rang derrière elle, elle pensa, Bon, ce film et puis je m'en vais, le film commença, elle vit le garçonnet nager avec Johnny Weissmuller, elle vit la bataille avec les crocodiles et tout lui sembla rapide et convulsif, elle se tourna vers Jeronimo, elle remarqua que ses yeux brillaient d'un éclat particulier, elle songea, Il pleure ?, elle se détendit, pivota de nouveau vers le film, elle trouva bizarre la trinité idéale du petit orphelin avec ses deux parents adoptifs, la vamp et le simplet, elle ne comprenait rien à la situation, elle jeta un œil vers Jeronimo, elle vit son visage luisant de larmes, Ce type pleure ? Elle se sentait gênée et perplexe. Il pleurait avec tant de discrétion, sans le moindre soupir, qu'elle finit par s'en émouvoir. Presque aussitôt elle se demanda pourquoi elle s'émouvait de ce genre d'inconvenance.

Et au moment où les mots *The End* s'inscrivaient sur l'écran, elle se leva d'un bond, Il faut que j'y aille, dit-elle, il lui sourit et ralluma les lumières, et elle ne sut jamais ce qu'il était advenu là, si c'était l'éblouissement, la fatigue accumulée, la tension et la bizarrerie de cette soirée et de cette matinée, mais elle eut à peine le temps de faire un pas qu'elle s'effondra sur le sol moquetté, évanouie.

Les nombres impairs

Il y avait cent trente-deux marches pour accéder à la Villa. Il était donc impossible de s'asseoir exactement au milieu de l'escalier. Ce fut la pensée qui accompagna Rose Bustamante durant les trois jours de fièvre qui suivirent son affaissement dans la salle de cinéma. Soixante-six marches et soixante-six marches. Quelle idée de construire un escalier sans marche du milieu.

L'iguane

Rose fut veillée non seulement par le maître des lieux mais aussi par la domestique muette qui restait près d'elle quand Jeronimo s'en allait prendre un peu de repos, elle s'asseyait et crochetait des napperons comme si ses mains étaient de petits oiseaux affolés, et Rose, lorsqu'elle sortait brièvement de sa torpeur, ne voyait que ces deux mains ardentes qui confectionnaient de la dentelle.

Rose Bustamente s'était toujours considérée comme une personne d'une nature robuste et dont la santé ne faillissait jamais. Elle n'était point coutumière de ce genre de vapeurs, elle n'avait jamais pensé qu'il lui arriverait un jour de se mettre à délirer et suer dans des draps inconnus. Elle n'avait jamais imaginé se retrouver coupable de ce type de faiblesse. Aussi passait-elle ses moments de conscience à s'excuser et implorer le pardon de son hôte. Elle se sentait ridicule, et lasse. Au bout de trois jours elle émergea.

Où suis-je ? dit-elle.

Elle vit qu'on lui avait enfilé une chemise de nuit traditionnelle. Elle était rouge avec des broderies blanches près du col. Juste sous les broderies blanches, il y avait un volcan, des oiseaux multicolores et des gens chapeautés sur des barques figurées par des demi-lunes au passé empiétant (ces gens fuyaient-ils le volcan ?).

Où suis-je ? s'impatienta mollement Rose Bustamente.

La muette alla chercher le maître.

Où suis-je ? répéta la belle.

Elle va mieux, approuva Jeronimo dès qu'il l'aperçut.

Il fit signe à la vieille de disposer, il s'assit au chevet de Rose et lui prit la main droite (qu'elle avait toute molle et comme non raccordée au corps, comme lorsqu'on s'endort sur son avant-bras, quand le sang l'alimente moins bien et qu'il est tout à coup presque mort).

Je ne vis plus depuis que vous êtes ici. Ou plutôt je ne vis que pour vous, lui assena le petit homme blond aux yeux verts d'iguane. Vous êtes une merveille, un trésor, un diamant, une rareté, décréta-t-il juste après.

Rose Bustamente voulut le regarder mais sa nuque l'élança et elle eut un vertige. Elle ferma les yeux et poussa un long soupir. Elle aima ce soupir qui lui allégea tant la poitrine qu'elle le réitéra. Jeronimo crut à de la langueur.

Je me sens si seul dans cette Villa monumentale, demeurez auprès de moi et je ferai de vous une reine, dit-il, et il se pencha sur sa main et y déposa ses lèvres.

Leur contact ne fut pas agréable. Rose eut une grimace de dégoût – que Jeronimo ne put surprendre, tout penché qu'il était. Elle sombra de nouveau dans l'inconscience. Elle eut juste le temps de l'entendre prononcer :

Et vos amis seront mes amis.

La phrase résonna en Rose, mystérieuse et légèrement menaçante.

Les jours qui suivirent se passèrent sensiblement de la même façon. Jeronimo ne fit pas venir de médecin au chevet de Rose. Il commanda des brassées de fleurs qu'il mit dans des vases déposés sur le sol auprès de son lit, il installa des plantes vertes censées renouveler l'air de la chambre et le purifier. Il laissa la vieille muette opérer des signes cabalistiques sur le corps de la belle. Il semblait avoir décidé que les choses devaient rester magiques. Il obtint qu'elles le restent.

Quand je veux

Rose Bustamente ne redescendit pas à Vatapuna. Elle fit ce qu'elle savait faire depuis toujours. Baiser en échange d'un certain confort.

Elle réussit à se convaincre qu'elle n'avait en aucun cas été capturée, qu'elle était là totalement de son plein gré et elle se mit à goûter l'oisiveté et la vie de château. Jeronimo lui offrit des vêtements immettables et parfaits, il fit même venir un coiffeur de Nuatu pour qu'il apprît à sa belle à soumettre sa chevelure de souveraine et à se maquiller avec subtilité.

Le prétendu ennemi de Rose Bustamente devint son amant. Mais un amant parfois si défaillant qu'elle en était émue.

Elle se disait, Je l'ai jugé trop vite.

Il lui sembla qu'il l'aimait parce qu'elle caracolait magnifiquement dans sa quarantaine, Tu es mon trésor, bella, il l'aimait à cause de ses seins volumineux et fermes et de sa taille de fourmi, et parce qu'elle savait y faire alors que les cousines jeunettes finissaient toujours par se lasser de vainement tenter de la lui rendre dure.

Parfois quand elle pensait à sa cabane au bord de l'eau elle était prise d'un frisson d'effroi, et elle ne savait pas si c'était le souvenir de sa grande solitude qui la troublait autant ou bien les persiflages de Jeronimo concernant la vocation passée de ladite cabane ou bien encore le fait que personne n'était monté depuis Vatapuna pour savoir ce qu'elle, Rose Bustamente, avait bien pu devenir.

Elle s'asseyait le soir sur la terrasse et, comme si elle tentait de s'en persuader, elle pensait, Le bougre n'est pas si mauvais homme. Il a de la prestance, il ne m'assaille point trop, il est sensible et généreux. Que demander de plus ? Elle se levait presque aussitôt pour aller le rejoindre, lui faire la conversation et regarder les vieux films tressautants qu'il s'entêtait à lui passer (et c'était peut-être cela le plus éprouvant dans cette Villa, lutter contre l'ennui et le sommeil pour ne pas blesser son hôte), elle s'acquittait de chacune de ses tâches avec bonne volonté et se disait de loin en loin et de plus en plus rarement, Je pars quand je veux.

Soupçons...

Rose Bustamente se demanda quelle avait été la vie de son amant avant qu'il ne vienne planter son campement de luxe à Vatapuna.

Ce fut une question qui devint récurrente.

Sa curiosité était régulièrement titillée. Elle entendait Jeronimo parler au téléphone dans un idiome rugueux et autoritaire – elle ne pouvait le décrire autrement. Elle surprit deux créatures évanescentes dans les couloirs de la Villa – des filles toutes en voiles et en jambes – qui gloussaient, trop nues pour une heure aussi avancée de la matinée. Elle finit par se rendre compte que jamais il ne sollicitait son avis sur les fleurs qu'il faisait livrer et la disposition des meubles, que si d'aventure elle faisait une remarque, il la balayait d'un geste ou bien ne relevait tout simplement pas (Il semblerait que je ne sois pas sur la bonne longueur d'onde, je parle sur une fréquence qu'il n'a pas l'air de percevoir). Certains jours, il paraissait l'aimer plus que tout et d'autres jours, il la traitait mal. Il était régulièrement ombrageux et préoccupé. Ils ne se disputaient jamais. Ils baisaient peu, Jeronimo était rarement assez en forme pour. Rose passait beaucoup de temps sur la terrasse, assise près du ventilateur, agitant ses orteils vernis dans le vent.

Il lui offrait des robes (de longues robes avec des paillettes, dans des tissus bizarres et miroitants (il disait coruscants), des robes avec des milliers de petits miroirs cousus les uns aux autres ; quand elle les portait, elle avait l'impression d'être plus dénudée que si elle n'avait rien sur elle, il exigeait de la baiser tout habillée et déchirait ses robes et lui en promettait de plus belles), il lui rapportait des bijoux et la regardait avec attention quand elle ouvrait les écrins, il voulait savoir si les pierres précieuses lui plaisaient réellement. Il aurait détesté qu'elle fît semblant d'apprécier. Il scrutait son visage. Et c'était dans ces moments-là, si le moindre doute l'assaillait, s'il pensait qu'elle feignait ou l'embobinait, qu'il devenait presque brutal.

Certains jours il s'enfermait dans sa salle de cinéma moquettée et n'en ressortait que vingt-quatre heures plus tard. Et il parlait dans son sommeil une langue qu'elle ne connaissait pas. Il grommelait et gémissait. Elle savait, pour avoir lu nombre d'histoires d'amours contrariées en volume broché, que les paroles des amants dans leur sommeil révèlent des secrets épouvantables et donnaient les clés d'un passé tourmenté. Sa grande connaissance du monde et de ses arcanes ne l'empêchait pas de se retrouver en pleine nuit démunie et saisie d'appréhension à l'écoute des injonctions, des murmures et des mauvais rêves loquaces de Jeronimo. Elle ne pouvait pas le réveiller en le secouant avec douceur pour que le cauchemar s'en fût parce que, elle en avait fait l'expérience, il se mettait alors à hurler en sautant de leur couche, il la fixait depuis le chevet du lit avec des yeux épouvantés, comme prisonnier des limbes terrifiants qui marquent la frontière entre l'éveil et le cauchemar, et il mettait toujours quelques minutes à revenir à lui. J'ai cru, disait-il après avoir repris ses esprits, qu'on m'attrapait. Et ce fut Rose qui finit par ne plus vouloir de ses réveils violents, elle plongeait dans une telle terreur au spectacle du tourment de son amant qu'elle conçut une nouvelle façon de le tirer de ses cauchemars. Elle lui parlait de l'autre extrémité du lit, s'assurant de ne pas l'effleurer, lui disant, Chut, chut, répétant le plus faiblement possible (mais fermement aussi), Ça va aller, reviens, ça va aller, afin qu'il finît par se calmer et se réveiller assez pour se rendormir différemment. Elle se retrouvait alors allongée auprès de lui, les yeux fixes grands ouverts sur le plafond de la chambre de maître, dans le fin fond noir de la nuit, toute crispée dans la chemise d'organdi qu'il lui avait offerte, aussi raide que si elle eût été un fakir, se demandant, et cette question avait une insistance de névralgie, de quelle langue usait là son amant.

Les ouvriers avaient fini par déserter. C'était arrivé progressivement. Un matin Rose Bustamente n'avait pas été réveillée par le bruit des travaux, il n'y avait pas un souffle de vent et pas un son. Les oiseaux s'étaient tus. Elle s'était sentie tout d'abord soulagée de ne plus entendre les coups de masse et les voix des hommes qui s'interpellaient d'un bout à l'autre de la Villa. Puis elle avait été prise d'une grande angoisse.

La Villa ne serait jamais achevée.

Rose n'osa pas demander à Jeronimo s'il avait vu son magot se réduire comme peau de chagrin, s'il avait tout perdu en Bourse (il se servait de son téléphone pour donner des ordres dans son idiome mystérieux), elle ignorait s'il n'avait fait qu'éblouir tout le monde avec un argent illusoire gagné au poker – de toute façon, ici, à Vatapuna, personne ne jouait au poker excepté le maire dont la fortune, si tant était que Jeronimo eût réussi à la lui rafler, n'aurait pas suffi à terminer la monumentale Villa. Il s'avéra ainsi que Rose Bustamente, qui pourtant n'avait jamais eu sa langue dans sa poche, ne put se résoudre à poser à Jeronimo les questions qui la taraudaient.

Quand elle parlerait de cette période à sa petite-fille Vera Candida, fort longtemps après, elle dirait que parfois l'on se met dans des situations qu'on ne maîtrise et ne veut pas maîtriser. On ne fait pas toujours, répéterait-elle en agitant un docte index, ce qui est bon pour soi.

Jeronimo échangea sa Cadillac contre une voiture plus appropriée pour la végétation touffue et assaillante de la région. Cela lui permit d'aller chercher plus régulièrement des filles à Nuatu. Il disait à Rose qu'elles étaient ses cousines. Rose les observait et, comme s'il avait fallu qu'elle s'en persuadât, elle égrenait pour elle-même les dissemblances physiques entre Jeronimo et les créatures qu'il ramenait. Elle haussait les épaules, elle savait qu'il baisait mal et vite, comme un petit animal apeuré, et que chacune d'entre elles simulerait son plaisir pour que l'affaire fût close au plus tôt.

... *et décision de Rose Bustamente*

Quand Rose Bustamente se rendit compte qu'elle n'avait plus ses règles et que ses seins étaient devenus lourds et douloureux, elle crut chavirer. Comment était-il possible qu'elle fût tombée enceinte de ce si piètre amant ? Elle avait plus de quarante ans et baisé tant et plus dans sa vie sans qu'il lui fût jamais rien arrivé de semblable. Elle savait que ces choses-là sont parfois capricieuses mais la situation lui paraissait si hallucinante qu'elle ne cessait de se répéter, Je suis enceinte, je suis enceinte, pour se pénétrer tout à fait de cette réalité.

Elle voulut annoncer la chose à Jeronimo, la nouvelle était trop pesante pour elle seule, elle se sentait défaillir. Alors elle vint auprès de lui un soir sur la terrasse, il devait être dix-sept heures, il faisait encore jour mais à peine, Jeronimo se balançait dans son fauteuil et sirotait quelque chose de vermillon. Un coussin à broderies dorées traînait au sol, elle s'y assit et posa sa tête sur la cuisse de Jeronimo, il lui caressa les cheveux comme elle appréciait qu'il le fît et elle commença ainsi :

Aimes-tu les enfants ?

Il ne fut pas surpris par le caractère inattendu de la question. Il réfléchit et son silence fut si long qu'elle en déduisit qu'il n'avait pas entendu ou qu'elle n'avait rien dit. Mais il finit par prendre la parole ; il ne répondit pas directement mais lui raconta une histoire.

Il lui raconta l'histoire de Boris Zimmermann, le petit garçon qui était devenu la mascotte de ceux qui l'avaient capturé. Cette histoire se passait dans un autre pays et en d'autres temps. La famille de Boris, une famille à qui on reprochait beaucoup de choses, avait été dénoncée, enlevée et déportée, et, lors de la rafle, le petit garçon s'était caché dans le garde-manger aménagé sous la fenêtre de la cuisine. Il avait trois ans. Un milicien l'avait trouvé. Et on ne sait pas exactement ce qui avait poussé ce milicien à déroger ainsi à la règle mais il l'avait ramené à son quartier général. L'enfant était blond, il avait les yeux clairs et une peau de faïence. L'homme lui avait dit, Tu t'appelleras dorénavant Grichka Komosov. Et il lui avait fait confectionner un petit uniforme (avec une casquette à sa taille et des bottes en cuir). Puis il l'avait trimballé partout. C'est ainsi que Grichka Komosov devint la mascotte de la section. Il était tout petit et exécutait scrupuleusement ce qu'on attendait de lui, sûr que, s'il était sage et obéissant, on ne lui ferait aucun mal et qu'il ne serait fait aucun mal non plus à son père, sa mère et à ses deux sœurs prisonnières au loin. Il n'était pas maltraité ; on lui faisait chanter des choses indignes qui auraient ulcéré sa mère et sa grand-mère, il buvait de la vodka et dansait sur les tables avec ses petites bottes bien cirées pendant que les miliciens tapaient dans leurs mains. Quand le calme revint dans la province où le petit garçon était né, Boris avait sept ans. Il apprit que sa mère et ses deux sœurs étaient mortes dans les camps de prisonniers peu de temps après leur arrivée. Un jour il visionna un film et s'imagina les voir – il y avait beaucoup de femmes sur ces images et la scène était filmée d'assez loin par un amateur de souvenirs, personne n'était reconnaissable mais il était convaincu que sa mère et ses sœurs faisaient partie de cette troupe de femmes ; elles étaient là, pensait-il, fixées sur la pellicule. Les femmes étaient nues dans une forêt de sapins enneigée. Elles avançaient courbées comme pour cacher un peu leur nudité et se protéger du froid. On distinguait leurs silhouettes livides au milieu des arbres sombres et toute cette scène n'avait pas grand-chose à voir avec l'humanité. Certaines portaient leur bébé contre elles et on voyait de petites filles qui marchaient dans les pas de leur mère, entravant leur mouvement. Des militaires en treillis les encadraient. Et des hommes armés et vêtus de noir surveillaient le dénuement blême des femmes. Les plus robustes d'entre elles creusaient une fosse au milieu de la forêt glacée et on en voyait d'autres, celles avec les petits enfants, s'arrêter au bord de la fosse et s'effondrer les unes après les autres. Elles disparaissaient dans le trou, abattues à bout portant par un factotum.

Ils n'utilisaient qu'une seule balle pour les enfants et leur mère. Sans doute par économie, précisa Jeronimo.

Le coup de revolver faisait comme un éclair au milieu de toute cette opacité. Le film était muet et ce silence était un silence d'épouvante.

Ça n'aurait pas été pire de voir ces hommes dévorer les corps de ces femmes et de ces fillettes, conclut Jeronimo après un moment.

Rose Bustamente resta immobile, le souffle suspendu.

Et qu'est devenu le petit garçon ?

Il a été recueilli, on lui a donné une marraine et il est parti de là.

Oui, mais qu'est-il devenu ?

Je ne sais pas.

On a une idée de l'endroit où il est maintenant ?

Je me demande s'il est possible de survivre à un tel pacte avec l'ennemi, fit-il rêveusement.

Ce n'était qu'un enfant.

Les enfants ont un instinct de survie infiniment développé (il avait pris un air sentencieux comme s'il avait longuement réfléchi à la question).

Tu veux dire que ce petit garçon avait une idée de ce qu'il faisait ?

Je ne sais pas. Je pense simplement qu'au lieu de pêcher la truite dans un torrent de montagne, cet enfant a passé un bon moment à faire le guignol en uniforme pour une bande d'assassins.

Rose Bustamente voulut protester. Mais Jeronimo se mit à lui caresser fermement les cheveux et elle se sentit incapable de détacher sa joue du pantalon de lin de son amant, elle ne put relever son visage, il la maintenait immobile, elle se dit, Toutes les fibres du tissu vont strier ma joue, elle lutta pour bouger mais n'y parvint pas. Il pressait si fortement son crâne qu'elle commença à avoir mal. Elle voulut se dégager. Il résista un instant puis lâcha prise. Il se leva et dit :

Je vais en ville.

En ville ?

À Nuatu.

À cette heure ?
Il ne répondit pas et quitta la terrasse.
Elle ressentit un vide vertigineux dans sa poitrine, la tête lui tourna, elle eut envie de le suivre et de lui hurler quelque chose, de le rattraper dans l'escalier, de le sommer de s'expliquer, de lui interdire de sortir, elle eut envie de se transformer en une créature hystérique (il lui disait toujours, Tu es si angélique), elle désira le griffer, l'empêcher de s'en aller et de la laisser seule dans cette Villa inachevée et déjà en ruine. Elle cria, Où vas-tu ? Il reviendrait au matin avec deux ou trois filles en chaussures à talons avec bride, de jolis perroquets inadaptés à ce type de terrain, Rose Bustamente se dit, Je m'en fous, mais en fait non, elle cherchait juste à ce que cela la fît moins souffrir, elle eut une seconde une vision d'elle-même traînée et tirée par les cheveux à l'entrée d'une grotte par un homme de Neandertal armé d'un gourdin, elle pensa, Que suis-je en train de devenir, que suis-je donc en train de devenir ?, alors elle alla dans la chambre de maître, elle remplit des sacs plastique (il n'y avait pas de valise) avec les vêtements qu'il lui avait offerts, enfila une paire de chaussures à lui, fouilla pour trouver des papiers, n'importe quoi, une preuve que tout cela avait bien existé, elle ouvrit les tiroirs de son secrétaire (elle savait où il cachait la clé), prit une liasse de bons au porteur (elle ne savait pas précisément ce qu'elle pourrait en faire mais elle savait que Jeronimo veillait sur eux comme sur un graal, elle se dit, Ce sera pour le petit, elle se dit, Il me faut ça pour le petit), elle entendit sa voiture démarrer ou crut l'entendre parce que le bruit de la jungle alentour étranglait tous les

sons, elle serra les lacets, elle descendit jusqu'à la porte d'entrée, croisa la vieille domestique, fantôme muet et réprobateur, mais ne lui adressa pas le moindre signe, elle poussa la porte qui ne voulut pas s'ouvrir, la vieille arriva derrière elle, Rose se retourna, prête à bondir, mais la vieille avait la clé dans la main, elle l'enfila dans la serrure, ouvrit le lourd battant ouvragé et libéra Rose, celle-ci respira la nuit qui venait, elle eut l'impression d'avoir passé ces derniers mois dans un placard sous un escalier, un placard habité par des milliers de petites bêtes poussiéreuses qui lui entravaient l'entendement et le souffle, l'odeur de la forêt était écœurante et putride comme si des corps s'y décomposaient pour en revivifier l'humus, elle dévala les cent trente-deux marches et la nuit tomba d'un coup, la cacophonie des milliers de vies qui habitaient la jungle l'assaillit et la rassura, elle descendit le chemin, Je connais tous les chemins de mon île, chargée de ces sacs plastique emplis de soieries, elle dévala la colline, elle n'entendit rien de ce qui était sauvage et dangereux dans cette forêt, Il n'y a rien de sauvage et de dangereux dans cette forêt, elle traversa le village et retourna chez elle.

Mélancolie tropicale

Jeronimo ne la fit pas chercher. Peut-être avait-elle espéré que son absence l'affectât assez pour qu'il le fît, il avait si bien joué au seigneur et maître pour l'amener jusqu'à lui la première fois. Mais rien ne se passa.

Rose rangea soigneusement les robes et les bons au porteur (le nom de Jeronimo était écrit dessus et puis le sien bien sûr, le sien propre, complet et intimidant – qu'avait-il voulu acheter avec ces bons, la maisonnette de Rose Bustamente, ses services ou bien encore autre chose ?). La certitude menaçante qu'ils étaient là, dans la cabane, dans la malle sous le lit, était mêlée à l'étrange et satisfaisante possibilité de les utiliser et de partir d'ici. C'était comme la présence d'une petite fiole de poison à son chevet qui aurait donné du goût à son existence. Elle ignorait si les bons pouvaient avoir un autre usage que celui de servir à ne jamais oublier qu'elle avait séjourné dans la Villa de Jeronimo – mais n'abritait-elle pas elle-même quelque chose qui ne pourrait effacer cette période ? Elle n'eut plus peur de sa maison. Elle n'eut plus peur de ce qui s'y était peut-être produit. Elle s'était débarrassée des insinuations de Jeronimo.

Elle reprit la pêche. Les poissons s'étaient multipliés pendant le temps qu'elle avait passé enfermée dans la Villa, tout en haut de la colline. Les commères tournèrent autour de la maison de Rose, lui offrirent leur aide pour nettoyer la cabane et la remettre en état, il y avait eu un brin de tempête quelques semaines auparavant et tout avait valdingué, la toiture était amochée et quelques planches de la terrasse avaient été arrachées, elles proposèrent le coup de main de leurs hommes. Comme elles n'obtenaient pas de réponses suffisantes à leurs interrogations (Que se passe-t-il dans la Villa du haut ? Y a-t-il bien un héliport (le mot prononcé avec déférence et gourmandise) ? Et deux piscines olympiques ? Et une piste de ski alpin ? Il paraîtrait que Jeronimo se droguerait ? Et qu'il en a une toute minuscule ?), elles finirent par se lasser mais quand elles constatèrent que Rose attendait un enfant, elles s'échauffèrent de nouveau. Cette situation leur donna un excellent prétexte pour prodiguer leurs conseils et leur soutien, venir prendre des nouvelles au petit matin, lui apporter des ragoûts roboratifs et sa livraison de *Reader's Digest*.

Rose Bustamente sombrait dans une mélancolie toute vatapunienne. Elle savait pourtant comment lutter contre. Elle savait qu'il fallait s'organiser et placer ses armées. Elle savait qu'il ne fallait pas se laisser prendre par le vortex et entraîner dans des rêveries inappropriées. Qu'il fallait se concentrer sur le réel.

Son ventre grossissait et la vue de sa peau tendue et de son nombril proéminent, la sensation insupportable de ses jambes de plomb et de ses seins énormes sur lesquels serpentait comme sous un léger calque le circuit bleu de ses veines, l'embarras qu'elle avait maintenant de son corps s'accompagnaient de pensées dangereuses. Parfois elle oscillait dans sa barque sous son chapeau de paille, l'eau miroitait et réverbérait avec violence le soleil de midi et elle s'imaginait déjà s'enfonçant dans des abysses obscurs et réconfortants. Tout devenait limpide, noir et glacé.

Puis la petite naquit.

La grosse Roberta accourut quand sur les coups de deux heures du matin, on la prévint que Rose Bustamente hurlait si fort dans sa cabane qu'elle avait l'air de vouloir réveiller tous les morts de la contrée. La grosse Roberta accouchait généralement les femmes de Vatapuna. Elle vint en espérant qu'il n'y aurait qu'un bébé. À entendre Rose Bustamente vociférer on eût pu penser que la force conjuguée d'une série de triplés lui démembrait le corps. En fait il n'y avait dans ce ventre qu'une minuscule fillette noiraude et muette, qu'il fallut fesser à plusieurs reprises pour qu'elle acceptât de respirer un coup. Rose Bustamente eut un moment d'effroi en voyant tout le sang qui souillait le sol de sa cabane, elle se dit, Mes entrailles s'en sont allées, elle désira faire signe à Roberta pour qu'elle s'attelât à remettre dans son ventre l'étoupe qui s'en était échappée, Je ne veux pas mourir sans mes entrailles, elle désira parler mais elle était trop épuisée, on lui posa la toute petite sur la poitrine, ça gigotait, c'était visqueux, chaud et ça sentait le sang et la viande et la merde. Elle pensa, Oh mon Dieu, qu'est-ce que j'ai fait là ? Elle songea à la guerre et aux morts de la guerre. Elle voulut dire, Non non, ne la posez pas sur moi, mais ce qui sortit de sa bouche fut une sorte de gémissement qui faisait, Oh mon bébé. La grosse Roberta fut satisfaite, elle nettoya la cabane puis le visage et le corps de Rose, et elle veilla encore cinq heures auprès de la parturiente afin de vérifier que la chair ne s'en irait pas cette nuit en caillots carmin et fumants.

Un enterrement en pleine canicule

Violette accepta de grandir.
Jeronimo vint deux fois la voir. La première, il arriva de nuit, il avait bu, il s'en allait à Nuatu chercher de nouvelles cousines et, au moment de sortir du village, il fit faire demi-tour à sa voiture (sa voiture spécial je-traverse-la-jungle-pour-aller-chercher-des-cousines, une voiture de l'armée mexicaine, kaki et puis jaune, selon l'angle sous lequel vous la regardiez, camouflage forêt et camouflage désert, quelque chose qui n'avait plus rien à voir avec une Cadillac à ailerons et enjoliveurs à rayons). Il s'arrêta devant la maison de Rose Bustamente (qui, remarquons-le, ne le dérangeait plus du tout dans sa contemplation de l'horizon depuis qu'il avait moins les moyens que ces désirs fussent des ordres), il sauta de sa voiture, les commères se mirent aux fenêtres, il frappa à la porte et n'attendit pas qu'on l'invitât à entrer, les commères suspendirent leur souffle, elles attendirent des éclats et l'éjection de Jeronimo (avant de rencontrer cet affreux, Rose Bustamente avait eu la réputation de savoir mener son monde), mais rien ne vint.

Rose laissa Jeronimo voir la petite parce qu'elle ne savait pas quoi faire pour l'en empêcher, elle se dit, Je suis partie comme une voleuse, elle se sentit fautive, ce qui était absurde, mais Jeronimo avait le chic pour que vous vous sentiez toujours fautif devant lui, même quand il faisait preuve de la pire des goujateries. Elle craignit qu'il ne vînt lui reprendre la fillette et elle se souvint des bons au porteur dans la malle sous son lit. Elle le vit entrer et arrêta de respirer, elle pensa, Cet endroit est misérable, puis elle lui en voulut parce qu'il la faisait se sentir misérable et fautive. Il passa un moment à regarder la petite qui était réveillée, ne lui accordait pas d'attention et jouait avec ses mains et ses pieds. Il dit, Elle est comme un enterrement en pleine canicule. Ensuite il se tourna vers Rose Bustamente et lui annonça qu'il reviendrait. Il ne sourit pas, son regard vert d'iguane était distant et sensiblement accusateur. Il sortit et elle l'entendit démarrer. Elle s'aperçut qu'il n'avait même pas arrêté le moteur. Elle se retrouva humiliée et soulagée.

Quand il redescendit de sa Villa la fois suivante, qu'il ouvrit la porte de chez Rose et s'approcha du parc en bambou où Violette jouait toujours silencieusement avec ses doigts et ses orteils, Rose, qui était en train de préparer un ragoût, lui lança, Elle s'appelle Violette. Puis comme il ne réagissait pas et continuait d'observer la petite fille, elle lui demanda, Que voulais-tu dire l'autre jour avec cette histoire d'enterrement en pleine canicule ?

Il ne répondit pas tout de suite. Et elle commençait à subir ce silence comme une vexation quand il déclara, sans se tourner vers Rose :

Je voulais dire que tout est très lent chez elle.

Très lent ? (Rose pensa, Quel mufle.)

Lent et laborieux et noir avec des pompons.

Rose se dit qu'il commençait à sérieusement dérailler. Elle le laissa repartir sans une question de plus. Il ne dit pas qu'il reviendrait, et en effet il ne revint pas.

Il s'avéra que Violette était réellement lente. Rose l'inscrivit à l'école quand elle eut cinq ans, elle l'y conduisait chaque matin ou chargeait l'une de ses voisines de l'accompagner. Elle savait que la petite se laissait si souvent distraire qu'elle s'égarait régulièrement sur le chemin de l'école. Et puis Violette se fit renvoyer. Elle dissipait la classe. Elle ne peut pas travailler, dit l'institutrice. Elle est un peu simple, tenta-t-elle d'expliquer. Violette chantonnait tout le temps et ne comprenait rien à ce qu'on lui demandait d'exécuter. Ce qu'elle faisait avec plaisir, c'était nettoyer méticuleusement le tableau avec une éponge humide, et, tant qu'elle chantonnait, nettoyait et réalisait des taches bleues sur sa feuille au lieu de dessiner un crocodile, ce n'était pas si grave, mais le problème était qu'elle s'était mise à montrer ses fesses à qui voulait bien les voir. Elle perturbe les enfants, conclut la maîtresse. Rose retourna chez elle avec sa petite fille à la main, celle-ci avançait en ramassant des fleurs sur le bas-côté, ses deux nattes bien luisantes traînant à terre quand elle se penchait. Et Rose marchait lentement comme si elle avait suivi un corbillard.

À six ans, Violette essaya d'aller à la pêche avec sa mère. Mais elle avait peur de l'eau, elle rougissait et brûlait, car sa peau n'était pas aussi brune que celle de Rose. Elle restait là immobile dans le bateau de sa mère, c'en était pathétique, elle se transformait en écrevisse malgré le chapeau de paille verte qu'elle portait, on aurait dit que les rayons traversaient la paille, c'était incroyable une chose pareille, elle voulait tirer le filet mais ses mains se blessaient et saignaient, et elle pleurait mais n'avait pas envie que sa mère la vît pleurer alors elle feignait d'avoir mal aux yeux en plus du reste, Les yeux me piquent, expliquait-elle. Et Rose finit par comprendre qu'il était inutile d'emmener Violette avec elle, elle renonça et la laissa à la maison quand elle allait en mer.

Lorsqu'elle réussissait à se concentrer sur sa tâche, Violette était minutieuse, elle réparait les filets, elle inventait de nouveaux nœuds par accident, qui se révélaient solides et harmonieux, elle réparait comme on brodait, et sa mère se disait, Bon si c'est ce qu'elle doit faire. Violette fredonnait et parlait si peu que Rose oubliait parfois qu'elle avait une fille assise dans la pièce sous l'ampoule.

Au fond, Violette était mal adaptée à une vie sous ces latitudes, elle avait peur des serpents, des fourmis et des papillons – même des papillons monarques que Rose trouvait si beaux et si courageux, elle disait à Violette, Ils ne te feront aucun mal, ils pèsent un demi-gramme et ils ont voyagé sur le vent depuis le Canada pour venir faire leurs bébés papillons chez nous. Violette secouait la tête, fermait les yeux et ne sortait plus de la maison à la saison des Monarques.

Rose avait monté un mur de planches pour que la petite pût s'isoler un peu, elle craignait (en même temps qu'elle le désirait) que Violette s'attachât à elle d'une manière insensée ; elle l'appelait tendrement « ma glu » parce que la petite la suivait comme son ombre. Les planches étaient certes disjointes et d'une pièce on pouvait entrevoir l'autre mais cette séparation lui faisait comme une chambre. Il y avait beaucoup de serpents noirs dans ce coin de Vatapuna, à cause de la proximité du sable où ils vivaient enfouis.

Quand l'une de ces bestioles s'aventurait jusque dans sa chambre, Violette s'entortillait dans sa moustiquaire et, depuis son lit, la regardait glisser sur le sol et fureter ; elle demeurait aussi immobile qu'un caillou. Sa mère lui avait pourtant dit, Appelle-moi ou sors de là quand tu vois un serpent noir, mais la petite se contentait de rester strictement muette et raide.

Et puis elle faisait des cauchemars, elle criait et pleurait si fort que les voisines l'entendaient de chez elles, elles avaient fini par dire à Rose qu'il fallait qu'elle se rendît à l'évidence : la petite était spéciale. Rose devait se résoudre à faire quelque chose, lui piquer le dos avec des aiguilles ou cuire une poule vivante ou lui raser les cheveux ou consulter la vieille sur le chemin des grottes. Mais Rose haussait simplement les épaules et rassurait tout le monde, les voisines comme sa Violette.

La mère Marquez offrit à Violette le vélo qui ne servait plus à son fils et Rose ne vécut plus. Comment une mère pouvait-elle laisser son enfant faire du vélo et marcher sur la route et nager, passer tant de temps sans elle et s'aventurer dans la forêt, alors qu'elle, Rose Bustamente, connaissait toutes les entourloupes et tous les endroits où les vases mouvantes apparaissaient d'un coup, et aussi les ornières du chemin et les fréquentations dangereuses. Un jour en rentrant de faire une course pour la mère Marquez (à cette époque Violette était une fillette ingénument serviable) sur son petit vélo rouge dont elle astiquait les rayons dès que la boue les tachait, Violette fit un vol plané (Elle a fait un soleil, répétèrent les vieilles avec admiration longtemps après l'événement) et atterrit sur son bras droit qu'elle cassa impeccablement en deux. Quand Rose revint de la pêche, il y avait déjà du monde chez elle, la petite était au lit et gémissait, les voisines veillaient et buvaient du café assises sur la terrasse, l'une d'elles avait même investi le hamac. Rose qui avait vu de loin sa terrasse assiégée avait activé le moteur de sa barcasse et s'était dépêchée de rentrer, son cœur tout immobilisé comme pris dans du gel. Elle avait subodoré le pire. Elle bouscula les femmes et se précipita au chevet de sa fille. Elle mesura l'ampleur de la fracture, exigea la venue du docteur Laskar et, en attendant, pour que la petite souffrît moins et pût s'endormir, elle lui fit boire du ratafia de mangue. Le docteur Laskar vint et confectionna un plâtre mouillé à Violette. Pendant la nuit, Rose veilla son enfant, elle lui refaisait boire de son alcool de fruits dès qu'elle se mettait à geindre. La petite y prit goût. Et bientôt le ratafia régenta tout. Quand le plâtre fut retiré et que l'alcool n'aurait plus dû être de mise depuis longtemps, il fallut à Rose camoufler les bouteilles, puis les éliminer de la cabane, surveiller l'haleine de la petite et prendre des mesures. Prendre des mesures, c'était enfermer l'enfant quand elle partait en mer et la laisser tourner en rond dans la cabane avec son repas froid et de l'eau ou du soda qui pétillait. Violette se montra pleine d'astuce et découvrit vite le moyen de faire basculer quelques planches de la maison pour se faufiler à l'extérieur. Elle ne pensait plus ni aux Monarques ni aux serpents noirs, elle était juste pressée de courir sur la route et de remonter ses jupons contre une ou deux canettes.

Violette qui avait été si silencieuse devint en grandissant l'une de ces terribles pipelettes qui multiplient les paroles malheureuses. Elle avait été une petite fille dont la peau délicate pelait, une petite fille qui n'arrivait pas à être à la hauteur, qui ne pouvait pas apprendre à lire parce que c'était un peu trop compliqué, et elle était maintenant suffisamment grande pour briser le cœur de sa mère, coucher avec tous les garçons du village, boire plus que de raison et se transformer en une jolie jeune femme vide et sans bonté.

Elle tomba enceinte à quinze ans.

Rose en fut tourneboulée mais finit par accepter la fatalité avec résignation. Violette accoucha de Vera Candida, fut incapable de s'en occuper et continua de baiser avec n'importe qui (c'était une sorte d'atavisme, pensait-on à Vatapuna, pourtant étrangement, Violette ne demandait rien en contrepartie de ses services, elle avait l'air d'aimer ça, c'était ce que les garçons arguaient quand on les accusait d'exploiter la faiblesse de Violette). Elle devint paresseuse et colérique. Sa mère la faisait vivre ; le fils du maire participait également à son entretien parce qu'il l'aimait bien, il la trouvait jolie et bête et n'en revenait pas de ce qu'elle acceptât de faire avec son cul, aussi lui payait-il des babioles et de quoi manger, elle le mettait mal à l'aise mais à chaque fois qu'il la voyait, ses neurotransmetteurs s'emballaient, il la lui fallait tout de suite, il se mettait à transpirer et à bander, c'en était grotesque. Il lui acheta une maisonnette sur le chemin des grottes, il l'y installa avec sa fille.

On disait à Vatapuna que Vera Candida était la petite-fille du maire. Violette Bustamente elle-même aurait été bien incapable de le certifier.

Apprendre à respirer sous l'eau

À partir de ses cinq ans et jusqu'à son départ de l'île, Vera Candida vécut avec sa grand-mère Rose. Celle-ci l'avait récupérée la fois où elle s'était rendu compte que, non contente de ne pas avoir alimenté sa fille pendant trois jours, Violette ne l'avait pas non plus transportée chez le docteur de Vatapuna alors que l'enfant avait une fièvre de jument.

Ce jour-là, Rose Bustamente était entrée chez Violette pour lui apporter quelques papayes et du linge lavé repassé. Elle avait demandé à voir la petite et Violette qui se peignait les ongles en louchant lui avait fait un signe évasif du menton vers la chambre qu'elle partageait avec sa fille, Je ne sais pas ce qu'elle a, elle dort tout le temps. Rose avait soulevé le rideau qui séparait les deux pièces et vu le tout petit corps de la fillette sur la paillasse. Il lui avait semblé mou et démantibulé. Elle avait aussitôt pensé que l'enfant était morte.

Tu l'as laissée mourir, gueula-t-elle en se précipitant pour s'agenouiller devant le corps de la fillette. Là elle put voir, pendant que Violette se levait et les regardait en reniflant depuis l'embrasure et en sautillant sur ses deux jolis pieds, que la petite était toujours en vie mais bien mal en point. Son visage avait pris une couleur rouge qu'on ne voit que chez les fleurs, elle avait perdu connaissance et sous son oreille droite un abcès gros comme un poing de bébé pulsait son venin à travers la peau fine. Rose sentit la colère la submerger, elle se débarrassa de ses papayes et du linge propre et plié qu'elle n'avait pas lâchés, elle attrapa l'enfant dans ses bras (c'était comme de soulever un oiseau, la chair n'avait pas l'air d'être attachée aux os), elle se releva et passa devant la mère figée, prononçant entre ses dents pour contenir sa rage, mais assez distinctement pour que Violette pût l'entendre depuis le drôle d'endroit où visiblement elle vivait retranchée :

Et surtout, Violette Bustamente, ne reviens jamais me réclamer ta fille.

Violette les regarda sortir et ne bougea pas d'un pouce, inerte comme un tombeau.

Rose emmena la petite chez le docteur Laskar, celui-ci perça l'abcès, garda la fillette quelques jours et lui administra des doses de médicaments qu'il réservait en général aux forestiers du coin qui pesaient un quintal et demi. Il finit par la rendre à sa grand-mère, encore faiblarde mais bien en vie. Il informa Rose Bustamente que la petite portait sur son buste et ses cuisses des traces de griffures, des cicatrices et des bleus qu'elle n'avait pu se faire seule en jouant dans la courette de chez sa mère. Rose hocha la tête, devina la façon dont Violette devait parfois envoyer valdinguer la petite et se dit que la décision qu'elle prenait était assurément la plus juste.

Ce fut ainsi que Vera Candida s'installa chez sa grand-mère dans la cabane devant l'océan, ce qui fut la meilleure chose qui lui arriva jusqu'à son départ de Vatapuna.

Quand Violette Bustamente venait les visiter, elle se faisait toute petite, penaude et repentante, mais Rose tint parole, elle ne la laissa jamais reprendre la gamine. Violette tenta bien d'amadouer la fillette, elle essayait de passer la voir aux heures où Rose était sur sa barcasse de pêcheuse, elle venait avec des sucreries et des petites étoffes cousues entre elles, ce qui devait représenter pour son esprit légèrement dérangé des offrandes dignes d'une princesse. Vera Candida la voyait débarquer, acceptait les cadeaux, pliait soigneusement les étoffes et rangeait les sucreries sur l'étagère au-dessus de la cuisinière, elle s'asseyait près de sa mère, faisait ses devoirs, mais ne parlait jamais à Violette Bustamente qui sirotait son thé faute de gnôle en s'agitant sur son siège comme si elle cherchait ses mots ou qu'elle abritait une ribambelle de vers dans ses intestins.

Au début, Vera Candida serait bien retournée chez sa mère, elle se sentait immensément coupable de la rendre si malheureuse. Celle-ci, quand elle trouvait ses mots, lui servait tous les regrets qu'elle éprouvait, tous les serments qu'elle s'engageait à ne jamais rompre et toute la tristesse dans laquelle elle vivait depuis que grand-mère lui avait enlevé sa fille bien-aimée. Oui, je ne sais pas toujours bien m'y prendre, disait-elle, je ne t'aime pas comme il faudrait, mais je t'aime de tout mon cœur, répétait-elle avec l'application et l'humilité d'un mari violent. Tu verras, ce ne sera pas comme avant. Et au début la petite avait l'impression d'osciller et de fléchir ; elle préférait s'en tenir à un mutisme prudent de peur de fondre en larmes et se concentrait sur ses devoirs en verrouillant toutes les écoutilles pour ne pas dans l'instant sauter sur ses pieds, tendre à sa mère la laisse qui lui pendait encore au cou et la suivre jusqu'à la maisonnette où elle avait été négligée pendant des années. Quelque chose chez sa mère l'amenait plus loin qu'elle n'aurait voulu. Si elle ne partait pas dans la seconde rejoindre celle-ci, c'était juste parce qu'elle avait peur que sa grand-mère ne se mît très en colère contre elle et ne voulût plus la voir.

Quand elle s'ouvrit à cette dernière de sa douleur à causer tant de chagrin à sa mère (elle n'arrivait plus à manger parfois, la pauvre gamine, elle dépérissait et s'asseyait mélancoliquement sur le sable), Rose prit deux décisions. Elle interdit à sa fille Violette de venir en son absence perturber la petite (Violette se mit à geindre et à jurer de sa probité mais Rose fut inflexible) et elle tenta d'apprendre à Vera Candida à lutter contre les tyrans. Elle lui apprit aussi à ne pas accepter les compromissions avec lesdits tyrans, elle lui enseigna comment lutter contre le chant des sirènes, elle lui dit, N'oublie jamais ta colère. Et si la colère s'effaçait en faveur d'un sentiment plus confus et plus paralysant comme la culpabilité alors il fallait la réactiver, et quel meilleur moyen que de se planter devant le miroir de la chambre, soulever son maillot et compter les traces laissées par le si grand amour mal exprimé de Violette Bustamente. Dans ces moments-là Vera Candida se collait au miroir pour sentir la fraîcheur d'hiver sur sa peau puis elle soufflait pour créer de la buée et dessiner sur la surface si lisse des formes rondes, des spirales et des volutes. Elle remontait ses cheveux et touchait la balafre blanche et soyeuse qu'elle avait sous l'oreille puis elle remettait sa chevelure en place.

Ces cicatrices-là, mon sucre, sont des étendards, disait grand-mère Rose. Au fond c'est un avantage toutes ces coupures bien visibles. Quand le mal qui t'est fait est seulement à l'intérieur (mais sache, ma princesse, qu'il peut être aussi taraudant et violent que des coups de poing), alors ne pas perdre de vue ta colère et ta juste rage demande un bien plus gros effort.

Les fourmis, les Peuls et les ogres

Rose Bustamente fut une grand-mère formidable. Elle débitait des sentences à tout bout de champ et Vera Candida les notait (du coup elle avait en permanence un petit carnet et un minuscule crayon de bois dans la poche de son short pour noter les phrases de sa grand-mère et pouvoir les relire à loisir, y réfléchir et les relire, tenter d'y déceler du sens, et puis abandonner et se dire, Ce sera pour plus tard, comme si elle avait engrangé des noix de cajou pour parer à une famine à venir).

Il y a des gens qui pensent qu'il suffit que vous leur plaisiez pour qu'ils aient droit à votre corps, énonçait souvent Rose Bustamente.

Attends la coïncidence des corps, ajoutait-elle.

Il faut que tu ne saches plus où commence ton corps et où finit celui de l'autre, complétait-elle.

Elle disait que c'étaient des choses qu'on devrait enseigner à l'école et que ça éviterait à des filles comme elle ou Violette de devenir des putes ou bien des femmes mal mariées. Quand sa grand-mère parlait ainsi, Vera Candida se sentait sceptique et un peu perdue, comme si elle s'était retrouvée sur un morceau de banquise en pleine débâcle avec l'eau de mer qui recouvrait peu à peu la glace.

Rose Bustamente ne voulait pas que Vera Candida l'aide à pêcher des poissons volants. Elle lui demandait juste d'aller à l'école de Vatapuna, de faire ses devoirs et de ranger la maison. Mais ranger la maison était une tâche dont Vera Candida ne parvenait pas à s'acquitter. Elle aurait pourtant tout donné pour réussir à tenir la maison propre et ordonnée. C'était simplement au-dessus de ses forces. Elle rentrait de l'école et se disait, Je m'y mets tout de suite. Et puis elle regardait la pièce où elle vivait et dormait avec sa grand-mère, et se sentait aussi accablée que si un essaim de tsé-tsé l'avait choisie pour cible. Elle ressentait une subite envie de dormir. Alors elle se disait, Il vaut mieux que je fasse mes devoirs d'abord. Elle s'y appliquait et puis, quand elle avait fini, elle contemplait de nouveau la pièce et ses épaules s'affaissaient, elle savait bien que l'heure tournait, qu'il fallait faire la vaisselle du petit déjeuner et balayer et ranger les bocaux d'épices et ne pas laisser traîner les petits pots de citronnelle et les torchons et les jupons et les livres d'école. Mais c'était impossible de se lever et de s'y mettre. Elle restait assise devant la table à attendre. Quand le jour faiblissait et qu'elle n'avait toujours pas bougé – on aurait cru qu'elle attendait un courrier et que ce courrier tardait impitoyablement ; ç'auraient pu être les résultats d'un concours, un concours de poésie pour lequel elle aurait envoyé des poèmes à Nuatu, ou bien encore la lettre d'un amoureux secret –, elle se rendait compte que sa grand-mère allait arriver, aussi se secouait-elle et se mettait-elle à s'agiter dans la pièce, elle allumait la lampe à huile et balayait le sol et poussait tout ce qui dépassait sous son lit, elle entassait entassait et, quand sa grand-mère apparaissait et qu'elle ressemblait à une grand-mère qui a passé la journée en mer à pêcher des poissons volants, Vera Candida lui souriait, se tenait bien droit près du fourneau en espérant que sa grand-mère apprécierait sa tenue de petite soldate et elle s'en voulait de n'avoir pas nettoyé parfaitement la maison et sa grand-mère ne disait rien, elle voyait bien que la maison était sale et en désordre, que la vaisselle paraissait lavée mais qu'elle était encore grasse et pleine de dégoulinures, que le sol collait un peu sous la plante des pieds et que le dîner n'était pas prêt. Mais elle ne disait rien. Vera Candida avait sans doute l'air mortifiée et atterrée et un peu terrorisée. La grand-mère faisait comme si de rien n'était, elle ne la traitait pas de paresseuse, elle s'attelait au dîner et débitait ses sentences pleines de sagesse idéale et Vera Candida les notait et tout rentrait dans l'ordre.

Vera Candida avait quatorze ans et vivait depuis fort longtemps chez sa grand-mère quand Violette fut retrouvée morte dans la forêt, le visage déjà ruisselant de fourmis.

Ce fut la petite nièce du maire qui vint avertir Rose Bustamente qu'on avait découvert sa fille morte sous les palétuviers. Rose prit dix ans dans l'instant, son visage fléchit, la peau de ses joues s'effondra, elle se tourna vers Vera Candida comme si elle la suppliait de quelque chose et Vera Candida aurait tout donné pour deviner de quoi il s'agissait et puis Rose lâcha sa cuillère en bois qui tomba sur le sol, elle abandonna la préparation du dîner, elle dit à Vera Candida, Ne bouge pas, et elle sortit, escortée par la nièce du maire. Cette dernière était dans la même classe que Vera Candida alors celle-ci se dit que le lendemain tous les enfants lui poseraient des questions et voudraient avoir des détails sur la mort de sa mère. Aussi désobéit-elle et suivit-elle à bonne distance sa grand-mère qui filait derrière la nièce du maire. Elle marchait à petits pas rapides et silencieux et c'était comme de tailler son chemin dans du verre. Elle pensa, C'est la nuit de la mort de ma mère – en fait sa mère était morte la nuit précédente, elle était donc restée une journée entière avec les fourmis qui sillonnaient son visage.

Autour du corps de Violette Bustamente, que personne n'avait encore touché, parce qu'on attendait Valdes le policier du coin et qu'il était introuvable, il y avait trois femmes de l'âge de Rose (dont l'une avec une lampe torche qui parfois se mettait à clignoter) et puis le fils du maire, l'amant de Violette. Il pleurait comme s'il avait aimé Violette ou comme s'il avait perdu un objet dont il ne pourrait plus se passer ou comme s'il avait fait une grosse bêtise ou oublié une chose importante et qu'il n'était pas sûr qu'on le lui pardonnerait. Vera Candida, embusquée derrière un palmier à huile, le regardait et se dit, Il a l'air dépravé et benêt, elle réfléchit à ce qu'elle entendait parfois à l'école et qui la concernait, Tu es la fille d'une idiote et d'un benêt. Ce n'était pas toujours méchant, c'était comme si tout un chacun s'étonnait qu'elle fût une fille visiblement normale malgré cette hérédité.

Rose Bustamente prit sa fille dans ses bras, les trois femmes voulurent l'en empêcher en prétextant qu'il fallait attendre Valdes le policier mais Rose Bustamente les éloigna d'un geste péremptoire, elle balaya avec un mouchoir les fourmis sur le visage de sa fille et elle dit, Aide-moi, et le fils du maire arrêta de pleurer et l'aida à soulever Violette et ce fut lui qui la porta dans ses bras comme s'il portait sa mariée. Vera Candida suivit le cortège. Il faisait si sombre maintenant que personne n'aurait pu la reconnaître. En traversant Vatapuna, le cortège prit de l'ampleur. Le policier Valdes débarqua et se mit à gueuler qu'on n'avait pas à bouger le cadavre mais personne ne lui répondit, aussi se joignit-il à la procession jusqu'à la maison du maire. Vera Candida sentait son estomac tout étréci comme si elle n'avait pas mangé depuis cinq jours.

Quand le fils du maire entra dans la maison de son père (où il vivait également), Vera Candida fit demi-tour et retourna chez elle. Là elle se posta au milieu de la cuisine et se mit à sauter sur place le plus haut possible, c'était un truc de Peul ou de Massaï, elle ne savait plus bien. Elle sautait et son cerveau lui semblait bringuebalé de droite à gauche et contre le fond de son crâne et ça assommait et ça rendait tout mou et ça extirpait du monde. C'était parfait. Elle finit par se mettre au lit comme soûle et dormit vingt heures. Quand elle se réveilla, sa grand-mère était assise sur les marches et fumait l'un de ses affreux cigarillos, elle pleurait en émettant de petits bruits inédits et en regardant le soleil se coucher. Elle n'avait pas tenté de réveiller sa petite-fille. C'était même providentiel que la gamine ait dormi si longtemps. Rose Bustamente n'avait envie de parler à personne.

Elle avait alors plus de soixante-dix ans, elle se considérait comme une très mauvaise mère et une grand-mère acceptable. Elle décida de faire enterrer sa fille sans chercher à savoir ce qui lui était réellement arrivé. Il semblait que

Violette avait tant bu qu'elle était tombée dans le coma. Le seul point douteux qu'on aurait pu être tenté d'éclaircir concernait le nom de la personne qui l'accompagnait et qui l'avait abandonnée dans un tel état sous les palétuviers. Vu que se promener toute seule dans la jungle, même aux abords de Vatapuna lors d'une nuit sans lune, était une activité à laquelle Violette Bustamente ne s'était jamais adonnée.

Rose Bustamente médita un moment sur les malheurs de sa vie, elle eut pitié d'elle-même, puis se reprit. Elle demanda à sa petite-fille Vera Candida de monter la colline pour aller avertir Jeronimo de la mort de sa fille et de l'enterrement de celle-ci pour le surlendemain.

Vera Candida, un peu secouée de voir sa grand-mère se laisser aller à un apitoiement pâteux dont elle était si peu coutumière (mais comment Vera Candida aurait-elle pu deviner ce que ressentait une vieille femme qui perdait sa fille une nouvelle fois ?), obéit à celle-ci et grimpa la colline jusqu'à la Villa de ce grand-père qu'elle n'avait jamais encore rencontré. Il vivait toujours dans sa maison en ruine et n'en sortait plus. Vera Candida portait une robe de coton rouge à bretelles, un châle crocheté noir et des tongs jaunes dont l'épaisseur de la semelle mesurait à peine plus de deux millimètres, ce qui lui permettait de sentir tous les infimes cailloux du chemin. Elle avait les cheveux nattés et arborait le même regard furieux que sa grand-mère. Avec le heurtoir, elle frappa à la porte au sommet des cent trente-deux marches (certaines manquaient, d'autres étaient recouvertes de lianes et dévorées par les intempéries), elle était tremblante mais tout de même un brin faraude, elle frappa une seconde fois la petite main de métal sur son support et entendit des loquets se décadenasser et des bobinettes choir. La vieille muette avait dû mourir depuis longtemps puisque ce fut Jeronimo en personne qui lui ouvrit, il avait les cheveux blancs et toujours les mêmes yeux verts d'iguane, il la regarda et ne parut pas comprendre qui elle était. Vera Candida sentit son sang devenir gélatine, elle eut envie de déguerpir et de dévaler l'escalier et le chemin qui menait à la cabane de Rose Bustamente. Elle ne sut pas si c'était le lieu qui l'impressionnait ou le regard d'iguane ou ce qu'on disait du vieux Jeronimo. Il la jaugea et lui fit signe d'entrer. Et même si Vera Candida était terrorisée et se demandait si elle n'était pas en train de pénétrer dans l'antre d'un ogre, ses jambes habituées à obéir avancèrent.

II

Lahomeria

La montée des eaux

Quand il fut clair qu'elle ne pourrait plus cacher longtemps la nature de son état à sa grand-mère Rose Bustamente, Vera Candida décida de partir. Elle sentait une mélancolie et une apathie la prendre, comme si ce qu'elle abritait dans son ventre lui pompait son énergie et la laissait toute pantelante (l'image qui lui venait était celle d'un vermisseau avec des yeux globuleux et de minuscules mains de batracien, un vermisseau caché dans ses entrailles, attelé à lui sucer la moelle avec une paille de couleur rouge). Elle avait commencé à s'assoupir un peu n'importe où. Elle craignait que sa grand-mère ne le remarquât parce que dans ce cas elle aurait tout de suite deviné la raison de cette indolence. Et c'en aurait été fait de Vera Candida (du moins l'imaginait-elle ainsi).

Il est d'ailleurs étonnant que Vera Candida se pensât assez coupable pour attirer les foudres de sa grand-mère Rose Bustamente, alors que celle-ci lui avait enseigné depuis toujours que les victimes sont des victimes, qu'elles ne sont jamais complices et que les salopards ne sont que des salopards. Comment avec de tels préceptes Vera Candida n'osa-t-elle pas parler à sa grand-mère de cet engrossement ? Et comment la vieille Rose Bustamente qui avait l'œil si vif ne perçut-elle aucun des symptômes de Vera Candida ?

Celle-ci, pour dormir en journée, se cachait sous les barcasses retournées sur le sable. Elle faisait de petits sommes qui ne la requinquaient en rien mais qui lui permettaient de ne pas s'écrouler, la tête dans son assiette, dès qu'elle s'asseyait à la table de sa grand-mère. Elle connaissait les symptômes avant-coureurs de sa narcolepsie, elle sentait ses yeux rouler, comme les billes d'un boulier, ils remontaient vers ses paupières, elle voyait flou, n'entendait plus rien de ce qu'on lui disait, elle ne pouvait que hocher la tête, les sons devenaient inquiétants et méconnaissables, à ce moment-là il était temps de se lever, de dire, Je vais aux toilettes, et de s'accroupir dans la petite cabane derrière la maison en dodelinant sur les chevilles, en se berçant doucement, en serrant son ventre et en s'endormant quelques minutes. Pour ajouter à l'inconfort de cette somnolence, le calvaire de Vera Candida était doublé d'une nausée qui la tenait du lever du jour au coucher du soleil. Il devenait pour elle chaque jour plus difficile de masquer une torpeur métissée de haut-le-cœur.

Au bout de trois mois de grossesse, elle se résolut à quitter Vatapuna.

Une ancienne camarade d'école lui avait dit que sa cousine habitait le continent et faisait des études de droit à Lahomeria. Vera Candida vint consulter un soir la camarade en question pour plus de renseignements. Celle-ci ne se fit pas prier, donna des informations précises (ou qui se voulaient comme telles), promit d'écrire dès le lendemain à la cousine et assura que Vera Candida pourrait trouver refuge chez elle à son arrivée. La cousine, qui revenait une fois l'an à Vatapuna, avait apparemment adopté des mœurs fort libres et considérait que son appartement était, selon ses propres termes, « une auberge espagnole » – l'expression plaisait beaucoup à la camarade d'école de Vera Candida, elle devait lui évoquer un endroit où l'on buvait de la bière à profusion, où l'on mangeait des tortillas et où la vie était facile. La camarade d'école n'était pas au courant de l'état de Vera Candida, elle pensait juste l'aider à mettre au point une fugue illusoire (elle n'y croyait pas vraiment) et si les choses tournaient mal (disparition définitive de Vera Candida suite à son départ pour le continent) cela lui ferait une concurrente de moins (Vera Candida était si farouche et bien roulée que les garçons ne regardaient qu'elle). L'affaire était avantageuse de tous les côtés – Vera Candida paya les renseignements que sa camarade lui fournit, elle paya son silence (si je parle, que le grand cric me croque) et son aide, elle lui offrit une partie du pécule gagné en secondant sa grand-mère dans la vente de la pêche, pécule qu'elle conservait dans une funeste bourse de cuir qui avait appartenu à sa mère Violette et avant elle à l'infâme Jeronimo.

Le jour où Vera Candida partit il pleuvait des cordes.

Foutu temps, fit le conducteur du minibus. Vera Candida hocha la tête en grimpant mais se félicita de la chance qu'elle avait de se carapater un jour de si gros temps (il y avait peu de gens dans les rues et elle pouvait garder la capuche de son ciré sur la tête). Quand le minibus démarra, Vera Candida prit une profonde inspiration. Elle colla son visage à la vitre et regarda le paysage de Vatapuna disparaître de sa vue. L'humidité pénétrait les interstices des fenêtres, la surface de la vitre était à la fois glaciale et moite, on eût dit qu'elle avait de la fièvre, les gouttes dégoulinaient par saccades sur le verre rayé. Les cahots de la route taraudaient l'estomac de Vera Candida, elle tenta de se concentrer tout entière vers la cousine de la ville pour ne pas penser à sa grand-mère et à la douleur de sa grand-mère – quand elle était enfant elle imaginait son propre enterrement, les éloges qu'on y prononcerait à son propos, les épitaphes qu'on lui inventerait et les pleurs qu'on y verserait ; c'était une vision qui l'apaisait et la perçait d'une tristesse magnifique. Mais il était maintenant hors de question de se laisser aller à ce genre de complaisance réconfortante ; Vera Candida fermait la porte à la nostalgie. Il s'agissait d'édifier un mur de brique qui résisterait au souffle du loup ; son front cognait contre la vitre ; elle aurait aimé à force se faire un bleu.

Le voyage durait deux heures jusqu'à Nuatu mais avec la pluie (Foutu temps, répétait le chauffeur) on pouvait compter le double. Vera Candida rapprocha son baluchon de sa cuisse, elle entoura son poignet de la corde qui le fermait (si d'aventure elle s'endormait), tâta la funeste bourse de cuir qu'elle avait cousue à l'intérieur de son blouson, pile sur le cœur, elle avait quelques billets pliés dans ses baskets, sous le talon, ils prendraient peut-être l'eau mais seraient ainsi, pensait-elle, plus en sécurité. Au cours des heures que dura le trajet, il y eut pas mal d'allées et venues dans le minibus, des types montaient et passaient dans la travée pour vendre des colifichets et des remèdes miracles. C'était tout ce que Vera Candida détestait de son île. Les hommes s'approchaient et agitaient leurs paniers sous le nez des voyageurs. Il y avait des breuvages pour faire revenir définitivement un amour volage, certains étaient censés vous faire retrouver une peau lisse et sans défaut, d'autres vous permettraient de mettre fin à une grossesse non désirée, quelques-uns plus modestement devaient vous guérir de votre nausée durant le trajet en minibus (c'était un autre inconvénient des longs voyages dans la forêt, tous ces gens qui venaient munis de leur sac plastique dans lequel ils vomissaient et qu'ils vidaient à chaque arrêt).

Vera Candida se recroquevilla, se concentra sur ce qu'elle voyait par la fenêtre, essayant d'échapper au raffut qui régnait dans le bus – certains montaient avec des animaux, des poules, des lapins, des coqs de combat, et même un avec une bestiole dans une cage, une sorte de tout petit tamanoir qui couinait une longue lamentation –, ne voulant rien savoir des passagers, ne rien avoir à faire avec eux, plissant les paupières pour tenter de deviner le paysage qui dégoulinait alentour. La forêt en entier était accablée et immobile sous les trombes d'eau qui la maintenaient tête penchée. Vera Candida se dit, La forêt est une pénitence. Puis elle pensa, Je m'en vais. Et encore, Je m'en vais et personne ne me regrettera.

Ce qui était faux bien entendu.

Mais Vera Candida avait à peine quinze ans et ce n'était déjà pas chose facile de partir, alors imaginer que vous alliez rendre folle de chagrin votre grand-mère empêchait la détermination requise pour un départ définitif – son départ ne pouvait être que définitif, ce qui voulait dire qu'il allait durer des millénaires puisque Vera Candida, à cette époque, était encore immortelle.

Quand le bus arriva à Nuatu, elle en descendit, regarda autour d'elle et sentit ses forces fléchir. Elle faillit faire demi-tour et se précipiter vers le chauffeur qui la surveillait du coin de l'œil avant de redémarrer. Elle vit sa peau olivâtre et son ventre qui touchait le volant. Elle baissa la tête sous son capuchon, crispée comme un bâton. Le chauffeur du minibus démarra, les portes coulissèrent en chuintant, et le véhicule s'éloigna lentement.

Vera Candida resta au milieu de la place de Nuatu, il était encore tôt, l'heure de son bateau (la camarade de Vera Candida avait été une mine d'informations) ne viendrait pas avant la fin d'après-midi, le voyage se faisait de nuit. Pour ne pas être prise de pleurs ou d'un découragement paralysant (Tiens voilà, je m'écroule ici au milieu de cette place, je ne suis plus qu'un tas d'étoffes, je disparais même de ce tas d'étoffes, dans quelques heures quand ils le soulèveront au moment du nettoyage de la place, ils ne découvriront rien d'autre, je me serai volatilisée), Vera Candida lissa l'intérieur de son crâne, elle en fit une coquille vide et parfaite, à la surface aussi polie et douce que la nacre d'un coquillage. Ce fut la condition pour ne pas retourner sur ses pas et pour se remettre en marche, la mémoire neuve et le crâne dépeuplé. Elle voulait traverser ce bout d'océan, trouver la cousine à l'auberge espagnole et se débarrasser du bébé qui grandissait dans ses entrailles. Elle ne pourrait rien faire de tout cela si elle était emplie de remords.

La traversée des âmes perdues

Vera Candida devait faire le voyage depuis Nuatu dans un chalutier qui remplissait ses cales d'anchois et d'émigrants clandestins. Elle avait à peine quinze ans mais disait en avoir dix-neuf, elle fronçait les sourcils et se creusait les joues, elle marchait d'un pas assuré ce jour-là dans Nuatu pour donner l'impression qu'elle allait quelque part, elle avait remarqué qu'ainsi on lui adressait moins la parole, il ne faut jamais avoir l'air désœuvré, c'est important ça, ne jamais avoir l'air désœuvré, alors elle fit le tour de Nuatu sous la pluie en marchant d'un pas pressé, attendant le départ du bateau, opérant une sorte de révolution autour de la place, surveillant l'heure qui avançait avec une lenteur d'infirme, passant et repassant devant la pendule de l'église.

Quand il fut temps, Vera Candida prit place au fond du chalutier avec quatre autres insulaires, elle était la seule fille mais elle avait pris son couteau et quand l'un des types s'approcha d'elle, elle montra les dents et la lame et cela suffit à le calmer pour le reste du voyage.

Ils arrivèrent le surlendemain.

Vera Candida n'avait jamais encore mis les pieds à Lahomeria ou sur le continent en général. Et ce fut un choc. Parce que ça n'avait rien à voir avec Vatapuna. Plus qu'une différence de lieu c'était l'impression d'avoir changé de siècle qui vous saisissait au sortir du bateau. Vera Candida n'avait jamais vu autant de voitures, de panneaux publicitaires (les panneaux publicitaires bougeaient, en une minute vous aviez droit à cinq réclames différentes et hop ça revenait à la première), de boutiques, de femmes en minishort (elles portaient toutes du fluo, ce qui était la couleur du gilet de Vera Candida que sa grand-mère la forçait à enfiler à l'époque où elle partait à vélo pour l'école avant l'aube – à Vatapuna le fluo c'était un truc utilitaire et moche, un truc pour les types qui refaisaient la route de Nuatu avec leurs marteaux-piqueurs et leurs sacs de caillasses, un truc à ranger en boule au fond de votre cartable, cinquante mètres avant l'école pour ne pas mourir de honte foudroyé d'un coup), il y avait aussi un bruit assourdissant, des haut-parleurs déversaient de la musique depuis les cimes des lampadaires sur les centaines de voitures qui filaient ou tentaient de filer sur le port.

Vera Candida s'arrêta une seconde, avant de prendre son air de fille pas désœuvrée, et se dit, C'est de la science-fiction. Elle en voulut à Rose Bustamente de ne jamais lui avoir décrit à quoi ressemblait Lahomeria, elle en voulut à sa mère et à Jeronimo, elle en voulut à tous les gens qu'elle connaissait puis elle se remit en marche.

Quand la cousine lui ouvrit la porte, Vera Candida posa son sac sur le seuil et se présenta. Comme son nom n'évoquait manifestement pas grand-chose à la jeune femme qui se tenait devant elle, elle dit qu'elle venait de Vatapuna et lui sortit pour preuve le papier sur lequel sa camarade avait noté l'adresse de la cousine. Et puis elle prit un air si accablé à l'idée que la seule personne dans cette ville qui était censée avoir entendu parler d'elle ne la reconnût pas que la cousine ouvrit le battant en grand, Entre, lui dit-elle, et en refermant la porte elle ajouta, Je m'appelle Hannah avec deux h, c'était une coquetterie qui ne venait pas de Vatapuna, elle était née en s'appelant Anna, comme tout le monde, mais en traversant le bout de mer et en devenant étudiante en droit sur le continent, elle s'était arrogé deux h pour encadrer son nom.

La cousine Hannah ne portait pas de fluo. Mais une minijupe en jean et un tee-shirt jaune sur lequel il y avait écrit au marqueur : Je suis un poussin révolutionnaire.

Vera Candida pénétra dans l'appartement et se dit une nouvelle fois, C'est de la science-fiction. Elle adora l'endroit. Parce que c'était un endroit impossible, une vraie chambre d'étudiante, avec le coin douche dans la cuisine et la cuisine dans la chambre, et des toilettes sur le palier, un foutoir innommable, des affiches de concert au mur, et des pots de yaourt comme cendrier, Vera Candida en fit tomber son baluchon, la cousine Hannah se tourna vers elle, Je te prépare un thé, dit-elle et elle ajouta, Tu as eu de la chance de me trouver, en général je suis chez mon mec, et elle prononça ses mots avec une désinvolture étudiée, il était évident qu'elle s'en délectait, même devant une gamine de Vatapuna, c'était agréable de s'appeler Hannah et d'être une fille libérée, ce n'était peut-être pas le public idéal, mais c'était tout de même un public, elle tendit à Vera Candida un verre dans lequel elle avait versé le thé, Tu peux dormir ici cette nuit, après il faudra que tu te dégottes autre chose, mais Vera Candida n'entendit pas la fin de la phrase, toute à son éblouissement.

Elle vécut les cinq mois suivants chez la cousine Hannah. Ce furent cinq mois infernaux. Parce qu'il y avait toujours du monde dans ce minuscule appartement, parce que ceux qui y vivaient ou y passaient se relayaient apparemment pour ne pas dormir (ils montent la garde ?) et, pour ce faire, fumaient des substances aux odeurs de savon brûlé et mettaient la musique si fort que le sol vibrait en permanence. Vera Candida avait déplacé peu à peu son matelas pour s'éloigner des baffles et de l'odeur de savon brûlé qui la faisait vomir, elle avait fini par atterrir dans la douche et s'était installée à l'intérieur, disposant des coussins et des couvertures, recroquevillée en chien de fusil mais protégée du reste de la maison par un rideau à poissons rouges piqueté de vermine. Son ventre qui grossissait un peu plus chaque jour la gênait dans ses contorsions.

Quand Hannah passait chez elle, elle engueulait les invités parasites qui s'avachissaient sur son futon, elle baissait le son et sortait Vera Candida de la douche en lui prodiguant des caresses et des mots doux, Allez doucette, debout, ne reste pas comme cela toute coincée, ton bébé va naître tordu, allez debout, on est en train de te trouver des papiers, la jolie, il faut que tu apprennes à les virer les affreux qui t'emmerdent, allez ma princesse, debout, et elle pouvait continuer comme ça jusqu'à son départ. Elle avait choisi Vera Candida comme symbole, elle avait voulu savoir qui était le père de l'enfant (puisqu'elle venait de Vatapuna, elle pensait le connaître), mais Vera Candida lui avait opposé un silence de fauve. Elle avait décidé d'aider Vera Candida à avoir des papiers, ce n'était pas si difficile à cette époque, la preuve en était qu'une fugueuse qui avait à peine quinze ans enceinte jusqu'aux sourcils avaient des chances d'en obtenir, Vera Candida était son symbole, c'était Hannah qui répétait cela, elle aurait bien dit « mascotte » mais elle craignait que ce ne fût pas très respectueux, et puis elle se voulait en lutte, elle se voulait guerroyante, même si tous ses combats étaient approximatifs et choisis au gré de ses rencontres. Elle en faisait une affaire de principe, c'est ce qu'elle répétait aux crétins du futon quand ils se plaignaient de la gamine enceinte et quasi muette qui squattait la douche, elle disait, J'en fais une affaire de principe. C'était elle qui avait convaincu Vera Candida de garder le bébé, elle s'était exclamée, Quoi quoi quoi tu es enceinte de quatre mois et tu veux avorter ? Mais tu veux y laisser ta peau, ma poulette ?, et pour Vera Candida qui de toute façon n'y connaissait rien, ç'avait semblé plus facile en effet de faire le bébé et de l'abandonner plutôt que de chercher un endroit où l'on accepterait pour une somme qu'elle n'avait pas de le lui extraire des entrailles à ses risques et périls. Elle s'était dit, Je fais le bébé, je le donne et je trouve un boulot. Je m'installerai dans un appartement face à la mer toute seule et pour toujours toute seule, mon appartement sera très blanc avec de grandes fenêtres et je regarderai l'océan depuis ma fenêtre et je n'écouterai plus jamais de musique.

Si je n'y arrive pas je me tue.

La plupart du temps ces projets n'étaient même pas tout à fait formulés. Vera Candida se projetait simplement un petit film dans lequel elle faisait face à une baie vitrée, dans des habits souples et élégants et blanc cassé, buvant une tasse de thé avec un air profond de vamp des années cinquante, Je suis Kim Novak en brune, elle se voulait mystérieuse et habitée d'une douleur secrète qui se devinerait dans la lenteur de ses gestes et dans un demi-sourire qui en dirait long, elle s'imaginait seule mais sous le regard d'un public captivé, elle se voyait beaucoup plus grande qu'elle ne le serait jamais, elle était, dans sa projection privée, maigre et longue avec une poitrine hautaine, et toujours ce regard fixé sur l'horizon, les yeux plissés comme si elle scrutait quelque chose que personne ne pouvait soupçonner. C'était un film presque aussi distrayant que celui qui lui servait depuis toujours, celui qui mettait en scène son propre enterrement.

Monica Rose, batracien

Juste avant que Monica Rose ne naquît, Vera Candida avait encore une idée très floue de ce qui l'attendait. Puis quand elle eut devant elle la minuscule créature, ou plus précisément quand elle l'eut à côté d'elle, dans un berceau transparent, vêtue de son pyjama kaki de l'Assistance publique (pourquoi pas noir non plus ?), pyjama qu'elle ne remplissait pas, les deux jambes de la grenouillère ressemblant à des oreilles pendantes (qu'avait-elle donc fait de ses jambes ?), Vera Candida fut prise d'un grand désespoir mou – dû à la dégringolade de ses hormones certes mais aussi à l'avenir qui s'étendait devant elle et qui n'avait rien d'un champ de coquelicots.

Hannah était passée en vitesse, elle l'avait embrassée, lui avait offert des chocolats fondus, lui avait dit, Maintenant tu te dégottes une maison, ma jolie, hein ? Elle avait papillonné dans la chambre comme si elle manquait d'air et cherchait quelque chose pour s'occuper. Elle portait une longue robe indienne avec des broderies et des sequins. Elle avait annoncé qu'elle partait quelque temps au Mexique avec son fiancé et qu'elle sous-louait son appart et que du coup Vera Candida devrait se débrouiller un peu toute seule.

Vera Candida n'avait pas cru un mot de ce qu'elle racontait. Mais elle ne souffla mot. À son départ, elle eut envie de mourir. Elle se dit, La petite a l'air normal, ils lui ont fait les tests qu'il fallait, elle trouvera sans problème une famille d'accueil. Elle refusa de l'allaiter et confia, dès le soir même, son projet à l'infirmière qui venait la voir pour vérifier qu'aucune hémorragie ne se profilait. Elle lui dit, Je ne peux pas garder cette petite fille. L'infirmière l'écouta distraitement. Puis elle la fixa droit dans les yeux (elle était noire et ses yeux étaient d'une intensité accentuée par la blancheur du globe autour de l'iris), elle se pencha au-dessus du berceau, elle prit le bébé et le lui tendit en lui disant, Ceci est ton horizon.

Ensuite elle lui expliqua qu'ils allaient lui indiquer un foyer pour jeunes mamans perdues, qu'elle n'avait pas à s'inquiéter, elle ouvrit les fenêtres qui donnaient sur une rue bruyante et pleine des ombres longues du soir, on était au quatrième étage, il faisait chaud et ça sentait le gasoil, Vera Candida pensa, Je vais vomir, la femme lui dit, Regarde, les fenêtres ne s'ouvrent pas assez pour que tu puisses t'y glisser, d'autres ont essayé avant toi, elle lui indiqua le ciel qui rougeoyait à l'ouest au-dessus des immeubles, Le soleil se couche rouge dans la mer ce soir, c'est un excellent présage. Vera Candida remarqua les traces de sueur sur la blouse de la femme, elle vit sa silhouette se dessiner en transparence sous le polyester parce qu'elle était face à la fenêtre, elle baissa les yeux sur le bébé qui agitait sa tête en miaulant pour tenter d'attraper un sein, elle le trouva ridicule et touchant, elle pensa, On dirait un petit animal désespéré, la femme s'approcha d'elle et lui tendit un biberon et elle lui chuchota, Je vois qu'elle n'a pas encore de nom, comment vas-tu donc l'appeler ? Vera Candida vit le badge de l'infirmière avec son prénom, alors elle dit, Monica, la femme se mit à rire, Tu dis n'importe quoi, mais on sentait qu'elle était flattée, Vera Candida ajouta, prise d'une inspiration qui la surprit et la remplit une demi-seconde d'allégresse, Je l'appellerai Monica Rose, alors l'infirmière cessa de rire, elle approuva de la tête, C'est pas mal, tourna son regard vers la fenêtre et dit, J'adore cette ville. Puis elle s'en alla et Vera Candida remit le projet de mettre fin à ses jours à un peu plus tard (comme elle aurait éloigné la prochaine cigarette).

Il s'avéra que Vera Candida aurait aimé ne pas élever Monica Rose ou plutôt qu'elle aurait aimé ne pas en faire un animal civilisé. Elle aurait voulu par exemple ne jamais lui brosser les cheveux, elle aurait voulu que ses cheveux deviennent une tignasse emmêlée où un peigne aurait tenu debout, elle aurait aimé que la petite ne se lavât jamais, elle lui serait apparue plus propre et plus vierge si elle n'avait pas eu à la toucher, elle la voyait comme une forêt qui abriterait des cercles magiques et une végétation inviolée, elle aurait aimé qu'elle restât à l'état sauvage. Mais au moment où elle sortit de l'hôpital, son bébé sous le bras, Vera Candida n'en était pas encore là. Les soins qu'elle allait donner à la petite personne avec laquelle elle venait de faire connaissance la maintiendraient en éveil pendant quelque temps. Ce seraient les gestes qui rythmeraient sa journée et l'obligeraient, à cause de leur caractère répétitif et de la concentration qu'ils requéraient, à ne pas sombrer, le regard vide et les bras pendants.

Vera Candida se rendit à l'adresse du foyer qu'on lui avait indiquée. C'était une vieille bâtisse décrépie (avec des bizarreries rococo, comme les têtes d'espadon en plâtre qui encadraient la porte d'entrée), elle était située dans une rue parallèle au front de mer. Derrière la grille il y avait des palmiers, des magnolias et des filles assises qui fumaient sur les marches de pierre et lançaient des graviers devant elles d'un air pensif, Vera Candida eut l'impression d'arriver dans une clinique pour cas extrêmes. Elle portait son bébé contre elle, maintenu dans un châle par un complexe système de nœuds qu'elle aurait bien été en peine de reproduire — c'était l'infirmière Monica qui l'avait aidée à installer la petite dans ce berceau de fortune.

Elle se demanda ce qu'elle foutait là.

Elle énuméra rapidement les alternatives qui s'ouvraient à elle — retour chez la cousine qui l'avait hébergée mais ne voulait plus d'elle, disparition (et dans ce cas je dépose la petite sur le parvis d'une église, ça doit toujours se faire ces choses-là, grand-mère Rose me racontait des histoires de ce genre), ou retour à la case Vatapuna (cette simple évocation la faisait défaillir). Elle était là, dansant d'un pied sur l'autre en plein soleil, une main au-dessus du crâne de son bébé pour qu'il n'attrapât pas une insolation.

L'une des femmes se leva des marches, jeta sa cigarette dans les graviers et se dirigea nonchalamment vers la grille en regardant le ciel comme si elle s'attendait à une averse, Vera Candida recula d'un pas, la femme qui était maintenant à la grille attrapa les barreaux et y colla son visage, Vera Candida était en train de faire demi-tour, la femme l'interpella, Hé. Vera Candida fit comme si elle était devenue sourde et continua à s'éloigner, la femme insista d'une voix tonitruante, HÉ. Vera Candida se dit, Elle veut de l'aide, elle est prisonnière, elle hésita une demi-seconde, Elle veut que je l'aide à s'échapper, mais la femme ouvrit la grille et mit un pied dehors, Tu m'entends quand je t'appelle ? Vera Candida se rapprocha, elle bredouilla, Je ne savais pas que tu me parlais. La femme haussa les sourcils comme si elle découvrait qu'elle avait affaire à une semi-demeurée.

Tu veux rentrer ?

Vera Candida pesa les pour, pesa les contre – que craignait-elle en substance à part qu'on la renvoie à Vatapuna (Parce que tu as quel âge jeune fille ? Nous allons te ramener à ta grand-mère, sais-tu ?). Elle avait une lettre de recommandation de l'hôpital dans sa poche. Elle pensa dire à la femme qu'elle repasserait, qu'elle ne faisait que jeter un œil, mais celle-ci lui dit, Allez viens, et s'effaça pour lui permettre d'entrer. Vera Candida la suivit docilement, soulagée que quelqu'un d'autre qu'elle eût pris cette décision, se disant, Advienne que pourra (une expression de Rose Bustamente), se sentant d'une légèreté étrange, comme si elle avait déposé devant cette grille un lourd fardeau de linge mouillé.

La femme referma le portail et fit, Dépêche-toi d'entrer avant que les dobermans rappliquent, Vera Candida s'arrêta net, Je rigole je rigole, dit la femme en levant les mains à la hauteur de son visage, paumes bien visibles et dédramatisantes. Elle sourit à Vera Candida. Vue de près, elle ne ressemblait plus vraiment à une femme (à cause du fond de teint et de ses yeux un peu globuleux et d'une bizarrerie au niveau de la mâchoire), on aurait plutôt dit un mec qui se faisait passer pour une femme et qui n'y arrivait qu'à une certaine distance et sous une certaine lumière. Et Vera Candida se dit, Oh là là, je suis tombée dans une maison close, grand-mère Rose m'avait bien mise en garde, alors elle s'arrêta net et demanda, C'est un bordel ici ?, la femme masculine fronça les sourcils, puis elle lui fit signe de la suivre, Je te déconseille de dire quelque chose de ce genre à madame Kaufman.

Elles montèrent les marches (avec les autres filles qui regardaient vaguement la nouvelle arrivante) et pénétrèrent dans le bâtiment par la grande porte en bois sculptée d'une guirlande de poulpes. L'une des filles assises lança, Bienvenue au palais des Morues, et les autres se mirent à glousser et Vera Candida se sentit minuscule et elle mit la main sous les fesses du bébé, pressant l'enfant contre sa poitrine à tel point qu'elle se mit à gigoter et à geindre.

Madame Kaufman

Le palais des Morues se révéla un endroit où l'on n'était jamais tout à fait seul. Vingt-huit filles y étaient hébergées, elles dormaient dans des chambres de deux ou trois avec leurs bébés, ce qui ne laissait pas de place au silence auquel Vera Candida avait tant aspiré.

La femme qui l'avait accueillie et qui s'appelait Renée ne faisait pas partie des créatures abandonnées pourvues de minuscules greffons braillards que l'on croisait dans les couloirs. Non. Renée était l'intendante. Elle prononçait le mot avec une emphase d'ex-prostituée reconvertie chez les urgentistes. Elle fermait à demi les paupières, inclinait le visage, levait le menton qu'elle avait un peu fort et énonçait, Je suis l'intendante de madame Kaufman. Et cela résonnait comme si elle avait été l'âme damnée de la grande sorcière Omaïma (dont grand-mère Rose racontait les exploits à Vera Candida quand elle était enfant). Le jour de son arrivée, Renée avait voulu présenter Vera Candida à madame Kaufman mais celle-ci était trop occupée ou souffrante pour se prêter à cette formalité. Renée avait annoncé à Vera Candida qu'elle pourrait dormir dans la salle d'attente tant que madame Kaufman ne l'aurait rencontrée et n'aurait validé sa présence en ce lieu.

Vera Candida ne savait pas bien s'il lui fallait souhaiter rester dans cet endroit. Elle percevait une certaine hostilité chez les filles. Mais elle n'avait au fond guère le choix en ce qui concernait son lieu de séjour et elle se dit, Dormons ce soir avec le bébé (le bébé s'appelait Monica Rose comme l'on sait mais elle ne parvenait pour le moment qu'à l'appeler le bébé ou éventuellement la petite), dormons ce soir ici, nous verrons bien demain. Et en effet la perspective d'un lendemain était déjà un projet à si long terme qu'elle donnait le tournis à Vera Candida.

Deux jours après on lui présenta Gudrun Kaufman.

Renée était venue chercher Vera Candida alors que celle-ci était assise dans le jardin près de la fontaine à sec avec son bébé dans les bras. Elle l'avait escortée dans les escaliers pendant que le cœur de Vera Candida voulait se liquéfier. Tout à coup cela devenait crucial que la vieille madame Kaufman l'acceptât dans son palais, et Vera Candida tenta de refiler son bébé à Renée quand celle-ci ouvrit la porte de la vieille mais Renée se rétracta, lui fit signe d'avancer dans les appartements et de garder l'enfant avec elle. Vera Candida pénétra dans l'antre aux persiennes fermées, ça sentait le talc et l'eau croupie, et ce qu'elle vit ne lui évoqua pas un seul instant le bureau d'un foyer pour jeunes mamans en détresse, elle avait imaginé avant de débarquer là un endroit avec des poufs orange et des murs bleu layette, un endroit un peu sale (moutons de poussière s'agitant paresseusement dans les coins à chaque allée et venue), avec des livres de pédagogie, de psychologie et de médecine, elle avait pensé qu'elle subirait des entretiens avec des types en blouse blanche qui feraient en sorte qu'elle retrouve quelque force et quelque équilibre, elle avait imaginé des femmes surmenées et joviales qui lui garderaient sa gamine pendant qu'elle chercherait un boulot, mais le bureau de la vieille était une bizarrerie gothique, si sombre qu'il fallait du temps pour s'habituer à son obscurité, on pouvait rester durant quelques minutes aveuglé et démuni et cela renforçait l'impression d'être face à une bête nocturne, un chat, un hibou ou bien un crapaud. La vieille était assurément un gros crapaud noir. Et Vera Candida voulut s'échapper à toutes jambes. Elle se dit, Je préfère retourner chez Hannah la cousine déjantée, je préfère me trouver toute seule un foyer normal où l'on accueille les filles comme moi, mais la vieille madame Kaufman, de derrière son bureau (On dirait Orson Welles, se dit Vera Candida, elle avait vu une photo de lui dans un vieux magazine de sa grand-mère, C'est ça, on dirait Orson Welles vers la fin), lui fit signe d'approcher :

Comment t'appelles-tu ? s'enquit-elle.

Elle parlait avec un fort accent allemand et cet accent évoqua quelque chose à Vera Candida mais elle fut incapable de savoir quoi, ce fut une pensée qui s'évapora et s'éloigna d'elle comme un ballon d'enfant au bout de sa ficelle qui monte monte parce qu'il a été lâché, il disparaît et l'on se demande s'il va continuer comme ça jusqu'aux étoiles ou s'il va éclater, et à quel moment il va éclater, à quel moment sa texture deviendra si poreuse que l'air le pénétrera et le fera exploser, et cette pensée s'éloigna tout à fait de Vera Candida et il n'y eut plus rien à faire pour la ramener à elle, Cet accent, se dit-elle, cet accent.

Vera Candida donna son nom, dit d'où elle venait et l'âge qu'elle avait et elle ne tricha pas, on ne triche pas avec la sorcière Omaïma ou avec Orson Welles. La vieille demanda encore, Et d'où vient le bébé ? Vera Candida ne comprit pas la question alors elle ne répondit pas

Montre-le-moi.

Vera Candida s'avança vers la vieille, elle vit son visage recouvert de poudre blanche et ses bijoux, son décolleté froissé, sa peau était si blanche qu'elle en confinait à la verdeur, elle était retouchée de rose sur les pommettes, ses yeux vivaient une vie indépendante l'un de l'autre, l'un partait vers la gauche, l'autre vers le haut, comme ceux de quelqu'un qui aurait fait une attaque et ne s'en serait pas bien remis. Vera Candida détacha son regard de la vieille, elle aperçut sur le bureau le bouquet de glaïeuls (ils venaient du jardin, ce devait être Renée qui allait cueillir les glaïeuls nains le matin et qui les arrangeait dans le vase) et la tasse à café et la petite cuillère d'argent posée sur la soucoupe, et la tasse était en porcelaine si fine qu'elle en était transparente et la cuillère avait un petit signe gravé sur son manche, mais quand madame Kaufman à l'œil aussi acéré qu'on pouvait l'attendre d'une femme de sa corporation se rendit compte que Vera Candida au lieu de lui présenter son bébé en se concentrant sur cette question était en train d'observer attentivement ce qui était disposé sur le bureau, elle retourna la cuillère, repoussa la tasse et toucha le bébé sur le front. Vera Candida se dit, C'est une bonne ou une mauvaise fée ?, la vieille ne sourit pas en regardant l'enfant, elle reposa la question, Mais d'où vient ce bébé ?, comme par-devers soi, et Vera Candida pensa, C'est à moi de décider si c'est une bonne ou une mauvaise fée, et elle prononça sans qu'on le lui demande, Elle s'appelle Monica Rose.

En attendant Billythekid

Vera Candida fut acceptée. Un adoubement en quelque sorte. Ce fut Renée qui dit cela quand elle l'accueillit à la sortie du bureau de la vieille. Elle l'attendait dans le couloir, elle fixait le plafond (c'était bizarre d'ailleurs qu'elle attendît ainsi, inactive, il y avait tant à faire dans le palais des Morues, c'était inconvenant cette immobilité soudaine de Renée), elle la vit sortir, s'approcha d'elle, elle sourit quand elle examina le visage de Vera Candida, elle lui dit, C'est bon tu es reçue. C'était juste cela qu'elle voulait savoir, est-ce que Vera Candida serait la vingt-neuvième fille dont il faudrait s'occuper, Vera Candida hocha la tête, il faisait très clair dans ce couloir (ou peut-être était-ce le contraste avec le bureau de la vieille), et la lumière n'était guère flatteuse, on voyait le fond de teint et les pores de la peau de Renée comme s'ils avaient été grossis au microscope, et celle-ci avait quelque chose comme de la barbe, une barbe naissante, une ombre au niveau des maxillaires, Vera Candida se sentit soulagée, elle pensa, Elle peut bien être ce qu'elle veut Renée, et elle eut presque envie de se coller dans ses bras, mais c'eût été exagéré, alors elle ne fit que sourire, et c'était déjà pas mal pour une Vera Candida qui avait été pas mal bousculée pendant ses premières seize années d'existence. Renée lui dit, J'y retourne, elle avait l'air satisfaite, elle ajouta, La patronne est une femme sensationnelle. Vera Candida approuva, alors que, en fin de compte, elle n'en savait rien, mais l'enthousiasme de Renée la remplissait de gratitude, elle dit, Je vais donner à manger à Monica Rose, elle tenait le bébé contre elle, la main droite sous ses fesses minuscules, le bébé avait un poing dans la bouche et la tête dans le cou de sa mère, le poignet tout entortillé dans les cheveux de celle-ci, transpirant et suçotant dans son maillot taché, Renée fit en s'éloignant, N'oublie pas de la changer, et Vera Candida s'aperçut qu'en plus de l'odeur de lait caillé de sa sueur, le bébé sentait très mauvais et se tortillait dans tous les sens, et elle trouva (mais ça ne dura que l'espace d'un instant) que la vie n'était pas si terrible, ce bébé était merveilleusement normal, il chiait pendant qu'on lui présentait la patronne, il n'était en rien retardé malgré le père qu'il avait eu.

Au palais des Morues, les filles croisaient les bras, plantées dans les couloirs, et regardaient par les fenêtres en se souvenant de ce qu'elles n'auraient pas dû se souvenir. Mais Renée passait et frappait dans ses mains et mettait de la bossa-nova, c'en était écœurant à force la bossa-nova qu'elle vous infligeait, elle remuait des hanches et gueulait après les filles en leur demandant de s'agiter, qu'il y avait du boulot et qu'il fallait tenir la maison bien propre, et parfois on voyait une fille tomber, elle ne tombait pas vraiment, elle s'affaissait aurait-on dit, alors Renée débarquait, elle parlait avec la fille et la fille parfois la rembarrait alors Renée se faisait douce même avec sa voix de stentor et ses gros yeux ronds et ses mains d'homme, et parfois aussi elles s'engueulaient et Vera Candida se disait, Dans deux mois je me tire, il faut que je reprenne des forces, il faut que je trouve un boulot et ça ira, je ne peux pas rester ici. Il y avait des filles dont les bébés n'étaient plus des bébés, elles erraient dans le jardin du palais et Renée les houspillait un peu, elle leur proposait des activités ennuyeuses (ménage, couture, raccommodages divers, tambouille pour trente personnes avec la cuisinière neurasthénique qui vivait à demeure), elle disait, Vous ne pouvez pas rester ici les filles, vous prenez la place d'autres filles en détresse, je vais en parler à madame Kaufman, il ne faut pas s'éterniser ici, ou alors parfois quelqu'un venait les chercher et les filles partaient avec leur gamin, on ne les revoyait plus, pffft, disparues, c'était une mère ou un amant qui venait les chercher, quelqu'un se présentait à la grille et enlevait la fille et son petit, Renée appelait ces départs des kidnappings, Encore un kidnapping, lançait-elle, elle supportait mal que les mères obligatoirement défaillantes de ces pauvres filles viennent chercher leurs progénitures jusqu'au palais ou que des amants nécessairement abuseurs fassent valoir leurs prérogatives sur les filles perdues du palais. Elle détestait que les filles partent d'une autre façon qu'en trouvant un travail. Soyez indépendantes, disait-elle. Elle aurait aimé que toutes les filles soient de bonnes élèves travailleuses. Soyez autonomes, disait-elle encore.

Elle leur apportait le journal, et certaines des filles épluchaient les petites annonces (« Emploi », pour faire plaisir à Renée et pour se plaindre des embûches et des duretés du marché du travail, et « Rencontres », parce que ça les amusait, elles gloussaient en lisant les descriptions des mâles esseulés et débitaient des obscénités en jubilant) pendant que d'autres se mettaient à l'écart et croisaient les bras. Il n'y avait que deux attitudes possibles au palais des Morues ; d'ailleurs si Vera Candida n'arrivait pas à distinguer clairement les filles les unes des autres, elle avait remarqué qu'il existait deux groupes : le groupe des excitées et le groupe des dépressives.

Et puis, dans les colonnes des petites annonces, il y eut ce poste dans une usine de paniers-repas, C'est de nuit, constatèrent-elles, et elles secouèrent la tête, l'une d'entre elles affirma, J'ai déjà fait ça, c'est horrible, si t'as la moindre petite coupure sur les mains, ils te virent, là-dedans c'est règlement règlement, si tu as un cheveu qui dépasse de ton chapeau, vlan, virée, si tu as une minute de retard et que du coup la cadence s'en trouve réduite, vlan, virée, et puis qui c'est qui gardera mon gamin la nuit (mais ça c'était un argument fallacieux : au palais des Morues, tant que vous n'aviez pas fini de vous installer, on vous gardait votre bébé durant votre travail, c'était Renée qui s'en occupait d'ailleurs, vous deviez payer ce service, mais ce n'était rien, presque rien, c'était juste pour que vous n'oubliiez pas que ces choses-là se paient), c'est des cinglés et puis c'est gerbant, poursuivirent les filles, et Vera Candida qui était debout derrière dit, Ça m'intéresse, les filles ne se tournèrent même pas vers elle, elles continuèrent de lire le reste des annonces et des nouvelles, et quand elles furent parties, abandonnant le journal sur les marches du perron, laissant par terre leurs paquets de cigarettes qui leur servaient de cendrier et qui faisaient hurler Renée (Ramassez vos merdes, les filles, ou je vous fous dehors), Vera Candida s'approcha et nota le numéro de téléphone de l'usine de paniers-repas. Puis elle monta voir si son bébé dormait toujours et elle se dit, J'appelle demain à dix heures. Elle regarda son bébé qui rêvait, les yeux à demi ouverts et les pupilles agitées, il geignit et Vera Candida pensa à la mort en général puis à sa propre mort. Elle puisa un immense réconfort dans la possibilité de sa mort volontaire. Elle songea à la gentillesse sporadique de sa mère Violette (Aime-moi, je suis si bonne, parfois je te fais du mal, mais je suis si bonne, vois tout ce que je te donne, n'aimes-tu point les sucreries et les cadeaux ? n'as-tu point de remords de ne pas aimer une maman si gentille ?). Puis elle posa sa main sur le front de son bébé fille, il était trempé, ses cheveux aussi fins que des plumes étaient tout collés de sueur. Elle ouvrit la fenêtre à l'espagnolette pour laisser passer l'air dans la chambre – elle disposait d'une chambre pour elle seule et sa petite mais cela relevait plus de l'isolement que d'un privilège. Elle écouta les oiseaux dans les jacarandas et le bruit de scie que produisent les cannas rouge sang quand ils se frottent les uns aux autres. La chambre était haute de plafond (elle paraissait plus haute que large) et peinte en jaune nicotine, il y avait du carrelage au sol et des souris, deux lits à roulettes en métal et des barreaux aux fenêtres. J'appelle demain à dix heures, se répéta-t-elle, l'œil perdu dans la végétation du jardin. Puis elle s'assit sur son lit et attendit. Elle ne savait pas bien ce qu'elle attendait, peut-être attendait-elle simplement que quelqu'un comme Billythekid fît tout voler en éclats.

La petite cuillère gravée

Vera Candida obtint l'emploi dans l'usine de paniers-repas. Renée la congratula et les autres filles la regardèrent avec encore plus de méfiance.

Ce fut quand elle revint de son entretien, après avoir traîné des pieds dans la poussière, jouant avec l'idée de ne pas retourner au palais, d'y laisser Monica Rose et de se carapater de là, ce fut quand elle revint que Renée leur annonça qu'un journaliste de *L'Indépendant de Lahomeria* viendrait interviewer madame Kaufman le lendemain, qu'il fallait que les filles soient propres et tranquilles, ce serait une grande déception pour madame Kaufman si les filles ne se comportaient pas comme des personnes responsables (on avait l'impression qu'elle briefait une troupe de danseuses nues), que, même si le palais des Morues tournait presque complètement sur les fonds propres de madame Kaufman, une nouvelle subvention serait la bienvenue et que le seul moyen de l'obtenir serait de se comporter en palais modèle pour la réinsertion des jeunes mamans abandonnées.

Billythekid ne s'appelait bien entendu pas Billythekid, mais il signait ainsi ses articles dans *L'Indépendant de Lahomeria*. C'était une boutade qui avait l'air d'une boutade. Billythekid n'était ni maigre ni accompagné de Patgarret. C'est un nom de justicier, affirma Renée. Vera Candida pensa à Don Diego de la Vega et se dit que ça c'était un vrai nom de justicier. Billythekid s'appelait Itxaga mais Itxaga était un nom difficile à porter à cause du souvenir laissé par le préfet Itxaga pendant les années noires. Les filles voulurent savoir si Billythekid avait un rapport avec le préfet, s'il était son fils ou son neveu, si elles devaient lui dire, Bonjour monsieur Billythekid ou Bonjour monsieur Itxaga. Renée balaya leurs remarques gloussantes et déclara que c'était sous le nom de Billythekid qu'il rendait compte des « violences faites aux femmes par les bandits de grand chemin », qu'il s'insurgeait « contre les bonobos mâles de sa propre génération » et qu'on n'avait besoin de rien savoir d'autre.

Tout le monde finit par comprendre l'importance de l'événement.

Surtout quand elles virent apparaître Billythekid-Itxaga et qu'elles rêvèrent toutes instantanément qu'il les enlève et les épouse. Renée savait que c'était presque impossible d'éviter l'effervescence des hormones femelles lors de l'intrusion d'un mâle dans le palais des Morues, alors elle envoya les filles au fond du jardin pour qu'elles se calment et cessent de caqueter.

Vera Candida était à la fenêtre de sa chambre quand il arriva, elle colla son front aux barreaux pour mieux le voir, elle vit Renée l'accueillir, il était grand, il avait les cheveux clairs et s'habillait en bleu, il y avait quelque chose de dissymétrique dans son visage, la lèvre supérieure semblait déchirée ou découpée ou recousue, elle poussa plus encore son front contre les barreaux, mais elle ne vit rien de plus, elle se dit, Je m'en fous, je vais bosser dans mon usine de paniers-repas, et cette idée la galvanisa et la glaça tout à la fois, elle resta debout à attendre et à se fabriquer des marques verticales sur le front à cause des barreaux. De toute façon elle décréta qu'il ne lui plaisait pas : il était trop grand et n'était pas un assez vieil homme pour lui faire le moindre effet – sa grand-mère Rose Bustamente disait toujours qu'il fallait se choisir un homme beaucoup plus âgé que soi « parce qu'ils en ont fini avec leurs problèmes et peuvent ainsi s'occuper des tiens », elle ne disait jamais ce que les femmes de Vatapuna répétaient sans cesse, qu'elles attendaient d'un homme qu'il soit travailleur, qu'il les aime et les respecte, parce que, quand elle entendait ça, Rose Bustamente levait les yeux au ciel, haussait les épaules et s'exclamait, Autant espérer une pluie d'or du cul d'un âne.

Vera Candida s'assit dans sa chambre sur la petite chaise en fer à côté du berceau de son bébé, se dit, Il faut que je me repose pour être en forme ce soir (rapport aux paniers-repas), mais ouvrit ses oreilles aussi grand qu'elle le pût pour tenter de deviner ce qui se racontait entre Renée et le nouveau venu quand ils traversèrent le couloir. Elle entendit parlementer, elle comprit les mots « micro » et « enregistrement », elle s'interdit d'entrouvrir la porte pour voir de quoi il retournait – elle savait très bien de quoi il retournait, elle voulait juste voir quelle tête avait cet Itxaga après l'avoir simplement distingué entre les jacarandas. Puis pendant un moment il n'y eut plus de bruit du tout et Vera Candida dodelina sur sa petite chaise en métal jusqu'à ce que son bébé se réveille. Monica Rose sortit brutalement de son sommeil (ainsi qu'elle le faisait toujours, semblant se réveiller à cause d'une pensée violente ou d'un oubli), elle étendit les bras comme si elle perdait l'équilibre et se mit à hurler.

Vera Candida fut douloureusement expulsée de sa torpeur, elle plissa les yeux, prit la petite dans ses bras et se mit à la fenêtre en la berçant pour la calmer, sachant qu'elle ne pourrait rien entendre de ce qui se passait au Palais au milieu des cris stridents de son bébé. Elle aperçut alors Itxaga quitter le bâtiment, raccompagné à la grille par Renée. Il marchait de façon bizarre comme excité ou très pressé. Vera Candida, secouant toujours Monica Rose, le vit se retourner dans la rue, elle vit son visage et soupira, en plus des cheveux clairs il avait les yeux clairs et le nez droit, il avait les sourcils froncés et légèrement sévères, il s'arrêta sur le trottoir d'en face et sortit quelque chose de sa poche, c'était un objet en métal qui saisit la lumière et éblouit Vera Candida, on eût dit qu'il lui faisait des signaux, mais en fait non pas du tout, il ne fit que regarder avec perplexité l'objet qu'il tenait en main, Vera Candida était satisfaite de pouvoir l'épier depuis sa haute fenêtre entre les feuillages, elle reconnut l'objet qu'il avait dans la main, c'était une petite cuillère, elle fronça elle aussi les sourcils, elle entendit les filles revenir du fond du jardin comme un troupeau de chèvres derrière Renée la bergère, Renée leur proposa de jouer aux cartes ou d'éplucher les pommes de terre, Vera Candida perçut clairement sa voix qui trouvait son chemin à travers les branches des jacarandas jusqu'à sa chambre, elle ne quitta pas des yeux Itxaga qui venait de remettre la petite cuillère dans la poche de son pantalon de toile (toile bleue sans doute très douce au toucher, râpée et douce, un tissu d'homme, un truc qui fit frémir Vera Candida – sous ses latitudes, désirer les êtres, c'est souvent juste une histoire de sueur et de toile bleue, cela suffit à faire naître des pensées étouffantes). Itxaga leva brusquement le nez comme s'il se savait observé. Vera Candida se dissimula derrière le montant de la fenêtre mais pas assez vivement pour que l'homme de la rue ne surprît ce regard qui le scrutait depuis l'étage et ce visage que l'obscurité du palais rendait plus pâle et plus fantomatique.

Vera Candida se risqua à jeter de nouveau un œil, elle le vit enfourcher sa Vespa, mettre un casque, elle entendit l'engin pétarader et démarrer puis tourner le coin de la rue et la vie retourna à ce qu'elle était, ou du moins ce fut ce qui lui parut, Vera Candida se prépara pour l'usine de paniers-repas, elle fit sa première nuit de travail là-bas, et ce ne fut pas si terrible pour quelqu'un qui avait pêché des poissons volants et réparé des filets, elle crut que le cours des choses pourrait continuer encore un moment comme ça mais c'était sans compter avec Itxaga, son obstination et la petite cuillère gravée qu'il avait volée.

Comment les filles du palais des Morues
réagirent à l'article de Billythekid

Au palais des Morues, l'article de Billythekid fit grand bruit. Il s'intitulait *Le palais des Morues et l'argent de la solution finale*. Les filles s'insurgèrent. Contre ce félon. Puis contre madame Kaufman. Puis contre les deux (le monde les avait encore trompées, le monde était vraiment pourri comme une vieille prune blette). Elles se, comme aurait dit Rose Bustamente, montèrent le bourrichon.

Renée fit son maximum pour enrayer la machine. Elle tenta de leur dire que tout ce qu'écrivait Itxaga dans son article était archifaux et infamant, que jamais madame Kaufman n'avait mis les pieds en Allemagne, quant à avoir été mariée avec un ex-dignitaire nazi, on croyait rêver, d'ailleurs madame Kaufman portait un nom juif, les journalistes inventaient n'importe quoi pour se faire mousser et ébranler les fondations d'établissements aussi utiles et notoires que le palais des Morues, vu que, arguait-elle, des institutions de ce genre mettaient en exergue les défaillances de l'État en matière d'aide apportée aux femmes à la dérive, n'est-ce pas les filles ?, Itxaga devait être à la solde d'elle ne savait quel parti réactionnaire et misogyne, c'étaient eux qui les tortionnaires et les tyrans. Renée s'emporta.

L'Indépendant de Lahomeria était arrivé une heure auparavant, rapporté par Vera Candida qui revenait de son usine de paniers-repas au petit matin. Elle était passée au kiosque de la place du Commandeur prendre une barre chocolatée et acheter le journal du dimanche. Elle avait marché vers le palais des Morues à petits pas, s'arrêtant par moments tout net en pleine rue tant elle était stupéfaite par ce qu'elle lisait dans l'article. La lumière commençait à se réverbérer sur les fenêtres des étages les plus haut perchés, les tourterelles roucoulaient sur les toits, le caramel lui collait aux dents et l'article d'Itxaga lui perçait la poitrine. Elle trottinait tout en lisant et quand elle parvint au palais elle se précipita chez Renée, frappant à la porte de ses appartements avec une telle urgence que celle-ci lui ouvrit aussitôt, Vera Candida avec ses molaires tout engluées agita le journal devant le nez de Renée, disant, la bouche à peine ouverte, Lis ça lis ça. Et dès qu'elle eut jeté un œil à l'article, Renée se mit à glapir et à jurer, sa colère réveilla les filles, certaines se levèrent en râlant, c'était dimanche tout de même, puis elles comprirent que quelque chose ne tournait pas rond, elles eurent un regard interrogateur puis accusateur pour Vera Candida qui était toujours là dans le couloir, les bras ballants, avec son sac à dos et son air buté, J'ai seize ans et je vous emmerde, et qui assistait à l'indignation tapageuse de Renée comme si elle avait observé une réalité animale, la migration des saumons ou le rituel amoureux des grues cendrées.

Vera Candida laissa les filles s'agiter, elle pensa, Elles vont commencer à dire leurs conneries, elle se replia vers sa chambre (elle l'appelait la cage à oiseaux à cause des barreaux aux fenêtres mais aussi de l'impression de vétusté et de verticalité que lui conférait la hauteur sous plafond, c'était une sorte de volière pour oiseaux mélancoliques, on s'étonnait de ne point marcher sur un tapis de graines, les moulures étaient si hautes qu'on les distinguait à peine et le carrelage au sol résonnait et accordait à la pièce des airs d'infirmerie). La petite Monica Rose dans son lit de métal ne dormait plus mais se taisait, tentant silencieusement de se déplacer pour ne plus être gênée par le rayon de soleil qui passait à travers les jacarandas et qui lui arrivait directement dans l'œil. Elle essayait des roulades et des clignements inefficaces. Vera Candida songea à un scarabée qu'on aurait mis sur le dos. Elle tira le rideau qui avait une couleur de pavot fané, la pièce prit une teinte chaude et délicate, Vera Candida s'accroupit à côté du lit de sa fille et lui tendit sa main droite pour qu'elle joue avec ses doigts, elle dit, C'était un endroit tranquille ici, elle sentit que si elle avait été seule elle se serait laissée aller à un désespoir paisible, peut-être à un sanglot, mais que la présence de la petite qui lui tenait l'index à deux mains et ne la quittait pas des yeux l'obligeait à ne pas se coucher sur le flanc en attendant la fin. Elle rit doucement en pensant combien sa volonté de trouver une solution pour sa fillette et pour elle-même avait à voir avec l'instinct de survie des cormorans et des guenons. Elle dit tout haut, Tu es mon bébé guenon. Puis elle pensa à Itxaga. Elle se dit qu'il faudrait aller le voir pour lui expliquer l'ampleur et les retombées de la bombe qu'il venait de faire exploser. Elle se dit, Il faudra que Renée y aille. Elle se mit à détester le journaliste et son nom de plume. Pourquoi pas Lancelotdulac ou Cheguevara. Elle se souvint de son visage et de sa silhouette. Elle décréta que c'était un sale petit con de fils à papa.

Elle grogna et dit à Monica Rose, Il faut que je dorme mais Renée ne va pas pouvoir te garder aujourd'hui je crois bien. Elle se déshabilla et prit son bébé dans ses bras, elle se coucha dans son lit et confectionna un cocon avec le drap, elle enveloppa la petite et s'allongea sur les extrémités du drap pour les coincer et que Monica Rose ne se fendît pas le crâne en tombant sur le carrelage. Elle posa sa tête sur l'oreiller et la petite fille fit de même, elle attrapa le visage de sa mère et colla son nez au sien, On s'en fout de tout ça ma Lili, dit Vera Candida. Et elle s'endormit dans le roucoulement des tourterelles avec son bébé guenon contre son cœur.

Les croisements contrariés

Pendant la semaine qui suivit la parution de l'article, madame Kaufman ne sortit plus de ses appartements et ne laissa personne y pénétrer. On savait qu'elle ne s'était pas pendue parce que les fruits que lui laissait Renée sur la desserte du couloir étaient mangés et l'assiette de riz au poulet était restituée vide. Son absence et son silence furent une sorte d'aveu de culpabilité pour toutes les filles du palais des Morues malgré les dénégations véhémentes de Renée.

Des journalistes vinrent sonner à la porte du palais des Morues.

Deux filles quittèrent l'endroit avec leur marmot.

Renée sentait qu'elle perdait pied mais la vieille ne voulait pas sortir de son antre.

Il y avait un silence de mort dans tout le bâtiment. On entendait juste le chant des merles albinos et le froissement des ailes de tourterelles. On pouvait percevoir aussi des chuchotis dans les couloirs, le pas des filles n'était plus fatigué (savate traînée sur le carrelage) mais plus furtif et sautillant – clandestin.

Renée était bien seule face au marasme.

Même Vera Candida qui pourtant ne participait pas aux chuchotis dans les couloirs ne lui était d'aucune aide. Celle-ci se débattait avec un autre cas de conscience : avertir ou non Rose Bustamente de la naissance de son arrière-petite-fille et lui assurer ainsi que tout allait pour le mieux (inutile de faire dans les détails), qu'elle avait trouvé un emploi honorable et se portait fort bien pour une jeune personne ayant quitté si tôt le Vatapuna natal. Toutes les deux nuits Vera Candida rêvait de sa grand-mère. Elle pêchait et elle pleurait en pêchant et parfois même elle se jetait à l'eau avec tous ses jupons qui l'alourdissaient et se gonflaient d'eau comme des draps qui tombent dans un puits, avant de se coller à son corps et de l'entraîner par le fond.

Alors elle lui écrivit.

Rose Bustamente savait parfaitement lire mais ne serait sans doute pas capable d'écrire elle-même une lettre. Elle dicterait sa réponse à l'une de ses voisines ou bien elle ne répondrait pas. Mais bien entendu cela n'avait pas d'importance pour Vera Candida.

Elle s'y mit en revenant de l'usine de paniers-repas huit jours après la bombe atomique publiée par Itxaga. L'atmosphère était lourde au palais des Morues, elle était si épaisse qu'on eût pu l'entailler au couteau comme un dessert en gelée. Elle écrivit d'abord une longue lettre sans relief avec une écriture plate et transparente – je rends compte de ce que je fais, je n'y mets rien d'autre que les événements et le réel. Mais cela ne suffit pas. La relation de ses propres faits et gestes avait quelque chose d'un rapport de police. Alors elle recommença. Elle lui dit qu'elle pensait beaucoup à elle, qu'elle ne devait pas s'inquiéter et surtout ne pas lui en vouloir. Elle lui demandait son pardon, lui assurait qu'elle reviendrait bientôt (mais rien qu'en écrivant ces mots, l'idée de retourner à Vatapuna lui glaça le cœur), lui disait des mots doux (tu es ma petite grand-mère doucette, je suis ton sucre et ta figue, je suis ta mie), elle lui parla de Monica Rose, mais juste un paragraphe, pour ne pas s'attarder, elle écrivit, Je t'envoie une photo, tu vas voir comme elle est jolie, elle te ressemble (ce qui n'était pas vrai mais Vera Candida pensait que ça ferait plaisir à sa grand-mère), elle finit en disant, Je dois y aller, je t'embrasse, et elle réalisa que même dans sa lettre elle fuyait et détachait sa main de celle de sa grand-mère.

Ensuite elle sortit, il était quatorze heures, le palais des Morues avait l'air décimé, c'était l'heure brûlante et fatale, un journaliste faisait le pied de grue devant la grille mais il somnolait dans sa voiture, les chevilles passées par la fenêtre ouverte de sa portière, Vera Candida serra sa petite fille contre elle, Chut, dit-elle (et en se penchant elle sentit son odeur métallique de sueur de bébé et de lait tourné), ne fais pas un bruit, elle ferma tout doucement la grille derrière elle. Puis elle s'esquiva le long du trottoir, longeant les façades pour bénéficier des vingt centimètres d'ombre qu'elles dispensaient sur le bitume.

On va faire une photo, expliqua-t-elle à l'enfant.

Elle savait qu'il y avait une cabine pour faire des photos d'identité sur la place du Commandeur juste à côté de la station de tramway.

Elle portait un maillot violet, de la couleur des anémones, parce qu'elle s'était dit que ce serait beau sur la photo, et l'enfant était en rose pour qu'il fût bien évident qu'il s'agissait d'une petite fille, elle avait ajouté une fleur en tissu au-dessus de l'oreille de la fillette, qui tirait dessus et qu'elle aurait fini par dépiauter tout à fait si sa mère ne l'avait pas empochée avec l'intention de la ressortir et de la positionner à la hâte juste avant le flash.

Elles atteignirent la cabine et s'y installèrent. La température aurait permis d'y faire frire des œufs. Vera Candida tenait l'enfant sur son genou gauche, la maintenant fermement d'un bras autour du ventre (tandis que la petite fille essayait de détacher un à un les doigts qui l'enserraient). De l'autre main Vera Candida tentait d'introduire dans les fentes prévues à cet usage les pièces qu'elle avait apportées, se pliant en trois afin de comprendre le mode d'emploi, soufflant et maudissant l'inventeur des machines à photos et de leur tabouret réglable qui chavirait au moindre mouvement. Elle mêlait à ses jurons de petits mots tendres pour calmer l'enfant, elle la berçait en agitant son genou gauche, la petite sautait sur le genou en question, glissait et commençait à geindre de se sentir ainsi secouée. Enfin Vera Candida trouva la fente et y inséra ses pièces sans que celles-ci ne lui fussent restituées dans l'instant après une énième dégringolade désespérante. Elle prit la pose, retenant d'une main la fleur au-dessus de l'oreille du bébé, ne souriant tout de même pas, mais prenant un air sérieux pendant que la petite continuait de loucher sur les doigts qui l'entravaient et achevait de devenir rouge de colère et de suffocation. Puis elles restèrent à l'ombre à l'intérieur de la cabine en attendant que les photos fussent développées. Il y faisait une chaleur de four.

Elles attendirent un long moment.

Le bébé avait fini par abandonner la lutte pour se libérer et s'était assoupi. Vera Candida jetait un œil dehors toutes les trente secondes, soulevant le rideau et s'étirant pour voir si ses photos étaient bien descendues dans la petite cage en bas de la machine. Au bout d'un quart d'heure rien ne s'était passé. Le maillot couleur anémone de Vera Candida était trempé de sueur (entre les deux seins, comme si elle avait été une coureuse de fond). La petite dormait en ronflotant dans la poisseuse atmosphère de cet après-midi mortel. Vera Candida s'extirpa de la cabine, son bébé (qui pesait au moins deux fois le poids de tout à l'heure à présent qu'il dormait) dans les bras, fit le pied de grue encore quelques minutes, se sentant humiliée de s'être fait berner par une machine, imaginant qu'à leurs fenêtres les habitants de la place se moquaient tous d'elle, jurant et jurant encore, puis elle s'en retourna prestement et furieusement vers le palais afin de monter dans sa chambre, rayer la mention concernant la photo jointe dans la lettre à sa grand-mère et déposer enfin la toute petite dans la fraîcheur de verre de son berceau.

Elle ne vit donc pas la Vespa d'Itxaga alias Billythekid traverser la place peu après. Il ne mit pas pied à terre, il monta sur le trottoir pour rejoindre le kiosque à journaux, passa devant la cabine à photos et lança la pièce *ad hoc* au kiosquier qui sommeillait près de son transistor, il repassa devant la cabine, leva le nez avant de coincer le journal sous son pare-brise et saisit le miroitement du papier photo encore humide dans la petite cage où il était censé sécher. Il se pencha, s'empara des photos, regarda en quadruple exemplaire les deux visages fixés sur le papier, il se sentit bizarrement et instantanément empli de gêne et de tristesse (mais les photos d'identité perdues ont peut-être toutes le pouvoir de nous rendre mélancoliques), il les empocha et démarra en faisant pétarader son pot d'échappement percé.

Le terminus de la ligne 7

Le jour même, sur les coups de vingt-deux heures, Itxaga amorçait le tour de la place du Commandeur juché sur sa Vespa asthmatique. Il se dirigeait vers son appartement en sous-sol du passage des Baleiniers, goûtant la fraîcheur pourpre (les bougainvillées qui mangent les façades des bâtiments de la place), agréablement fatigué par sa journée de travail (avec cette impression d'être tout empoussiéré, d'avoir les articulations ensablées qui ne demandent qu'un peu de détente et de sommeil), quand il vit, assise sur le petit banc de la station de tramway, la fille dont il avait la photo dans la poche poitrine de sa chemise. Il acheva son tour, puis en entama un deuxième, deux tours, trois tours, il était au manège, il la regardait, puis elle disparaissait, il refaisait le cercle de la place, se disait, Je vais m'arrêter et lui rendre sa photo, mais ne pouvait inexplicablement s'y résoudre, pensant, Ce visage je l'ai déjà vu quelque part, puis au troisième tour, se souvenant, lâchant presque le guidon de stupeur, il se dit, Mon Dieu, elle fait partie des filles de la vieille nazie, revoyant clairement son visage entre les jacarandas du palais des Morues et sa façon très particulière de vous regarder du haut de sa fenêtre comme si elle tentait une méthode de Méduse, Je te change en pierre.

Ce fut la deuxième coïncidence. Mais les rencontres sont finalement une accumulation de coïncidences qui fait que deux personnes, essayant de résister à la malice du destin et de détourner les chemins qui les mènent l'une vers l'autre, se dirigent inexorablement vers une collision fatale.

Il dut terminer son troisième tour et, revenu au banc de la station, il ne la vit plus, elle venait de grimper dans le tramway et de coller son front à la vitre, fermant les yeux pendant que l'engin redémarrait. Itxaga voulut suivre le tramway (peut-être taper sur sa carrosserie, faire des signes, la réveiller, attendre la station d'après et si nécessaire celle encore d'après, mais lui faire signe que diable), lorsque le moteur de sa Vespa, dans un dernier râle toxique, s'éteignit, Itxaga se mit à jurer comme un docker, actionna en vain son démarreur et finit par rester tout penaud les deux pieds à plat sur le bitume, pris de l'urgence de parler à cette fille, Il faut que je lui rende ses photos, se désespérant d'avoir loupé cette occasion de lui parler, accablé et misérable tout à coup, comme s'il voyait une énorme vague venir vers lui et qu'il était piégé dans une crique, se disant, Billythekid tu es un con (il s'interpellait ainsi très souvent depuis qu'il avait échangé son prénom de Hyeronimus (une lubie de sa mère qui avait fait pendant quelques mois et à un âge encore très impressionnable une école d'art à Amsterdam) contre ce nom de plume qui, pensait-il, lui seyait mieux).

Il s'approcha (toujours avec son engin coincé entre les cuisses, ce qui lui donnait l'allure d'un petit garçon qui ne sait pas pédaler) du panneau qui indiquait les horaires et la destination des tramways. Sur le banc, une femme fronça le nez et se moqua de lui en le désignant à sa compagne : Itxaga était le seul dans cette ville à porter un casque.

Le terminus de la ligne 7 était la zone industrielle.

Et comme dans les rencontres il y a les coïncidences et puis les intuitions, Itxaga aurait parié sa chemise, son casque et sa Vespa que la fille aux yeux de Méduse allait jusqu'au bout de la ligne. Ce fut peut-être simplement la façon qu'elle avait eu de s'installer au fond du tramway, comme s'apprêtant à sommeiller un moment, qui influença cette conviction. Alors il fit une brillante déduction (coïncidence, intuition, déduction) : si elle allait si tard dans la zone industrielle, c'était pour y travailler de nuit, et Itxaga qui avait été un syndicaliste (ou ce qui y ressemblait le plus dans ce pays où l'on ne tordait plus le cou aux opposants que depuis peu) connaissait les horaires légaux du travail de nuit. Il décida de dormir quelques heures et de partir jeter un œil à la zone industrielle au moment de ce qu'il estimait être le changement d'équipe. C'était une idée saugrenue mais elle lui apparut, quand elle lui traversa l'esprit, assez rationnelle et fort excitante.

Il rentra chez lui en marchant à côté de la Vespa époumonée, il atteignit la grille du 5 passage des Baleiniers, tenta de la faire grincer le moins possible – sa propriétaire au matin ne manquait jamais de lui indiquer à quelle heure il était rentré la veille (elle habitait le rez-de-chaussée et le premier étage ; elle louait illégalement son entresol à Itxaga). Il gara sa Vespa sous le sumac dont était si fière la vieille femme puis il passa par la porte latérale pour rejoindre son appartement, il mit le réveil pour qu'il sonne quatre heures plus tard et tomba sur son lit pour s'endormir aussitôt, à plat ventre et les chaussures pas délacées.

Quand le réveil le tira de son sommeil avec une énergie sauvage, Itxaga eut l'impression que des petits doigts aigus se mettaient à lui triturer le cerveau, il se retourna brusquement sur le dos comme si on l'attaquait. Puis il émergea. Il se mit debout, alluma une cigarette et se fit un café, il regarda dehors. La fenêtre, au ras du sol, semblait indiquer que le monde s'était laissé envahir par les mauvaises herbes et les rosiers grimpants, il y avait un réverbère dans le passage des Baleiniers, ce qui conférait au jardin une dimension féerique – des broussailles géantes en ombres chinoises.

Il se sentit déterminé (coïncidence, intuition, déduction, détermination).

Il sortit, traîna sa Vespa dehors, grimaça en ouvrant la grille, pria il ne sait qui que l'engin se remît en marche (en général quelques heures de repos lui étaient salutaires), s'éloigna du 5 passage des Baleiniers en le poussant pour que la vieille propriétaire ne se réveillât pas sur-le-champ au premier coup de démarreur et ne lui fît pas payer pendant des semaines son manque de discrétion. À aucun moment, un brin de lucidité ne stoppa Itxaga dans son affaire, à aucun moment il ne pensa que la fille du tramway trouverait suspect qu'un type la recherchât la nuit dans toute la zone industrielle pour lui rendre une planche de photos oubliées.

La Vespa démarra. Itxaga mit son casque et fila vers l'objet de sa détermination. Il était excité et totalement réveillé.

Le chevalier Billythekid

Itxaga roulait sur la route de la zone industrielle ; seul au milieu de l'obscurité. La route était large et cendreuse. Tout avait l'air recouvert de sable. On voyait çà et là des usines avec des parkings éclairés. La zone industrielle n'était pas très dynamique. Il y avait la mine de sel moribonde et l'usine chimique illuminée et clignotante comme on imagine une base spatiale. Et puis tout autour il y avait des endroits flous qui ressemblaient à des campements de réfugiés ou des baraquements de gitans. Certains types bossaient à la mine de sel et d'autres attendaient la journée entière, appuyés au grillage qui fléchissait sous leur poids. Et même la nuit on devinait leurs silhouettes qui bougeaient lentement derrière la clôture et qui s'interpellaient de loin en loin.

Itxaga dépassa les campements et passa devant une imprimerie – le bruit des rotatives lui parvint par la porte grande ouverte. Les hommes devaient mourir de chaud là-dedans. On les voyait prendre leur pause dehors et tirer sur leur clope à côté de la porte – on apercevait de multiples rougeoiements intermittents.

Itxaga se dit, Je l'ai loupée.

Il roulait lentement ; tout était calme aux alentours. Il songeait à faire demi-tour, quand il aperçut une silhouette sur la route au-delà des barbelés de la mine de sel. Son cœur sauta dans sa poitrine – un vrai bond qui lui fit mal aux côtes et lui étreignit le thorax. Il s'approcha en pétaradant. Elle sortait de l'usine de paniers-repas. L'odeur de l'usine se répandait dans les environs, une odeur de graisse frite et d'oignons. Itxaga pensa à l'odeur qui pénétrait sous la peau et dans les cheveux des filles qui travaillaient là, une odeur qu'elles trimballaient avec elles, ramenaient dans leurs foyers, comme la houille sur la peau des mineurs.

Elle l'entendit arriver mais ne se retourna pas. Elle marchait vite, ses espadrilles ne faisaient aucun bruit sur la route, elle serrait son sac contre elle du côté du talus se protégeant d'un vol à l'arraché. Il la dépassa, stoppa son engin cinq mètres plus loin, et se tourna vers elle. Il vit son visage.

Quelle belle beauté, se dit-il à court d'épithète.

Elle fit comme si elle ne le voyait pas. Puis abandonnant cette option, elle le fixa en continuant de marcher à la même allure.

J'ai quelque chose à vous, lui dit-il.

Mais elle ne ralentit pas et le dépassa.

Son casque toujours sur la tête, il sortit de sa poche la planche de photos, rattrapa Vera Candida en poussant son engin.

Vous avez oublié ça tout à l'heure.

Elle continua de marcher, tourna juste la tête, vit de quoi il s'agissait, s'empara de la planche de photos avec une rapidité de cobra et la fourra dans son sac.

C'est bon. Vous me l'avez rendue. Merci.

Il en fut tout décontenancé. Il détacha et retira son casque d'une main.

Elle s'arrêta.

Il est quasi cinq heures du mat. Je veux rentrer chez moi. Vous voulez quoi ?

Puis elle eut l'air de le reconnaître. Elle avança le visage – ils passaient sous l'un des rares réverbères – et s'exclama :

Ah vous êtes le malade qui écrit des conneries sur le palais des Morues ?

Elle se remit en marche.

Le type avec un nom ridicule, genre Lancelotdulac ou Batman ?

Itxaga la suivit. Le contact était établi. Même si la fille était bien plus agressive qu'il ne l'avait imaginé. Et qu'elle l'avait vexé.

Ce ne sont pas des conneries, rectifia-t-il.

Elle stoppa net.

Mais que voulez-vous que ça nous fasse à nous que la vieille ait été mariée à un nazi quand elle était toute jeune ?

C'est important.

Non. Ce n'est pas important. Pour nous ce qui est important c'est d'avoir un endroit comme ça où on peut aller se réfugier en cas de tempête.

Il hocha la tête mais ne put s'empêcher de répondre :

Je sors les violons ?

Petit con.

La réplique força l'admiration d'Itxaga : cette fille était toute seule sur une route déserte en plein milieu de la nuit et traitait de petit con le type louche qui la suivait. Elle se remit à marcher. Il suivit le mouvement.

Vous êtes désagréable, constata-t-il.

Je vous emmerde.

Elle s'arrêta de nouveau.

Je ne sais pas ce que vous cherchez mais si vous voulez que je vous parle de la vieille, vous êtes mal tombé. Je suis là-bas depuis peu, je ne parle à personne et je vais m'en aller dans pas longtemps.

Et là maintenant dans l'instant vous allez où ?

À la gare.

Je vous raccompagne si vous voulez.

Et comme elle ne répondait pas il ajouta :

Je vous emmène jusqu'à la gare ou jusqu'au centre-ville (ou jusqu'au bout du monde aurait-il aimé ajouter mais il sentait que c'était un peu prématuré alors il dit simplement :) Je n'ai qu'un casque mais je vous le file.

Il vit un éclair de moquerie dans ses yeux ; du coup l'hostilité tomba brutalement. Tout le monde se fichait de lui à cause de cette affaire de casque.

Elle fronça les sourcils et dit :

Si je me mets derrière vous, vous allez sentir le poisson pané et le fromage fondu.

L'aube pointait du côté de la mer. On entendait les mouettes s'agiter et se diriger vers la décharge. Un merle se mit à siffler. Les oiseaux s'éveillaient. Il y eut un bruit aussi dans le talus à côté de la route. Un ragondin ou une fouine. Itxaga regarda le visage de la fille et ses yeux inquiétants et l'épaisseur de ses sourcils et le très fin duvet au-dessus de sa lèvre. Tout cela lui crevait le cœur sans qu'il pût y comprendre quoi que ce soit. Il avait jusque-là toujours pensé que la femme qu'il attendait serait une personne accueillante, blonde et un peu plus âgée que lui, quelqu'un qui lui évoquerait une fleur, une pivoine ou un pois de senteur. Il haussa les épaules, enfila son casque puisqu'elle n'en voulait pas et, sans plus hésiter, elle monta à l'arrière en ne s'accrochant surtout pas à lui, mais en se tenant en équilibre, cuisses bien serrées, coudes au corps.

Des chaussures qui grincent comme un panier d'osier

Il y avait pas mal de vieilles qui travaillaient à l'usine de paniers-repas ou alors de jeunes célibataires. Les vieilles n'avaient plus d'homme ni d'enfants. Elles vivaient seules en ville dans des appartements exigus avec cuisine communautaire. En général, les hommes supportaient mal que leurs femmes partent travailler au moment où ils rentraient à la maison. Ça créait des histoires ; les femmes mariées finissaient immanquablement par lâcher leur poste.

L'ambiance était bien plus chaleureuse qu'au palais des Morues. Les femmes ne se parlaient pas sur la chaîne mais échangeaient des plaisanteries dans les vestiaires. Elles se passaient des sucreries et des cassettes de musique à la mode ou bien de séries qu'elles avaient enregistrées à la télé. Elles enfilaient leur uniforme de papier blanc – chapeau, blouse, chausson et gants –, elles bavardaient encore pendant la désinfection et puis plus un mot, plusieurs heures de mutisme pour ne pas perdre le rythme avant le quart d'heure de pause obligatoire. Parfois une ouvrière plus rapide que les autres et plus expérimentée faisait le travail pour deux quand une fille arrivait à l'usine trop épuisée ou la tête en menus morceaux.

Vera Candida aimait bien cet endroit. Les conditions de travail étaient effroyables. Mais toucher un salaire hebdomadaire lui semblait de l'ordre du miracle. C'était calme, on ne lui posait aucune question désobligeante, on ne la regardait pas de haut et son silence n'était pas pris pour un repli méprisant, elle souriait aux plaisanteries des filles, elle écoutait leurs plaintes (leur chéri, leur mère, leurs enfants, leur fatigue, le nouveau contremaître) et se sentait protégée dans cet univers de carrelage et de papier blancs.

Cette nuit-là elle était sortie en retard ; le nouveau contremaître avait exigé qu'elle fasse vingt minutes de rab parce qu'elle était allée aux toilettes deux fois. Tu as tes règles ? avait-il demandé. Elle n'avait pas répondu.

Ne te laisse pas faire, avaient dit les filles.

Mais Vera Candida ne voyait pas bien comment elle aurait pu s'opposer à l'abus de pouvoir de ce merdeux sans pour autant quitter définitivement l'usine.

On t'attend ? avait interrogé l'une des filles en passant près d'elle alors qu'elle se dirigeait vers les vestiaires. Cette fille avait une voiture et ramenait souvent quelques collègues à la gare ou jusqu'à la ville. Vera Candida, prise au dépourvu, avait secoué la tête. Pas la peine, avait-elle répondu. Elle aurait bien, de reconnaissance, sauté au cou de la fille. Celle-ci avait haussé les épaules et esquissé un petit signe de la main. Puis elles étaient toutes parties.

Vera Candida avait fait ses vingt minutes de rab, s'était changée aux vestiaires et avait quitté l'usine. Elle s'était mise en marche dans l'obscurité pour rejoindre la gare, le premier train passerait d'ici une heure, pour un tramway il aurait fallu attendre encore trois heures.

Elle avait entendu la moto pétarader sur la route. Elle avait vite compris que le conducteur de l'engin en avait après elle.

Vera Candida eut l'impression que son sang se figeait quand la moto s'arrêta un peu plus loin devant ; on aurait dit que ses veines charriaient de la gélatine glacée. De fourbue elle se retrouva aux aguets et sur la défensive. Elle se sentait vulnérable et voyante au milieu de cette route comme un collier rococo avec d'énormes perles en plastique. Elle se prépara à prendre ses jambes à son cou, vit un hangar sur la droite dans lequel il y avait de la lumière. Elle se dit, Je courrai plus vite que lui. J'ai toujours été celle qui courait le plus vite. Elle se dit, J'aurais dû mettre des baskets. Si j'en réchappe, je porterai tout le temps des baskets pour rentrer la nuit.

La corde de ses espadrilles grinçait comme un panier d'osier. Elle avait l'impression de n'entendre que ça dans la nuit menaçante. Ses chaussures qui grinçaient. Et le bruit des bestioles qui cherchaient des proies dans les fourrés.

Elle pensa, Il a encore son casque sur le crâne, j'irai plus vite que lui.

Elle tenta aussi de se convaincre en se répétant, J'en ai vu d'autres.

Alors elle le regarda dans les yeux quand elle le dépassa. Elle avait besoin de dire, Je n'ai pas peur, je n'ai pas peur, je n'ai pas peur.

J'ai quelque chose à vous, lui dit-il.

Il avait une voix dans laquelle il était impossible de déceler la moindre agressivité. Son pacifisme aurait pu rassurer Vera Candida mais il ne fit qu'éveiller plus encore ses soupçons. Elle se souvint de sa grand-mère Rose Bustamente qui lui disait toujours, Si un homme te propose des bonbons ou veut te faire monter dans son camion, crie très fort. À quoi servait ce genre de conseil ? Ça ne l'avait pas sauvée au moment où elle en avait eu besoin sur les collines de Vatapuna, elle avait bien pu crier aussi fort qu'une sirène il n'y avait eu personne pour lui porter secours et, ici même, qui viendrait donc à sa rescousse si elle se mettait à hurler ?

Quand elle comprit que ce qu'il agitait au bout de ses doigts étaient les photos qu'elle avait faites quelques heures plus tôt dans l'après-midi, elle se sentit violentée. Comme si, en revenant chez elle, elle avait trouvé la porte de son appartement béante et, pour toutes traces de cambriolage, constaté l'absence de son parfum et de ses dessous.

Elle lui arracha la planche des mains, la fourrant dans son sac sans la regarder et, comme il insistait, elle jeta de nouveau un coup d'œil à l'homme sous son casque cabossé. Elle le reconnut malgré cet attribut, Mon Dieu c'est le journaliste véreux. Elle le scruta en douce en reprenant son chemin (ce qui n'était pas évident, mais Vera Candida pouvait concilier des actions qui paraissaient inconciliables), elle remarqua, Il a une cicatrice de bec-de-lièvre. Mais était-ce juste cette cicatrice qui lui faisait penser qu'il ressemblait à un homme d'un autre siècle ? Il avait en fait un air si désuet, un air poussiéreux et *charmant* qui ne seyait pas à un homme contemporain. Cette cicatrice lui rappelait les charcutages des vieux à becs-de-lièvre de son village. Il continua de l'ennuyer avec ses questions, ce qui correspondait bien à l'insistance qu'elle imaginait de mise pour un homme d'un autre siècle, un homme déterminé, délicat et un peu défiguré. Puis elle se demanda si cette idée d'un homme suranné et peut-être périmé n'était pas juste entrée dans sa tête parce qu'il avait l'air d'avoir trente-cinq ans, ce qui revenait pour elle à être presque chenu. Elle prononça une phrase très longue, elle n'avait pas prononcé une phrase aussi longue depuis fort longtemps, elle dit :

Ce n'est pas important. Pour nous ce qui est important c'est d'avoir un endroit comme ça où on peut aller se réfugier en cas de tempête.

Elle aurait voulu rattraper ce qu'elle venait de prononcer. Il se moqua d'elle. Elle se sentait vacillante de fatigue, mais n'en voulait rien montrer, elle avait juste envie de s'asseoir sur le talus et d'attendre que le jour se lève et si le type désirait rester près d'elle à attendre lui aussi que l'aube advienne, alors soit, qu'il reste et ne parle pas et elle sut qu'elle allait finir par accepter qu'il la raccompagne, il y avait quelque chose de si doux dans sa voix, il était quelqu'un qui devait offrir des fleurs écarlates, et même si tout cela n'était au final que perversion (comment ? tu y as cru ? mais voyons c'était pour s'amuser...), sa possible humiliation ne l'inquiéta pas, elle se sentait épuisée au point de flancher là maintenant devant lui, Je vais flancher, faillit-elle lui dire, et c'est le moment qu'il choisit pour lui proposer de la raccompagner, alors elle accepta, elle n'était pas en mesure de faire un pas de plus même si elle serrait bien fort ses petits poings, haha, pour ne rien laisser transparaître, Prends ce qu'il y a de bon à prendre, disait Rose Bustamente, et là, à cet instant, ce qu'il y avait de bon à prendre, c'était de ne pas faire le trajet à pied et de se laisser emporter, de s'endormir presque sur le dos de cet homme, d'apprécier le vent du littoral qui chiffonne la chevelure et de ne plus se sentir en danger.

La rédemption des affreux

Il ne voulait pas la brusquer. Mais il ne pouvait dorénavant penser à rien d'autre qu'à elle. Il aurait voulu qu'elle lui présentât sa petite fille, il aurait voulu que l'article qu'il avait publié ne la mît pas dans une posture inconfortable, il aurait voulu l'aider, lui trouver un appartement et un travail moins éreintant que celui à l'usine de paniers-repas. Il aurait aimé s'excuser pour tout ce qu'elle avait dû subir jusque-là même s'il ne savait pas précisément de quoi il s'agissait, qu'il s'en faisait une idée approximative et horrible (et que cette idée d'ailleurs le faisait grimacer quand il était allongé sur son lit dans l'entresol qu'il louait à ne pas pouvoir dormir et à penser à Vera Candida) et qu'en plus de cela il est difficile de s'excuser pour des actes qu'on n'a pas commis, bien que oui, Itxaga pensât que c'était une chose possible de faire amende honorable pour tous ceux qui se comportent comme des salopards.

Depuis que son article était paru sur le palais des Morues, la police d'État avait demandé à rencontrer Itxaga. La Capa (Commission Anti-Protestation Armée ; CAPAcité de nuire à autrui ; CAtégorique et PAs commode) était formée d'anciens hommes de main de la milice locale qui utilisaient encore les mêmes procédés que dans leurs riantes années : bloc de ciment au fond de la baie et prise électrique dans la baignoire. Pour s'acheter une conduite, la Capa avait ordre de protéger les putes repentantes et loquaces et les types qui balançaient leurs voisins parce qu'ils avaient l'air de mouiller dans des commerces louches, de traficoter à droite à gauche (peaux de requins, fausse monnaie, vente de reins) ou parce qu'ils les avaient dépassés dans la file au supermarché.

À Lahomeria on avait officiellement droit à la rédemption.

Et la Capa veillait sur votre rédemption. Avec des mitraillettes UZI et des voitures blindées.

Itxaga s'était déjà retrouvé à plusieurs reprises face à eux. En général il valait mieux se faire tout petit et attendre sans bouger qu'ils s'intéressent à quelqu'un d'autre. Itxaga surveillait et rendait compte de tous les abus dont étaient victimes les femmes. Cela avait fait de lui pour certaines une sorte de chevalier blanc et pour d'autres un fouteur de merde qui ne comprenait rien à la façon dont le monde tourne et doit continuer de tourner. La Capa l'avait à l'œil, elle était garante de l'ordre moral, elle essayait de comprendre ce que fourgonnait Itxaga, pour qui il travaillait, ce que signifiaient les dénonciations dont il était l'auteur, s'il était corruptible, si sa popularité ne le rendait pas trop incontrôlable et s'il pouvait faire partie de leurs alliés ou de leurs ennemis. Itxaga sentait que ça frémissait pas mal de ce côté-là depuis la révélation sur la vieille nazie, sans doute parce qu'elle avait dû échanger sa tranquillité, à une période plus tumultueuse de sa vie, contre quelques noms d'agitateurs. Mais sa rencontre avec Vera Candida lui emplit tant l'esprit qu'il en oublia la Capa.

Il n'avait jamais vécu avec une obsession aussi tenaillante – il rêvait de Vera Candida *réellement* chaque nuit. Elle ne lui avait pas dit d'où elle venait, ni ce qui l'avait fait venir jusqu'à cette ville, elle ne lui avait pas confié la moindre bribe de son histoire, elle lui avait juste donné le prénom de sa fille.

Itxaga avait tendance à tomber amoureux facilement, ça lui arrivait parfois quatre fois par jour, parfois plus ; le fait qu'il y ait autant de belles filles dans cette ville lui causait de la souffrance et lui faisait aussi savourer la douceur du climat. Itxaga avait presque trente-cinq ans. Il avait pensé se connaître assez pour savoir qu'il était un célibataire patenté, que son cœur était une petite chose volage et emplumée, qu'il avait des tendances mélancoliques qui le poussaient à boire et à prendre des médicaments achetés au marché noir, et qu'il continuerait à faire son métier tant qu'il s'indignerait et que la Capa ne lui aurait pas réglé son compte.

Il recevait tous les jours des lettres de lectrices qui lui disaient combien elles aimaient son travail et ce qu'il faisait pour améliorer leur vie, elles lui racontaient que leur mari les frappait parfois (c'était hebdomadaire, souvent le samedi – il faudrait étudier le lien entre le sixième jour de la semaine et les violences conjugales) et qu'elles s'ennuyaient, se harassaient, désespéraient, écoutaient la radio et lisaient des magazines qui ne s'adressaient pas à elles, que leurs enfants se moquaient d'elles, et qu'elles pensaient que personne ne les comprenait excepté Itxaga. Certaines lui proposaient des rendez-vous mais l'idée d'un rendez-vous avec l'une de ses lectrices reconnaissantes le glaçait. Son rédacteur en chef lui amenait sa fournée de courrier le matin et lui disait, Réponds à tes admiratrices. Et Itxaga rétorquait,

Trouve-moi une secrétaire, Raymondo. Et l'autre répliquait, Trouves-en une dans ton courrier et je l'embauche. Et parfois il ajoutait quelque chose du genre, Ça finira à coups de revolver. L'une d'entre elles viendra et te dessoudera à cause de la confiance qu'elle avait mise en toi et que tu as odieusement trahie en négligeant de lui répondre.

Itxaga soupirait et obtempérait mollement.

Dès le lendemain de sa rencontre avec Vera Candida, il s'était mis à appeler au palais des Morues. Il ne disait bien entendu pas qui il était, il tombait sur une femme avec une voix d'homme (la première fois il l'appela Monsieur, elle le corrigea, *Mademoiselle* s'il vous plaît), il demandait à parler à Vera Candida, il lui proposait de passer la chercher pour l'emmener à son travail, il était en général assis devant son ordinateur au journal, il ne retrouvait pas le fil de ce qu'il voulait écrire, il avait déjà retardé quarante-deux fois le coup de téléphone à Vera Candida et puis il s'était donné une limite horaire, À quinze heures je l'appelle, et il ne faisait plus que surveiller sa montre, c'était presque pire que d'osciller continuellement, Je l'appelle ? et puis, Non je ne l'appelle pas encore.

Les conversations téléphoniques avec Vera Candida étaient limitées comme s'il s'était adressé à un tout petit enfant ou à quelqu'un qui ne se serait jamais servi d'un téléphone.

Il faut que je parle à Vera Candida, disait-il à la demoiselle à la voix de baryton.

Vera Candida ? (Elle avait l'air toujours soupçonneuse comme si elle imaginait que Vera Candida ne pouvait recevoir de coups de fil que d'un proxénète ou du moins d'un homme très mal intentionné.)

Oui.

Alors Renée lui passait Vera Candida, on entendait des bruits de talons dans des couloirs (il s'attendait à entendre le cliquètement des trousseaux ; il avait du mal à ne pas identifier le palais des Morues à une prison).

Oui ? faisait Vera Candida.

C'est Itxaga, chuchotait Itxaga comme si on avait pu l'entendre à travers le palais des Morues, comme si Vera Candida branchait le haut-parleur pour que tout le monde entendît bien qu'elle conversait avec l'ennemi.

Ah, disait-elle simplement. Et il ne savait jamais si elle était déçue ou si elle adoptait juste une posture d'adolescente bougonne.

Comment ça va là-bas ?

Ça va.

Personne ne t'embête ? La petite va bien ? La vieille n'est pas ressortie de son antre ?

Non oui non.

Quoi non oui non ?

Je réponds à tes questions dans l'ordre.

Je passerai te chercher si tu veux, je peux t'emmener à ton boulot. J'ai fini (il faisait une tentative), je bossais sur une affaire de pollution de nappe phréatique mais là j'arrive au bout…

Ah.

Tout le monde sait que l'eau est pourrie du côté du canal mais personne n'a jamais rien fait, on a construit des lotissements et puis on a installé des pompes qui viennent directement puiser l'eau pourrie...

...

Il y a quelqu'un avec toi ?

Non non.

Je passe tout à l'heure ?

OK.

Il passait la chercher. Il se postait dans une rue adjacente à cause de la voiture de la Capa qui paraissait ne plus jamais bouger de là, garée devant le palais des Morues avec un ou deux types à l'intérieur. Il n'y avait plus de journalistes depuis quelques jours mais les types de la Capa ne lâchaient pas l'affaire. Itxaga attendait là dans la touffeur de la soirée, transpirant avec application, sentant la chaleur monter du sol, des bulles de chaleur qui explosaient délicatement autour de lui, les minuscules mais voraces moustiques des acacias tourbillonnaient près de son visage, s'éloignaient quand il les chassait puis se rapprochaient de nouveau et un peu plus, formant dans leur nombre insensé comme un essaim élastique qui s'étirait et se rassemblait à l'envi. Vera Candida le rejoignait, Itxaga la voyait arriver, il aimait sa silhouette et se forçait à ne pas trop la regarder, il ne voulait pour le moment ne se fixer que sur son air buté qui faisait bondir son cœur (il lui semblait que son cœur faisait véritablement du yo-yo dans sa gorge, qu'il tentait de s'échapper et qu'il lui faudrait beaucoup de persuasion pour le convaincre de rester dans sa cage), il se disait, Son visage est d'une grande beauté, pourquoi me fait-il penser à quelque chose de *sacré* ?, il la trouvait magnifique et délicate, d'ailleurs il achetait des fleurs qui lui faisaient penser à elle, il ne les lui offrait pas mais il les mettait dans un vase près de la fenêtre chez lui, c'étaient des fleurs écarlates bien entendu, il restait immobile à les scruter comme s'il allait comprendre quelque chose de Vera Candida dans une sorte d'éclair de sagacité, et puis Vera Candida montait sur la Vespa derrière lui, serrant son sac contre ses côtes et la Vespa entre ses cuisses et ils s'en allaient. Elle parlait peu. Itxaga faisait la conversation, il discutait même quand il conduisait, il parlait très fort en tournant à peine le visage vers elle, il sentait qu'elle hochait la tête et l'écoutait mais elle ne répondait pas, il avait l'impression que s'il se taisait le contact serait rompu.

Deux semaines après leur rencontre, il réussit à tenir jusqu'à dix-sept heures pour l'appeler :

Tout va bien ? Monica a bien dormi ? La vieille est toujours là ?

Oui oui non.

Quoi non ? La vieille n'est plus là ?

Quand Renée est montée ce matin elle a remarqué que son plateau était intact.

Son plateau ?

Renée lui déposait ses repas sur un plateau à la porte de ses appartements.

Depuis toujours ?

Non depuis l'article.

Et donc ?

Et donc le plateau était intact. La vieille est partie.

Vous avez vérifié ?

Renée d'abord et puis on y est toutes allées.

Oh oh vous êtes entrées dans les appartements de la vieille ? Il y avait quoi ?

Plein de trucs. Renée a tout bouclé maintenant.

Comment est-elle partie ?

Par la fenêtre apparemment.

C'est impossible.

Oui.

Bon je viens te chercher, tu me raconteras.

La vieille fille de l'air

Renée avait bien tenté de dissuader les filles de pénétrer dans les appartements de la vieille madame Kaufman mais elle n'avait rien pu faire contre leur curiosité. Elle avait eu l'imprudence de rapporter le plateau intouché à la cuisinière et de lui dire, Je ne sais pas où est passée la demoiselle (parfois elle l'appelait ainsi). La cuisinière en avait fait dans l'instant des gorges chaudes. Les filles du palais des Morues avaient attendu dans le couloir pendant que Renée s'était enfermée dans le bureau de la vieille pour tenter de deviner comment elle avait pu s'évaporer ainsi. Quand elle était ressortie du bureau, les filles l'avaient pressée de questions, elles avaient minaudé et joué aux pauvres petites chattes abandonnées, elles avaient argué qu'elles étaient malignes et nombreuses et qu'elles découvriraient plus facilement qu'une Renée esseulée les circonstances de la disparition de la vieille madame Kaufman. Renée, toute désorientée, se laissa amadouer et les fit pénétrer dans l'antre, se mettant sur le côté de la porte pour leur permettre de passer, comme si elle ne leur donnait pas vraiment l'autorisation d'entrer mais qu'elle les laissait simplement faire, Renée avait l'œil vide et la moue dubitative, elle se sentait elle aussi délaissée et prenait un air de capitulation qui aurait pu émouvoir les filles si elles n'avaient tout bonnement été aussi surexcitées à l'idée de pénétrer chez la vieille.

Elles s'égaillèrent dans les appartements et se mirent à fureter. Elles ouvrirent catégoriquement les tentures et commencèrent à brailler, On se croirait dans une suite au Ritz, Ou chez une mère maquerelle, On va trouver des trésors. Elles glapissaient et saturaient tant l'atmosphère de leur exaltation qu'elles réveillèrent Vera Candida à l'autre bout du couloir. Celle-ci était rentrée quelques heures plus tôt et dormait pendant que Monica Rose jouait dans son petit parc au milieu de la chambre.

Vera Candida ouvrit la porte de sa chambre et aperçut Renée, sentinelle inutile adossée au mur du couloir, toute dégingandée et perchée sur ses mules à talons, comme perdue au milieu d'un vaste désert de rocailles et de cactus géants.

Qu'est-ce qui se passe ? demanda Vera Candida.

Madame Kaufman est partie, répondit Renée.

Elle ajouta :

Mais elle va revenir.

Et en disant cela elle se rendit sans doute compte que, si c'était le cas, il serait bon de stopper les tigresses dans leur entreprise de liquidation. Elle disparut aussitôt dans la chambre.

Vera Candida s'approcha et pensa, C'est de ma faute, c'est parce que je fréquente cet Itxaga, il a fait arrêter la vieille, il se sert de moi, il me plaît et je déteste qu'il me plaise, elle se sentit en colère contre elle-même puis contre lui, puis elle entendit sa gamine crier alors elle fit demi-tour, alla la chercher dans la chambre, la cala sur sa hanche et retourna jusqu'aux appartements de la vieille.

Les filles étaient des chiens affamés. Elles étaient féroces comme des enfants. Elles avaient trouvé de l'alcool et du chocolat. Il y en avait une qui avait emmené son fils, un bébé qui se traînait sur le parquet et laissait des traces sombres sur le tapis. Renée disait, Mesdemoiselles, mes chéries, sortez donc. Et les filles rétorquaient, Oh encore une minute Renée, nous ne sommes jamais venues ici.

Vera Candida entra dans le bureau et elle regarda autour d'elle. Sur le mur de gauche, il y avait une bibliothèque et Vera Candida pensa à James Bond et aux vieux nazis réfugiés sous les tropiques et elle se dit, Je suis sûre qu'il y a un passage secret. Elle se demanda quel livre il faudrait retirer pour qu'il actionne le mécanisme d'ouverture du souterrain.

Pendant ce temps-là les filles paradaient avec les bijoux qu'elles avaient dénichés. Vera Candida se dit, Si la vieille était partie de son plein gré elle aurait pris ses trésors. Il y avait au mur quantité de tableaux – Vera Candida s'interrogea, Pourquoi suis-je toujours beaucoup plus calme que les autres ? – dont un qui représentait une rivière ombragée au petit matin. Elle resta immobile devant, le bébé gigotant sur sa hanche parce qu'il avait envie lui aussi de se libérer pour participer au chambardement et ramper et se rouler sur les tapis.

Vera Candida quitta le bureau et jeta un œil dans la chambre. Il y avait au mur un tableau, allez savoir pourquoi, de Frida Kahlo. Vera Candida connaissait Frida Kahlo à cause des revues de sa grand-mère qui parlaient parfois d'elle, de son destin tragique et de ses amours tumultueuses. Elle la reconnaissait à ses sourcils et à sa coiffure de tsarine.

Il y avait un vase ventru empli d'eau croupie (c'est de là que venait cette immonde odeur de marécage ammoniaqué) et de fleurs jaunes et fanées. Sur la commode, des photos dans des cadres tarabiscotés ; la vieille plus jeune, beaucoup plus jeune et plus mince, debout près d'un gros chien noir (un énorme chien tout droit monté des enfers) ; la vieille plus jeune assise à côté d'un homme qui se tient très raide près d'elle, la main posée sur son épaule, il a l'air crispé comme s'il méprisait la frivolité de se faire prendre en photo même vêtu de son bel uniforme. La vieille moins jeune recevant une médaille d'un type à moustache (la médaille est encore dans son écrin, ils posent tous les deux en la tenant de leurs quatre mains comme s'ils se la disputaient ; l'homme a une tête de Mexicain ; il fixe l'objectif et sourit avec des dents très blanches et carnassières sous sa fine moustache inquiétante ; on aperçoit des plantes tropicales qui envahissent l'estrade comme si elles n'arrivaient pas à réguler la poussée de leurs feuilles, comme si elles voulaient elles aussi faire partie de ce moment historique où la vieille reçoit une médaille d'un type à moustache au sourire de narcotrafiquant).

Le lit était ce qu'il y avait de mieux dans la chambre. Il aurait pu être en sucre tant il était ouvragé et absurde sous ses latitudes. Un grand baldaquin le surplombait ; le tout était recouvert d'un tissu parsemé de milliards de microscopiques fleurs roses. C'était presque indécent un couvre-lit avec autant de fleurs.

Puis l'une des filles dénicha un uniforme, elle commença à enfiler la casquette et les bottes (trop petites pour elle), elle glapit, Le mari nazi était tout petit, et, voyant que ça allait faire chavirer Renée, elles se mirent toutes à reprendre en chœur, Le mari nazi était tout petit, Vera Candida se demanda pourquoi madame Kaufman avait trimballé ce vieil uniforme pièce à conviction jusqu'ici, elle se dit, C'est comme un témoin à charge, c'en était trop pour Renée, elle vira les filles, elle hurlait, Vera Candida s'aperçut seulement maintenant qu'Itxaga n'avait pas raconté des sornettes dans son article, elle se sentit soulagée, et de se sentir soulagée par une pareille nouvelle la consterna, Renée poussait les filles hilares dans le couloir, elles résistaient, s'emparaient de menus objets posés sur les meubles, elles se les montraient, s'apostrophaient et se les lançaient et puis elles virent que Renée pleurait, alors elles arrêtèrent leur cirque, elles sortirent et laissèrent Renée verrouiller la porte, elles s'éloignèrent en tentant de consoler Renée, et Vera Candida resta interdite dans le couloir et se souvint de ce que lui disait sa grand-mère Rose Bustamente, Dans la vraie vie, on ne comprend pas toujours tout, il n'y a pas de notice, il faut que tu te débrouilles pour faire le tri.

Le mezcal un soir et ces merveilleux nuages

Et toi tu en penses quoi du départ de la vieille ?
Moi ? Je m'en fous.
Itxaga avait emmené Vera Candida dans une gargote ombragée du centre-ville tenue par un Mexicain morose. L'endroit bénéficiait d'une petite cour intérieure coincée entre des immeubles dignement décrépis ; on y servait un mezcal fait maison qui vous incendiait le corps jusqu'à la plante des pieds. Vera Candida avait pris une citronnade et tournait dans son verre, avec une concentration un peu obtuse, une jeune fille nue en plastique jaune. Elle leva la tête et regarda Itxaga droit dans les yeux comme pour lui montrer qu'elle ne fanfaronnait pas.
Je pense qu'il va falloir te trouver un nouvel endroit où vivre avec Monica, reprit Itxaga sans trop savoir pourquoi il embrayait si tôt sur cette expectative – et n'ayant point au préalable pris les précautions nécessaires afin de ne pas braquer Vera Candida.
Mais elle focalisa de nouveau son attention sur sa paille et sa jeune fille en plastique jaune.
Le problème c'est de la faire garder la nuit, objecta-t-elle mollement.
On te trouvera une solution.
Il se sentait prêt à lui dire, Viens donc dans mon entresol, Monica dormira pendant que je dormirai et de toute façon

on te dénichera un nouveau boulot et puis nous irons tous ensemble au Jardin botanique le dimanche et je t'emmènerai dîner dans des lieux que tu n'imagines pas, on fera garder la petite et j'attendrai que tu ne sois plus mineure et tu feras des études et tu travailleras à la maison sur mon bureau et je rentrerai le soir et je t'embrasserai dans le cou et tu me souriras et tu deviendras une très belle femme et je me répéterai chaque matin combien c'est bon de vieillir près de toi.

Vera Candida se leva brusquement, On y va ? dit-elle.

La confusion des sentiments

Le rédacteur en chef d'Itxaga, Raymondo, l'envoya faire un reportage sur un groupuscule sectaire qui portait des toges rouges et militait pour faire interdire le travail féminin. « Qui fait leur ménage ? » était leur slogan. Ç'aurait pu passer pour une blague mais ils s'étaient mis à défiler dans les rues de la ville, engoncés dans leurs toges écarlates, visages masqués, hommes-sandwichs avec des écriteaux devant derrière prônant un retour à l'ordre naturel des choses et exposant les visages de présentatrices télé coiffées maquillées et de leurs maris attifés en soubrette (des collages plus ou moins réussis mais qui produisaient leur effet).

Itxaga fit ce qu'on attendait de lui, tout lui pesait, tout l'assommait, il aurait aimé proposer une enquête sur la mort de la vieille Kaufman mais il savait que Raymondo, qui était aussi son ami depuis fort longtemps, lui aurait conseillé de décoller de toute cette histoire. Il ne cessait de penser à Vera Candida – c'était son accessoire de déconnexion du monde réel. Je suis amoureux de cette fille, et cette idée le déroutait et le plongeait dans la catatonie, pas faim, pas d'érection, pas de concentration.

Un soir, très peu de temps après, elle lui dit, Demain c'est mon anniversaire.

Alors il l'emmena dîner en ville. Il lui avait dit, Viens avec ta fille. Mais elle avait refusé. Elle avait répondu, Tant que je suis encore au palais des Morues il y a quelqu'un pour me la garder. Il se demanda, Pourquoi ne veut-elle pas me présenter sa gamine ? Il imagina la petite très laide ou déformée. Puis il se souvint qu'il l'avait vue sur la planche de photos. Mais il était incapable de se rappeler son visage. Il n'était d'ailleurs pas convaincu qu'on eût un visage avant un âge bien plus avancé. Il se dit juste, Elle avait l'air normale.

Il l'emmena dans un restaurant végétarien et lui expliqua qu'il pensait que la viande rouge rendait les hommes agressifs. Il semblait prêt à lui faire la conversation toute la soirée. Elle l'écouta poliment puis elle lui dit :

Je suis sûre que tu ne sais même pas l'âge que j'ai et que tu espères qu'à partir de demain je serai majeure pour pouvoir me sauter en toute tranquillité.

Il la regarda avec beaucoup de chagrin alors elle se sentit obligée de continuer :

Demain je n'aurai que dix-sept ans mais si tu veux me sauter je n'y vois pas d'inconvénient.

Il ne répondit pas. Il mangea son tofu, but son jus de carotte, la raccompagna au palais des Morues (elle ne travaillait pas ce soir-là), décidé à ne plus la revoir. Il la déposa devant la grille aux magnolias si pâles qu'ils en étaient phosphorescents. Il lui fit un petit signe et redémarra. Puis il partit boire des bières en ville pour oublier Vera Candida, ses traits parfaits et sa dureté.

*L'immeuble communautaire
de la rue de l'Avenir*

Itxaga ne passa plus chercher Vera Candida. Alors celle-ci régla l'affaire en se disant, C'est un con.

La vieille ne revint pas, Renée commença à laisser entendre qu'elle s'était fait enlever par la Capa, que tout cela c'était à cause de cet article diffamatoire et sous-informé, que d'ailleurs elle aurait dû demander un droit de réponse, même si elle ne l'aurait sans doute pas obtenu, de toute façon il valait mieux traiter tout ça par le mépris, sauf que maintenant la vieille avait disparu alors voilà on était bien avancé.

Renée tournait en rond.

Ce fut à ce moment-là qu'une femme de l'usine de paniers-repas (Maria, quarante ans, officiellement célibataire et ouvrière à l'usine depuis douze ans, une longue chevelure noire et luisante qui faisait son orgueil et qu'elle serrait dans une résille pour ne pas avoir de problèmes avec le contremaître) demanda à Vera Candida où elle vivait et la bombarda de questions quand celle-ci lui répondit qu'elle habitait le palais de madame Kaufman. Elle avait lu l'article d'Itxaga – elle lisait tous les articles de Billythekid – alors elle voulut obtenir des détails sur la manière dont la vieille traitait les filles. Vera Candida n'avait pas grand-chose à raconter. La femme fut déçue mais lui fit tout de même une proposition : il y avait une chambre de libre dans l'immeuble où elle vivait. C'était un immeuble communautaire, les cuisines et les sanitaires étaient collectifs, mais dans un endroit comme celui-ci Vera Candida trouverait facilement à s'arranger pour la garde de son bébé. Quand la femme lui fit cette offre, elles étaient toutes deux en train d'enfiler leur uniforme et Vera Candida ne put s'empêcher, pendant la totalité de son service, de rêver à cette nouvelle vie qui l'attendait et à l'occasion qui se présentait à elle de quitter l'atmosphère délétère du palais des Morues.

L'immeuble était situé au 30 rue de l'Avenir. Vera Candida y vit un heureux présage. Rue des Beaux-Lendemains.

Le bâtiment disposait d'une grande cour intérieure sableuse comme un terrain de foot gitan, il était rayé horizontalement de quatre coursives ombreuses et dégoulinantes de plantes vertes et de foutoirs divers (des vélos et des cuvettes en plastique pour l'essentiel), elles reposaient sur de fins pilastres de métal – on aurait dit des pattes de héron toutes torsadées. Vera Candida pensa, Nous allons être bien ici, la petite et moi. Elle se tourna vers la femme qui l'avait accompagnée et dit tout haut ce qu'elle venait de penser. Maria sourit et précisa le montant du loyer (qui parut mirobolant à Vera Candida, mais elle avait peu de comparaison en la matière alors elle ne fit aucune remarque pour ne pas avoir l'air trop candide – plus tard Maria lui dirait qu'en entendant le montant du loyer Vera Candida était devenue blême et avait roulé des yeux tant et si fort que Maria avait craint un malaise, mais pour le moment Vera Candida était convaincue d'avoir réussi à brillamment camoufler son inexpérience).

Maria la fit grimper jusqu'au dernier étage, lui ouvrit la porte de son nouveau terrier (Maria avait de bonnes relations avec le concierge – ce qui lui valait le respect et l'inimitié d'une partie des habitants du 30 rue de l'Avenir –, avoir les clés d'une chambre vacante n'était donc pas tout à fait saugrenu ; certains disaient qu'elle se servait des chambres libres pour, en journée, faire la pute et qu'elle reversait une partie de son pécule au concierge ; mais les gens racontent facilement des horreurs sur les femmes célibataires aux chevelures noires et luisantes).

La chambre n'avait pas été habitée depuis un moment – ou alors par quelque chose de pas tout à fait humain. Elle sentait l'étable (une odeur salée, étouffante et écœurante de purin ou de vase de nuit oublié), disposait d'une fenêtre du côté opposé à la porte, ce qui aurait pu en faire un bien fort recherché n'eût été l'état déplorable dans lequel elle se trouvait. Les chambres des étages supérieurs n'avaient pas systématiquement de fenêtres. Du coup les portes qui donnaient sur la coursive étaient grandes ouvertes la majeure partie du temps.

Il faudra aérer et nettoyer un peu tout ça, fit Maria en ouvrant la fenêtre. Je te filerai un coup de main. Si tu la remets en état le concierge ne te réclamera pas le premier mois de loyer. Ça te convient, la belle ?

Vera Candida sourit et acquiesça.

À la bonne heure, s'extasia Maria, j'ai vu Vera Candida sourire. C'était jamais arrivé à quiconque de vivant de te voir sourire, si ?

Vera Candida fronça les sourcils et leva le visage vers le ciel au-dessus du 30 rue de l'Avenir, le ciel et les martinets stridents de Lahomeria, elle pensa à sa mère Violette Bustamente et aux fourmis de la forêt qui avaient creusé des sillons sur son visage, puis elle pensa à sa grand-mère Rose Bustamente, elle se sentit immensément triste à l'aube de ce qui lui apparaissait il y avait encore un instant comme un événement bienheureux, un pincement dans la poitrine la fit grimacer comme la piqûre d'une aiguille au bout de son auriculaire, elle était maintenant coupable et accablée, elle ne sut alors que déposer sa douleur dans un petit refuge provisoire à l'intérieur de son cœur afin de ne pas fondre en larmes dans les bras de la belle Maria.

Elle rentra au palais des Morues, prit ses cliques et ses claques, eut la tentation de partir subrepticement parce qu'il faut croire que Vera Candida ne savait partir que subrepticement. Elle dut lutter contre sa mauvaise pente, rassembler son courage et en faire une boule d'une taille acceptable pour réussir à poser ses affaires à côté de la porte de sa chambre, prendre la petite sur sa hanche et toquer chez Renée. Elle lui dit, Je m'en vais, j'ai trouvé un appartement pour Monica et moi, ça y est c'est bon, je peux voler de mes propres ailes, merci Renée de tout ce que tu as fait pour nous. Renée la serra dans ses bras, elle pleura un peu, lui fit promettre de revenir lui faire coucou, câlina le bébé et, au moment où elle se détachait de son étreinte, lui dit, J'espère que tu ne fréquentes plus ce petit connard de journaliste. Vera Candida se sentit rougir (ce fut une bouffée brûlante sur son front et chacune de ses joues), elle bredouilla, De qui parles-tu ? et se libéra de Renée. Elle prit son baluchon dans sa chambre et courut presque pour descendre les marches sous les grosses têtes de poisson en pierre, elle tira la grille et la referma délicatement comme pour apaiser la colère de quelqu'un.

Puis elle marcha le plus vite possible afin de rejoindre la place, marmonnant de petites choses à la gamine, de petites choses qui auraient pu passer pour des comptines ou des berceuses, mais qui étaient juste les listes des tâches auxquelles il ne fallait pas qu'elle oublie de s'atteler, nettoyer le sol de sa nouvelle chambre, dégotter un tapis pour ne plus voir les traces suspectes sur le carrelage, et une paillasse pour Monica et elle, demander à la vieille tatie hongroise, sa nouvelle voisine, de lui garder l'enfant pour la nuit, la payer le cas échéant et partager avec elle le goulasch qu'elle lui avait proposé tout à l'heure.

Le rêve d'Itxaga

La première nuit que Monica Rose passa chez la tatie hongroise du 30 rue de l'Avenir, alors que sa mère partait pour l'usine de paniers-repas, Itxaga dans son entresol du passage des Baleiniers rêva d'un chauffeur de taxi. Il se vit à l'arrière du taxi. Son esprit était brouillé comme s'il avait bu ou qu'il était extrêmement fatigué et peinait à garder les yeux ouverts. Mais c'était au fond une situation qu'il connaissait régulièrement dans ses rêves : la lutte contre l'épuisement. C'était la nuit. Le taxi traversait une ville qu'Itxaga ne reconnut pas. Il ne se souvenait plus d'ailleurs précisément de l'endroit où il devait aller. Il se rassurait en se disant qu'il avait dû donner une adresse au chauffeur en pénétrant dans le véhicule puisque celui-ci semblait clairement savoir où il l'emmenait. Ils traversèrent une zone industrielle et se retrouvèrent en plein désert. Itxaga se demanda où ils allaient, il voulut dire quelque chose mais sa langue avait gonflé et prenait trop de place dans sa bouche, l'empêchant de prononcer la moindre parole intelligible. Alors il tenta de regarder le visage du chauffeur dans le rétroviseur mais le visage n'avait pas de traits précis – comme lorsque la migraine vous prend et fait éclore un nuage gris au milieu de votre champ de vision (et quand vous désirez éviter ce nuage gris et diriger vos yeux ailleurs, le nuage gris vous suit et se retrouve toujours exactement au centre de votre pupille). Itxaga voulut lui taper sur l'épaule, attirer son attention d'une façon ou d'une autre mais il se sentait engourdi et incapable d'un geste. Le taxi fonçait dans le désert, les phares éclairaient une route qui ressemblait à une piste, sur le bas-côté on percevait des cactus et des boules d'herbes sèches et de loin en loin les yeux rouges et sidérés d'une bête sauvage.

Le taxi allait de plus en plus vite, la route était pleine de cahots et Itxaga s'accrochait au siège pour ne pas être bringuebalé à droite à gauche. Tout à coup il y eut un choc sourd sous le véhicule et Itxaga se dit, On vient de tuer un coyote, et le chauffeur s'arrêta brusquement et ouvrit sa portière. Itxaga sentit une sueur glacée lui parcourir l'échine et mouiller sa lèvre supérieure, le chauffeur sortit, il avait laissé les phares allumés, et on aurait pu penser qu'on était en plein cosmos dans un vaisseau spatial en perdition tant la nuit était épaisse et impénétrable, le chauffeur fit le tour de la voiture, il se pencha dessous puis s'éloigna au-delà du faisceau des phares.

Itxaga attendit un moment puis il réussit à bouger. Il tendit la main vers la poignée de la porte et vit que sa peau était noire, il se dit, Quel drôle de rêve, je n'avais jamais rêvé que j'étais noir. Il eut envie de regarder son visage dans le rétroviseur mais il abandonna cette idée tant sortir de voiture lui demandait déjà un effort infini. Il posa ses pieds dehors, aperçut ses chevilles noires qui dépassaient des tennis puis le bruit de la nuit du désert l'assaillit. Il tenta de deviner si le chauffeur de taxi était toujours dans le coin. Mais il n'y avait que les hurlements lointains des carnassiers nocturnes et les phalènes qui agitaient leurs ailes dans les phares avec un chuchotement de papier déchiré. Il fit le tour du taxi et s'arrêta finalement devant le coffre. L'arrière de la voiture était comme encadré de deux yeux rouges. Il se dit, Ce sont juste des feux de stationnement. Il tenta d'ouvrir le coffre, força quelques secondes et réussit à soulever le hayon. À l'intérieur il ne vit d'abord rien puis il s'habitua à la faible lueur de la petite lampe du coffre et il vit le corps de quelqu'un recroquevillé et attaché et bâillonné et étranglé, il vit la robe toute tachée de sang ou de boue (mais pourquoi donc serait-ce de la boue ?), il vit des bleus sur les cuisses, de grands hématomes en forme de doigts, il pensa, C'est une femme, c'est une très très jeune femme, puis il pensa, Et merde, j'ai mes empreintes partout maintenant.

Et il se réveilla.

La foudre au Solitaire

Quand ils vinrent le chercher, Itxaga buvait des bières au Solitaire, un bar juste derrière chez lui où l'on débattait en permanence de combats de coqs ou de chiens et qui disposait d'un billard. Itxaga ne savait pas jouer au billard et ne pariait jamais mais il était du genre à prendre plaisir à regarder quelqu'un s'adonner avec passion à une activité quelconque – il aimait observer les pêcheurs sur le port, il aimait se mettre juste derrière les types qui jouaient au flipper ou à la pelote au fronton de la place du Commandeur ou bien encore contempler les vieilles qui brodaient des napperons tarabiscotés en bavardant, assises sur les bancs de ladite place et toutes vêtues de noir.

Itxaga ne remarqua pas tout de suite les hommes qui étaient entrés. Au bout d'un moment il vit deux types venir vers lui. Il constata qu'il y en avait deux autres postés à la porte et un près des toilettes comme pour empêcher tout repli. Les deux types qui s'approchèrent d'Itxaga étaient plutôt gringalets mais le 357 Magnum qu'ils portaient à leur ceinture leur conférait une incontestable autorité. Les deux portiers en revanche devaient peser près de trois quintaux à eux deux – cependant qui aurait eu l'idée de les convoquer tous les deux sur une balance en même temps. Ils portaient des gants en cuir et des lunettes de soleil. Ils ressemblaient à des limousines avec des vitres fumées. Itxaga se dit, Merde merde merde. Il tenta de se souvenir si la

Capa brisait encore toutes les dents des opposants. Il se dit, Je suis journaliste, ils n'oseront pas. Mais c'était juste son cerveau qui lui lançait à toute vitesse des messages de réassurance pour qu'il ne perdît pas complètement et immédiatement les pédales. La musique sembla baisser de volume. L'un des types se tourna vers le patron du bar, lui fit signe de se pencher par-dessus le comptoir comme s'il ne voulait pas parler trop fort et lui demanda :

Tout va bien ?

Tout va bien.

Pas de problème ?

Non, impec.

Tout le monde retint sa respiration. Itxaga voulut finir sa bière. Mais l'un des gringalets au 357 dans la ceinture se colla à lui et le prit par le coude. Il mena Itxaga vers la sortie. On aurait dit qu'il raccompagnait une demoiselle ou un ivrogne récalcitrant.

*Inconvénients et avantages
d'être journaliste à Lahomeria*

Ils ramenèrent Itxaga chez lui trois jours plus tard. Il lui manquait dix dents et un doigt (l'auriculaire de la main gauche qui ne sert somme toute pas à grand-chose – parfois ils étaient plus désagréables, ils vous laissaient repartir sans pouce). Officiellement il avait dégringolé les escaliers des locaux de la Capa et s'était brisé le doigt sous une meule – il y avait une meule dans la cour de la Capa, une cour bien fermée, carrée, entourée par les bâtiments, il y avait aussi un piquet au milieu de ladite cour et parfois vous pouviez attraper des insolations à force de rester à vous faire bronzer trop près de ce piquet. Itxaga avait également une balafre près de l'oreille droite, c'était comme le prolongement de sa mâchoire qui serait apparu clairement au regard de tous.

Les types de la Capa avaient essayé pendant trois jours de lui mettre l'assassinat de la vieille Gudrun Kaufman sur le dos et de lui faire signer des aveux. Le corps de la tenancière avait été retrouvé dans le port par le patron d'un chalutier. Mais Itxaga n'avait pas été très coopératif. La Capa avait coutume d'éliminer les gêneurs dans le port, parfois on ne les récupérait jamais, c'était comme si la terre les avait engloutis, mais là le boulot avait été à moitié bâclé et le corps avait été vite repêché. La vieille Gudrun Kaufman qui avait été longtemps une amie personnelle du chef de la Capa (sous sa protection privée) et une indic précieuse avait fini par être un peu trop visible avec son passé qui scintillait dorénavant sur son front comme une croix gammée en paillettes. La faire assassiner par Itxaga était saugrenu mais efficace pour se débarrasser des deux à la fois.

Itxaga avait tenu bon.

Tout simplement parce qu'il n'avait pas compris pendant un bon moment ce qu'on voulait lui faire avouer. Quand il avait enfin saisi, il n'avait déjà plus ses dents ni son doigt alors il s'était réfugié quelque part dans un très petit endroit de son corps, serré en boule, et il avait attendu que ça passe.

Il avait raison. Le fait qu'il était journaliste lui avait en quelque sorte sauvé la vie.

Le directeur de *L'Indépendant de Lahomeria*, alerté par le rédacteur en chef d'Itxaga de l'absence suspecte de celui-ci, avait passé un ou deux coups de fil. Ce qui avait fini par interrompre l'affaire. La Capa avait épousseté Itxaga, lui avait présenté ses excuses, donné l'adresse d'un bon dentiste, l'avait délicatement menacé pour qu'il ne porte pas plainte et l'avait fait raccompagner chez lui par les deux sbires à vitres teintées.

Renée en admirable veuve

Ce fut Renée qui dut identifier le corps de Gudrun Kaufman. Les policiers la virent débarquer à l'institut médico-légal avec sa voilette et sa démarche chancelante.

Renée resta digne comme elle imaginait qu'on devait l'être en un tel moment, elle se dit, Fais comme Jackie à l'enterrement de JFK, et ça lui remonta un peu le moral de se comparer à l'une de ses veuves favorites. Elle demanda à voir les effets personnels de Gudrun Kaufman et on lui dit qu'ils avaient été égarés.

Alors quand elle sortit de l'institut médico-légal, aveuglée par le soleil de l'après-midi, elle préféra faire une escale pour boire quelque chose de froid et de fort avant de rentrer au palais des Morues annoncer aux filles qu'on fermait boutique.

Les filles réagirent très mal à cette annonce, elles se sentirent une nouvelle fois abandonnées avec leurs petits en bas âge (c'est ce qu'elles dirent, Nos petits en bas âge). Renée secoua la tête comme si cette décision ne lui appartenait pas, elle leur dit que de son côté elle allait rejoindre sa vieille mère qui vivait dans un village à deux cents kilomètres de là, qu'elle ne pouvait continuer à faire tourner le palais sans l'argent de madame Kaufman, les filles arguèrent que celle-ci avait dû passer chez un notaire depuis longtemps pour que son argent, en cas de pépin, revînt à son œuvre caritative.

Renée dit, Le problème c'est qu'il n'y a plus d'argent. Les filles ne la crurent pas. Mais elles ne purent rien faire d'autre que ficeler leur valise et partir avec leur bébé sous le bras. Elles s'en allèrent par petits groupes vers la place du Commandeur d'où elles s'égaillèrent dans diverses directions, discutant comme des étourneaux, alimentant leur aigreur et gonflant leur rancune à l'égard du monde avec application.

Convalescence muette d'Itxaga

Itxaga resta dans son entresol le temps de se remettre. Sa propriétaire – très vieille et laide comme un naufrage – lui apportait du potage le soir et l'aidait à monter dans le jardin pour qu'il s'assît sous le sumac. Elle était charmante avec lui depuis qu'il était brisé. Ils restaient tous les deux ainsi sur le petit banc en plastique de la dame à regarder le coucher de soleil au-dessus du terrain vague, de l'autre côté du passage des Baleiniers. Ils ne se parlaient pas. Itxaga avait cent dix ans, il avait depuis longtemps pris sa retraite, jamais trouvé la femme de sa vie (ou plutôt il l'avait juste croisée un jour mais elle n'avait pas voulu de lui ou bien elle n'avait pas voulu la même chose que lui au même moment, ce qui est la clé de bien des échecs amoureux, pensait-il), il était maintenant immobile et tout abîmé, il attendait les coups de fil de son rédacteur qui prenait de ses nouvelles régulièrement, il espérait, dans une sorte de confuse béatitude, que ses dents et son petit doigt repousseraient un jour et il goûtait avec cette vieille dame des plaisirs silencieux et pétrifiés.

Hygiène et esquive

Au 30 rue de l'Avenir, la tatie hongroise était la seule à avoir une salle de bains et une cuisine privées. Prendre une douche dans l'immeuble se révélait parfois un peu compliqué (l'astuce c'était de vivre en léger décalé, mais du coup tout le monde vivait en léger décalé). Préparer à dîner à côté des autres femmes était cependant fort agréable. Vera Candida se serait facilement contentée de ne manger que des chips et des barres chocolatées mais ses voisines s'insurgeaient devant ce laisser-aller et lui donnaient régulièrement des purées pour sa petite et des conseils pour améliorer son quotidien.

La tatie hongroise ne prêtait sa salle de bains à personne. Elle avait l'avantage d'habiter l'immeuble depuis quarante ans et ne voulait pas que certains privilèges lui fussent ôtés. Elle se plaignait fréquemment et, afin de ne pas passer pour une épouvantable individualiste, elle disait que la tuyauterie était percée, que l'eau ne venait pas jusqu'à sa baignoire, que d'ailleurs elle était froide et marron, sans doute à cause de l'état de ladite tuyauterie. Trop de zinc dans ma plomberie, répétait-elle à l'envi. Elle disait que son frère (les femmes l'appelaient « le trafiquant de semelles orthopédiques ») était mort de la maladie de Pick. Excès de zinc dans le cerveau, disait-elle, et hop démence précoce. Tout le monde savait que son défunt frère avait été un brigand à la petite semaine et que c'était la vodka qui lui avait siphonné le cerveau. On supportait les lamentations et les mensonges de la tatie hongroise (on entendait bien une fois par semaine les clapotis qu'elle faisait dans son bain et le grondement de succion vorace de l'écoulement final) parce que, si elle était strictement égoïste en ce qui concernait les ablutions privées, elle distribuait généreusement son goulasch et ses pâtisseries au miel et elle était plutôt affectueuse avec les âmes en peine.

Le courant électrique était volé à partir des lignes communales, ce qui permettait aux télévisions de ronronner (ou piailler) quasi en permanence. Vera Candida n'avait pas la télé mais elle prenait sa chaise et son bébé et s'en allait s'installer dans l'encadrement de la porte d'une voisine ; il y avait toujours une ou deux autres femmes dans la pièce, affalées dans le fauteuil ou sur le lit, ou raccommodant quelque chose, ou remplissant des mots croisés et lançant les définitions de loin en loin, ou crochetant de la dentelle (il y avait pas mal de femmes au 30 rue de l'Avenir qui fabriquaient de la dentelle et la vendaient sur le marché), les femmes disaient, Faisons un tas, et elles se retrouvaient chez l'une d'entre elles et c'était ça faire un tas, être toutes ensemble, bien serrées, Vera Candida s'asseyait sur le seuil, elle secouait le bébé sur son genou, le confiant quand l'une d'elles désirait câliner une petite personne, elle gardait un œil sur l'écran, écoutant vaguement les émissions de divertissement ou les feuilletons, réussissant néanmoins à prêter attention aux discours de ses voisines, à leurs logorrhées contre les hommes et à leurs éclats de rire et leurs coups de gueule et leurs médisances et tout ce qui faisait que la vie était finalement assez douce 30 rue de l'Avenir.

Vera Candida avait l'impression d'avancer à petits pas précautionneux, elle continuait sa vie nocturne à l'usine de paniers-repas et se contentait le reste du temps de voir sa fillette grandir, s'accoudant par moments à la rambarde de la coursive pour fixer les feuilles grasses, noires et luisantes du magnolia de la cour.

Monica Rose avait une dentition quasi complète mais ne se résolvait pas à se mettre debout, elle se déplaçait à quatre pattes dans les couloirs de l'immeuble, descendait les escaliers en marche arrière et s'affalait sur le sol, avec un petit bruit dégonflé de zeppelin, dès que quelqu'un tentait de la mettre sur ses jambes – chacune y allait bien entendu de son commentaire et de son expérience, Vera Candida regardait sa fille en fumant (elle s'était mise à fumer), secouait la tête et disait aux autres femmes, Tout a l'air normal, elle n'ira de toute façon pas à l'école à quatre pattes, et elle imaginait sa petite, à quatre pattes sur le trottoir, le cartable sur le dos, et elle secouait de nouveau la tête, et les femmes approuvaient son bon sens mais continuaient à comparer leurs enfants et les enfants de leurs amies à Monica Rose. Elles avaient demandé à Vera Candida à quel âge elle avait marché (puisqu'il y avait sensément prédisposition familiale) et celle-ci avait réfléchi, elle s'était rendu compte qu'elle n'en savait rien, que sa mère n'avait jamais dû tenter de se souvenir de pareil événement et que sa grand-mère qui le savait sans doute ne le lui avait pas dit ; c'était une information, minuscule certes, mais irrémédiablement perdue.

Il y avait des hommes au 30 rue de l'Avenir. Mais Vera Candida avait plutôt bien réussi à les éviter.

Dès qu'elle rentrait chez elle, elle enfilait un short et ses vieilles tongs rafistolées avec un clou – un truc qu'on faisait toujours à Vatapuna. Elle avait mis au point un efficace système d'esquive qui consistait à ne jamais se retrouver seule dans la cuisine avec l'un des hommes (mais de toute manière ils y séjournaient peu), à reconnaître le pas de chacun sur les coursives en bois, à ne les croiser jamais, à ne pas dire un mot quand l'un d'entre eux surgissait au milieu d'un tas féminin télé-repassage-commérages, se concentrant sur Monica Rose et ne répondant que par monosyllabes forcées si l'un d'eux lui adressait la parole. Les femmes qui avaient remarqué son manège (je m'éteins dès qu'un homme débarque) lui disaient, Ce ne sont pas tous des salopards, elles hochaient la tête finaudes, Ils t'en ont fait voir, hein, et elles ajoutaient, Suffit de les tenir par leur machin et ils arrêtent de faire des moulinets avec, et ça les faisait rire, et Vera Candida souriait avec elles, tirait sur sa cigarette et haussait les épaules, les femmes n'insistaient pas trop parce que, en fin de compte, elles appréciaient (et cela faisait sans doute partie de leur si bel accueil à Vera Candida) que celle-ci ne toupille pas le moins du monde autour de leur mari et se referme comme une palourde à l'approche d'un viril.

Des limites de l'esquive

Il était six heures du matin le 14 avril quand Vera Candida rentra du travail.

En général elle croisait quelques rares matineux. Elle allait se coucher, dormait quatre heures – de toute façon après dix heures du matin, les coursives devenaient très bruyantes –, se levait, prenait une douche, récupérait Monica Rose chez tatie, lui laissait ce qu'elle lui devait sous le vase avec les roses rouges en tissu sur la télé, près du portrait du frère dans son cadre tarabiscoté, traînait jusqu'à midi, sortait faire une course ou deux, faisait la sieste avec Monica Rose, traînait de nouveau jusqu'au soir, grignotait quelque chose puis partait au travail après avoir confié Monica Rose à la tatie.

Ce fut donc elle, ce matin-là, qui entendit la gamine crier dans la douche.

Elle resta pétrifiée une seconde.

Sortit alors de la salle de bains Georges Martinez, le mari d'Angèle, le concierge du 30 rue de l'Avenir. Il serrait sa ceinture, semblait rasé de frais, bombait le torse, cul légèrement en arrière, petit coq de petite basse-cour. C'était un freluquet qui se prenait pour le roi du monde malgré une taille peu avantageuse et un eczéma au visage qui le faisait peler – plaques rouges et sèches qu'il arborait comme s'il s'était agi de blessures de combat. Vera Candida ne lui parlait pas. Elle l'avait rangé dans son tiroir de cons ordinaires. Ordinaires et inoffensifs. Il la croisa sans la regarder. Il puait l'eau de Cologne camouflage. Vera Candida se sentit fauchée comme par un crochet du droit.

Elle poussa la porte de la salle de bains.

Il y avait là, devant le lavabo du fond, Lila, la fille de Teresa. Elle se lavait les cuisses avec un gant et elle pleurnichait. Vera Candida pensa, Mon Dieu, et ce fut comme un hoquet, puis elle chercha des yeux des taches de sang, des gouttelettes sur le carrelage, elle se demanda, Y a-t-il toujours du sang ? Mais elle ne vit rien. La petite avait peut-être déjà tout nettoyé, ou bien alors, était-il imaginable qu'il n'y eût point systématiquement de sang dans ce genre d'affaire ? Elle tenta de se souvenir. L'adolescente leva la tête vers elle. Elle eut l'air terrorisé et captif d'un écureuil pris dans le faisceau d'une torche. Vera Candida s'approcha et demanda doucement, Qu'est-ce qu'il t'a fait ?

La gamine reprit son nettoyage. Vera Candida se dit, Elle va s'arracher la peau, se dépecer tout à fait, elle voulut faire un geste pour l'arrêter mais la gamine recula avec un petit bond et se mit à cligner des yeux très vite. Lila portait une culotte bleue (souris imprimée sur le devant, élastique effiloché) et un tee-shirt avec une marque de bière. Elle pleurnichait toujours. Vera Candida posa son sac, lui toucha le bras. Il t'a fait mal ? s'enquit-elle. Elle sentait quelque chose bouillonner dans son corps, ou plutôt bruisser, comme une colonie de fourmis guerrières qui auraient investi son système nerveux, ourdissant leurs armes et lui démangeant les extrémités. Elle tenta de garder son calme, elle était prête à secouer Lila pour lui faire dire ce que l'ersatz de torero qu'elle avait trop hâtivement jugé inoffensif lui avait fait subir.

Elle l'attira vers elle ; la petite abandonna son récurage, son bras retomba mollement, laissant pendre le gant taché (taché de sang de boue de crasse de saletés diverses et variées et dangereuses), elle posa sa tête sur l'épaule de Vera Candida et murmura quelque chose. Répète-le-moi, fit Vera Candida en lui caressant les cheveux. Et Lila répéta, renifla, et tout ce qu'elle disait était comme perdu dans l'humidité de son corps, ses larmes, sa morve, son sang, tout paraissait se recueillir là dans le creux de l'épaule de Vera Candida. Et Vera Candida ne comprenait pas ce que la gamine lui disait. Et elle n'avait pas besoin de comprendre. Elle dit, Tu sais, il n'a pas le droit. Et la gamine secoua la tête et clapota encore. C'était quelque chose comme, Il nous le fait à toutes. Et Vera Candida sentait les fourmis s'organiser en régiment. Et Lila treize ans chuchota, Il dit qu'il fera virer nos familles si on parle. Et Vera Candida se souvint que Georges Martinez se vantait d'être né au 30 rue de l'Avenir. Avec Angèle, ils avaient même réussi à récupérer deux appartements et à casser les cloisons pour y loger leur marmaille.

Elle se vit frapper chez Angèle et tirer Georges Martinez de son fauteuil devant la télé, elle se vit faire un scandale, et elle se vit foutue dehors du 30 rue de l'Avenir. Elle pensa, Je ne suis pas assez forte. Elle pensa, Réfléchis, Vera Candida, et ne laisse pas la colère tout emporter. Elle dit à la gamine, Viens chez moi, et Lila répondit, Je dois aller à l'école. Vera

Candida secoua la tête, Tu iras demain. Alors la petite la suivit docilement.

Elle installa l'adolescente chez elle, la fit allonger sur son lit, la petite se replia ainsi qu'une rose, elle mit ses mains en poing et ses deux poings entre ses jambes. Vera Candida chercha quelque chose chez elle qui pourrait la rasséréner, elle sortit un Coca tiède du garde-manger et alluma la radio, elle lui fit tirer une taffe de sa cigarette, lui caressa encore les cheveux, Je reviens, dit-elle, j'en ai pour cinq minutes.

Elle ferma discrètement la porte, Je reviens, avait-elle dit encore une fois. La tatie hongroise mit le nez dehors, Vera Candida lui fit un petit signe, la main entre l'oreille et la bouche, auriculaire et pouce sortis, pour signifier qu'elle allait téléphoner, la Tatie hongroise joignit ses deux mains comme pour une prière mais elle les plaça le long de sa joue pour signifier sans doute que Monica Rose dormait toujours. Vera Candida acquiesça et dévala les escaliers.

Elle descendit dans la rue, se précipita vers le téléphone public, le ciel s'assombrit et il tonna, il n'y avait personne qui attendait. Les cabines fermées n'existaient pas à Lahomeria, il faisait si chaud en général que c'eût été une façon d'exterminer la population par asphyxie que de lui proposer de téléphoner dans une cabine. Les appareils étaient rouges et plantés par paire au milieu des trottoirs. L'un de ces deux-là était pulvérisé et ses restes étaient recouverts de peinture verte. Vera Candida décrocha le combiné du second. Une première goutte s'écrasa sur son avant-bras, une goutte grasse qui explosa en mille éclats sur sa peau, le sol commença à se tacher comme le dos d'une panthère, Vera

Candida fit le numéro qui était noté sur le petit papier qu'elle serrait dans sa main, elle dut s'y prendre à deux fois, elle finit par obtenir la ligne, Itxaga ? dit-elle quand on décrocha à l'autre bout et elle soupira, c'était comme si elle avait retenu sa respiration depuis qu'elle avait trouvé Lila dans la salle de bains et elle se retrouva trempée en moins de cinq secondes, elle se mit à frissonner violemment, Il pleut, énonça-t-elle tout haut, et puis elle pensa, Il va croire que je l'appelle pour lui dire qu'il pleut, elle se boucha une oreille, l'orage faisait un boucan de ferraille et la pluie un fulminement de marée montante. Itxaga, répéta-t-elle. Et il sembla la reconnaître, mais sa voix était accablée quand il répondit, Vera Candida ?

La douleur du doigt fantôme

Itxaga regarda sa main gauche auquel il manquait un doigt. Ce qui le chagrinait, outre de ne pas reconnaître l'extrémité de sa main, était de ne pas savoir ce qu'était devenu ce petit morceau de son corps. Parfois la nuit il rêvait de son doigt gisant sur le haut d'une poubelle, au faîte d'une montagne d'ordures, ou bien alors il le voyait voguant au fil du courant d'un large fleuve (le doigt flottait ainsi qu'un petit bout d'écorce creusé, comme ceux dans lesquels on plante une allumette pour mât et qu'on regarde descendre les caniveaux impassibles, surveillant leur naufrage depuis le trottoir ; le doigt flottait parce que c'était un rêve).

Itxaga se disait pour se consoler, Je n'ai perdu qu'un doigt dans cette histoire. C'est ce que lui répétait Raymondo, son rédacteur en chef, quand il l'appelait à la maison pour le convaincre de reprendre la plume et de sortir de son entresol, Raymondo disait, Tu ne vas pas tourner neurasthénique tout de même. Et Itxaga n'avait qu'une envie, c'était de tranquillement lui raccrocher au nez sans même lui répondre que les choses redeviendraient peut-être comme avant mais que pour le moment il lui fallait se reposer et réfléchir sereinement au sens global de son existence. La sagesse populaire, par la voix de Raymondo, était convaincue que dans ce genre d'histoires (persécution, torture, mutilation), il valait mieux reprendre le collier plutôt que de s'enfermer à cogiter sans rien faire. Il faut t'occuper, serinait

Raymondo. On aurait dit qu'il lui donnait des conseils après une rupture amoureuse.

Finalement ce qui fit émerger de son entresol Itxaga fut le coup de fil de Vera Candida.

Il s'habilla et n'attendit pas que l'orage s'arrêtât. Il calfeutra la porte d'entrée et la baie vitrée avant de sortir (son appartement avait été inondé à maintes reprises à cause des intempéries), enfila son casque et courut dans la petite allée jusqu'à la grille. Il trouva sa Vespa là où il l'avait laissée il y a fort longtemps, il l'enfourcha et la fit démarrer du premier coup, miracle, malgré l'orage, la pourriture rampante de Lahomeria, le manque de chance et les caprices de la bête. Il tonna, zébra et délugea. Mais Itxaga se fichait bien de cela (pour le moment il était juste perturbé à cause de la façon dont sa nouvelle main gauche empoignait le guidon de son scooter). D'ailleurs l'orage passa d'un coup comme si on avait fini d'essorer quelque chose, de la vapeur s'éleva du bitume et la forte odeur d'ozone qui naissait de la terre fraîche des jardins se dissipa.

En se dirigeant vers le 30 rue de l'Avenir, dérapant dans les virages non à cause de la vitesse de son engin mais parce que certaines rues ressemblaient à de petits torrents de montagne, Itxaga pensait à l'endroit où il aurait aimé emmener Vera Candida. L'endroit dont il rêvait était une colline, une colline verdoyante et rase – une pelouse sur le dos d'un dinosaure – et l'on embrassait depuis cette colline une vue bucolique et parfaite – une rivière au loin et un village et des prairies et des chevaux –, un décor de comédie musicale.

Itxaga n'était pas sorti depuis si longtemps dans les rues de Lahomeria qu'il se sentait blessé comme un œil déshabitué du soleil. Son cœur était tout empli de ferveur et de tristesse.

Il tourna rue de l'Avenir et la vit devant le bâtiment, grimpée sur un muret pour ne pas, en l'attendant, patauger avec ses tennis. Son estomac se contracta douloureusement. Elle l'aperçut, il crut la voir sourire et freina avec douceur mais sa Vespa glissa quand même dans l'eau qui dévalait la rue, il réussit à s'arrêter à deux mètres de Vera Candida qui s'approcha – ses cheveux étaient trempés, elle avait l'air d'une fille qui a travaillé toute la nuit dans une usine de paniers-repas, ses yeux étaient rétrécis de fatigue comme pour qu'un minimum de lumière y pénétrât, elle était dégoulinante et très belle, l'a-t-il assez dit, on aurait cru une actrice espagnole que l'on aurait maquillée pour qu'elle ait mauvaise mine.

Il faut que tu montes avec moi, dit-elle.

Alors il monta avec elle, elle ne le remercia pas d'être venu et il ne sut pas comment le prendre. Il eut un petit vertige quand elle ouvrit la porte de chez elle ; il aperçut la gamine dans le lit, et se dit, Au début de tout il y a un viol, il ne savait pas d'où lui venait cette phrase, s'il l'avait lue ou entendue ou bien si c'était ce qu'il avait toujours pensé et qui prenait sens à la vue de cette gamine en morceaux. Quand la petite le vit, elle se plaqua contre le mur, elle sembla tant reculer qu'il pensa, Il y a une niche dans ce mur, ou alors elle essaie de disparaître dans le crépi. Vera Candida se mit à genoux sur le sol juste à la tête du lit, elle parla à la gamine puis elle se releva, se tourna vers Itxaga, il songea, Ses yeux ont encore rétréci, elle lui fit signe de sortir avec elle sur la coursive, referma la porte derrière eux, alluma une cigarette et s'accouda à la balustrade.

La regarder ainsi c'était pour Itxaga comme de sentir de nouveau pulser son sang dans son corps jusqu'à l'extrémité même de son doigt fantôme, la main de Vera Candida qui pendait de son poignet et faisait négligemment dégringoler ses cendres d'un petit tapotement de l'index était comme l'aorte de son univers, il pensa, Pour le moment ça me fait du bien de la revoir, quand ça me fera de nouveau mal j'arrêterai de la voir, mais c'était une promesse d'ivrogne et d'amoureux, à quel moment bascule-t-on dans la douleur et la dépendance, y a-t-il un moment précis où la joie disparaît ? Alors il dit, Tu attends quoi de moi ? Il aurait aimé qu'elle se tourne vers lui, qu'elle cesse de regarder la cour et ses ornières pareilles à des vasques de boue, il aurait aimé qu'elle ne scrute pas au loin la cime de l'araucaria du jardin abandonné en face, il aurait aimé qu'elle se tourne vers lui, le fixe de ses yeux minuscules, remarque la cicatrice sur son visage et le petit doigt qui manquait et lui dise, Abandonne tout et allons sur ta colline de comédie musicale et reprenons tout à zéro. Mais elle répondit en regardant alternativement les ornières et l'araucaria, Que tu le fasses mettre en tôle. Et lui, Je ne suis pas flic. Et elle, Les flics ne foutent pas les violeurs en tôle ici. Elle tira sur sa cigarette et il écouta le bruit du papier qui se consumait, un microcrépitement qui lui faisait valdinguer le cœur. Je suis sûre que tu trouveras quelque chose, dit-elle.

Itxaga n'entendait pas les gens qui commençaient à ouvrir les portes sur les coursives, il n'y prêtait pas la moindre attention. Il se disait juste, Je ne me sens pas la force de quoi que ce soit. Et aussi, Arriverai-je vivant à l'été prochain ? C'était une drôle de question, mais cela avait à voir avec le mille-feuille qu'il avait confectionné à partir de ses terreurs, de ses frustrations, de ses incapacités et de son infinie solitude (l'infinie solitude étant la couche de crème acide qui ajoutait à plusieurs reprises du moelleux à la chose). C'était une image d'assez mauvais goût mais c'était celle que se faisait Itxaga de sa vie. Il dit un truc comme, Je vais voir ce que je peux faire. Et Vera Candida plissa les yeux comme si elle acquiesçait sans bouger. Derrière eux quelqu'un fit Pssst, et ils se retournèrent et c'était une vieille rombière très maquillée qui passait le nez à la porte de son appartement, Je fais quoi avec Monica, émit-elle avec un très fort accent comme quelqu'un qui ferait semblant d'être allemand ou letton ou je ne sais quoi, et la vieille posait la question à Vera Candida mais c'était Itxaga qu'elle regardait avec gourmandise (ou plutôt quelque chose qui avait à voir avec son désir d'en savoir plus sur les affaires sentimentales et souterraines d'autrui). Gardez-la encore une heure, répondit Vera Candida. Puis elle écrasa sa cigarette dans la boîte de soda en équilibre sur la rambarde et elle dit, comme si elle voulait dissiper tout malentendu concernant l'appel qu'elle avait passé ce matin-là à Itxaga, Tu sais quoi, il y a un garçon qui me plaît bien à l'usine.

Le vent de Lahomeria

Raymondo, le rédacteur en chef d'Itxaga, était si satisfait que celui-ci recommençât à travailler qu'il aurait accepté n'importe quel sujet venant de lui. Raymondo s'étonna juste qu'il réattaquât d'emblée sur une affaire de violeur.

Itxaga se remit à taper sur le clavier de son ordinateur, mais avec neuf doigts. Il regardait ses mains à plat sur les touches et ne les reconnaissait pas. Il essayait de se répéter ce que Vera Candida lui avait dit quand elle avait enfin remarqué qu'il lui manquait l'auriculaire de la main gauche. Ce n'est qu'un petit doigt, ce n'est pas le doigt le plus utile, avait-elle estimé sans poser aucune question.

Il interrogea les habitants du 30 rue de l'Avenir, leur annonça tout de suite qu'il n'était pas flic mais qu'il faisait un reportage sur les immeubles communautaires, il s'installa dans les salons et enregistra les voix de chacun, il se prit au jeu, consigna tout ce qu'il entendait, chopa les bruits divers de la vie dans l'immeuble, se dit, Je **vais** faire quelque chose avec tout ça, oubliant qu'il avait déjà chez lui des centaines de bandes sur lesquelles les gens parlaient, parlaient et se racontaient, avec cette incontinence propre à ceux qui se taisent en général faute d'auditoire, J'en ferai quelque chose, c'était ce qu'il s'était toujours dit, mais les bandes s'abîmaient dans son entresol, l'humidité les gagnait et la moisissure les grignotait, bientôt il n'aurait d'ailleurs plus d'appareil pour faire passer les plus anciennes, tout ce qui avait été confié serait définitivement perdu.

Au bout de trois jours, une très jeune femme qui habitait au 30 rue de l'Avenir depuis qu'elle était enfant se plaignit de la promiscuité. Elle précisa qu'elle voulait parler des salles de bains communes. Elles n'étaient pas mixtes mais certains s'en contrefichaient et allaient et venaient comme si l'ensemble de l'immeuble était leur territoire La jeune femme refusa de donner le nom de ceux qui contrevenaient. Itxaga tenta de la faire parler. La jeune femme ne voulut rien ajouter. Mais le soir même, alors qu'il était chez lui en train de se préparer un petit frichti en sirotant une bière fraîche, la fille l'appela, lui annonça tout de go qu'elle avait eu son numéro par Vera Candida, elle les avait vus se parler alors elle avait deviné que, et bon elle avait eu le nez creux apparemment, puisque Vera Candida avait en effet pu lui donner le numéro d'Itxaga, elle dit très vite qu'elle avait trois enfants et vingt ans, elle reparla des salles de bains, évoqua l'un de ses voisins qui semblait l'effrayer et ajouta que personne ne luttait contre ceux qui enfreignaient les règles pour tout un tas de raisons très compréhensibles (qui étaient quasi toutes liées à la peur de se faire déloger de l'endroit et n'était-ce point aberrant que ce fussent les victimes qui craignaient de se faire déloger et non point les quelques coqs priapiques qui paradaient sur les coursives). Itxaga lui demanda combien ils étaient à violer les gamines. Il ne posa pas la question aussi crûment. Il respecta une certaine délicatesse et fit quelques circonvolutions pour ne pas effaroucher la jeune femme. Il posa la question plus ou moins en ces termes, Sont-ils encore nombreux à faire des choses de ce genre dans l'immeuble ? Et la fille répondit, Deux ou trois. Et Itxaga entendit derrière elle le vent qui soufflait rue de l'Avenir, il l'imagina debout, l'épaule contre la coque en plastique du téléphone, au milieu du trottoir, juste en face de la grande porte du numéro 30, il la vit très clairement en tongs et en short et avec un débardeur très usé, à la texture agréable comme un vieux velours, il la vit dans la lumière qui déclinait, il la sentit très seule et légèrement apeurée, il lui dit, Je vais m'occuper de cela, et puis, Pouvez-vous me trouver une autre fille qui accepterait de me parler ? et encore, Le voisin dont vous me parlez, il habite bien toujours dans l'immeuble ? et elle eut un petit rire, elle dit, Il est inamovible. Alors il demanda, Vous avez trois enfants ? et elle répondit oui et il entendit encore le vent et cela lui évoqua le vent du désert qui transporte toujours du sable avec lui et dépose sur toutes choses une fine pellicule jaune, et elle ajouta, Mais je n'ai pas de filles, j'ai trois garçons.

L'ordre naturel des choses

Une semaine plus tard, *L'Indépendant de Lahomeria* titra sur les immeubles communautaires. L'article décrivait les quatre hommes qu'Itxaga avait réussi à débusquer, il ne citait pas leur nom mais il mentionnait les initiales de chacun. La nouvelle fit le tour de la ville comme une grippe. Angèle Martinez vira son mari et balança depuis la coursive, dans un beau geste de matrone indignée, un téléviseur coins carrés volé et recelé par celui-ci. Georges Martinez retourna dans les montagnes chez sa mère et se remit à trafiquer des pneus dans son petit village à deux mille mètres d'altitude. C'était pire que d'être en prison pour lui. Les trois autres lascars quittèrent l'immeuble. Itxaga espéra que l'affaire les calmerait. Il passa voir les femmes du 30 rue de l'Avenir, les rassembla dans la cour et leur expliqua que dorénavant elles se devaient d'être plus vigilantes. Il eut une vision de l'endroit tenu par des amazones en armes qui interdiraient l'accès à n'importe quel couillu. Et, alors que ce genre de vision parasitait sa parole, certaines le remercièrent et se déclarèrent décidées à remettre de l'ordre dans l'immeuble. Itxaga comprit qu'il lui fallait surtout douter de leur détermination à long terme. Mais il ne voyait pas bien ce qu'il aurait pu accomplir d'autre. Deux d'entre elles lui firent des avances qu'il déclina. Vera Candida le remercia. Quand il passa la voir, elle se peignait les ongles de pied en vermillon et Monica Rose tombait sur ses fesses tous les deux pas en faisant le tour de la pièce et en riant aux éclats – sa mère l'encourageait depuis son tabouret. Les cuisses de la petite étaient striées par le sisal. Vera Candida accepta d'aller boire un verre avec Itxaga le samedi suivant. Elle précisa, Je viendrai avec Jules.

Les mules à talons

Jules Ramirez déplut instantanément à Itxaga. Il était petit – comme presque tous les hommes de Lahomeria –, il avait une physionomie tracassière, quelque chose sur le visage qui aurait pu passer pour de la profondeur mais qui n'était en définitive que le signe d'un faciès buté. Il arborait un air timide, un air *infiniment* timide, qui ne relevait en fait pas du tout de la moindre réserve (comme on aurait pu l'espérer avec indulgence), exprimant plutôt une sorte de bêtise fruste (d'après Itxaga).

Elle n'a rien trouvé de mieux que de s'acoquiner avec ce singe, ruminait celui-ci.

La première fois qu'il les vit ensemble, il se dit, Je vais botter en touche. Il ne savait pas s'il pourrait s'accommoder de sa propre jalousie. Et malgré sa répugnance première (dont il finit par se délecter), il se mit à les fréquenter régulièrement. Ils se voyaient dans l'une ou l'autre des cafétérias qu'ils pratiquaient. S'ils n'y étaient pas, Itxaga les y attendait pendant des heures et tournait de terrasse en terrasse.

Jules Ramirez était chauffeur à l'usine de paniers-repas. Il ne semblait pas à l'aise en présence d'Itxaga, sans doute parce qu'il connaissait les articles de celui-ci, qu'il était persuadé qu'ils n'appartenaient pas au même monde et qu'Itxaga, du coup, ne pouvait le considérer qu'avec mépris ou condescendance. C'est ce que Jules Ramirez disait à Vera Candida parfois, J'espère que ton copain intello ne viendra pas. Et il ajoutait souvent, J'en ai plein le dos qu'il la ramène. La dernière mention était fallacieuse : l'un en présence de l'autre, les deux hommes étaient aussi moroses que des bovins, ils parlaient peu et ne faisaient que siroter du rhum et écluser des bières.

Itxaga se demandait de quel ordre était la relation de Jules Ramirez avec Vera Candida. Il les voyait en effet arriver ensemble à la cafétéria, marchant toujours à cinquante centimètres l'un de l'autre, évitant de se toucher et grimaçant presque quand d'aventure cela se produisait. Itxaga aurait voulu savoir s'ils couchaient ensemble. Ou plutôt avec quelle fréquence et selon quelles modalités. Itxaga avait une propension à gratter ses plaies avec application. Et voir Vera Candida perpétuellement flanquée de Jules Ramirez faisait partie des petites arthrites de son existence.

Jules était silencieux et taciturne. Il écoutait et observait les gens, ne parlait jamais de politique, savait garder un secret et ne se mêlait des affaires de personne. Ce qui en faisait un auditoire apprécié par les discoureurs de bar.

Un jour que Jules était sorti dans la rue retrouver un type de sa connaissance, Itxaga se leva et vint s'asseoir au comptoir près de Vera Candida. Il lui demanda, Tu vas t'installer avec lui ? Vera Candida le regarda comme si elle ne comprenait pas sa langue ou que les basses de la sono l'empêchaient de bien percevoir ses paroles, elle haussa les épaules, lécha ses doigts pleins de sucre de beignet et dit, Il est gentil, non ?

Itxaga aurait voulu répondre, Non il n'est pas gentil. Je ne vois pas pourquoi tu dis une chose pareille. Mais il se contenta de secouer la tête en se demandant comment se sortir de ce pétrin sentimental.

Vera Candida, pour Itxaga, était devenue une sorte de muse accidentelle, une muse qui emplit le poète de reconnaissance parce qu'elle est calme et présente et inquiétante – inquiétante comme quelque chose de funeste qui guette le poète et qu'il parvient toujours à éviter. Quand Itxaga pensait à Vera Candida, il s'interrogeait sur les raisons qui faisaient qu'elle lui plaisait autant. Il se mettait alors à établir la liste de ce qui lui plaisait chez une femme, cochant mentalement les conditions que Vera Candida remplissait : les cheveux (il les fallait épais et longs), la mâchoire (il l'aimait forte et un peu agressive), la profondeur du regard (même si un regard vide n'était pas pour Itxaga dénué de charme), la nuque (une nuque de petite fille ou de danseuse, avec un duvet sur les premières vertèbres comme le prolongement d'une pilosité mammifère que contredirait la délicatesse du cou) et le balancement spécial qu'adoptent les femmes quand elles mettent des talons (Vera Candida portait souvent des mules à talons pour sortir le soir, c'étaient de petites choses bon marché et clinquantes qui semblaient toujours à deux doigts de s'effondrer ou de partir en morceaux, mais elle les arborait comme s'il s'était agi d'armes de poing).

Le soir où les choses se gâtèrent (ou s'améliorèrent c'est selon), Vera Candida portait ses mules à talons et ses cheveux tirés.

Itxaga la regarda s'installer en terrasse avec Jules Ramirez. Ils s'assirent à la table à côté de la sienne. Elle le salua en inclinant la tête et il se dit, Mais ne suis-je pas un sombre abruti de me contenter de regarder la femme que j'aime prendre des bières avec un bonobo, et puis juste après, il se dit, Je préfère la voir que ne pas la voir du tout, et puis encore, Quand ça me fera vraiment du mal j'arrêterai, ce qui était ridicule, vu qu'il était déjà bien au-delà du seuil de la frustration et du tourment qu'il pensait supportables. Il les salua, siffla sa bière, regarda le profil de Vera Candida, une barrette retenait sa chevelure, Jules avait l'air d'avoir déjà pas mal bu, ses épaules s'affaissaient et il marmonnait, et Vera Candida lui répondait brièvement, elle paraissait crispée, mais elle semblait peu souvent détendue, et Jules éleva brusquement la voix pour la traiter de pute et Vera Candida recula sa chaise et se leva, alors Jules la retint par le bras et Itxaga se leva lui aussi, Vera Candida secoua son bras au bout duquel il y avait Jules, Jules éructa, Sale pute, Itxaga s'approcha ou plutôt se jeta sur Jules, il lui mit son poing dans la gueule et il en aurait pleuré de joie et de soulagement, la douleur dans sa main fut fulgurante et il aurait aimé continuer de frapper Jules Ramirez, il aurait voulu continuer de le rouer de coups, mais il s'en tint à une seule correction, Itxaga ne s'était jamais battu avec qui que ce soit, il eut très peur et fut très heureux, cet unique coup de poing recelait quelque chose de digne et de flamboyant, Jules s'écroula, Itxaga avait joui de l'habileté miraculeuse du novice – il avait également bénéficié du fort taux d'alcoolémie de son adversaire qui ne tenait déjà plus sur ses jambes –, alors Vera Candida reprit son sac et ses cigarettes, elle dit, On y va, elle ne jeta pas un regard aux badauds qui s'approchaient pour savoir qui avait agressé qui, qui était avec qui, qui s'était défendu de qui, et elle s'en alla suivie d'Itxaga encore sonné, aussi fier qu'un gamin.

Les grands écarts faciaux de Monica Rose

Jules Ramirez pour Vera Candida avait, pendant ces quelques mois, rempli les conditions qu'elle s'était fixées. Elle n'avait jamais eu peur de lui. Elle s'était toujours sentie vaguement supérieure à lui.

Quand elle l'avait présenté à Monica Rose (elle présenta en effet Jules à Monica Rose et non l'inverse), celle-ci avait regardé l'homme sans sourire et en ne se cachant pas non plus derrière sa mère et elle avait dit, parce qu'elle parlait déjà avec une exactitude qui enthousiasmait les voisines comme si elle avait su effectuer un grand écart facial :

Si tu veux pas de moi tu as qu'à me tuer.

Puis quelques secondes plus tard, elle s'était approchée de Jules, s'était plantée devant lui et lui avait asséné, avec cette sorte de plaisir pervers et un peu odieux qu'on peut surprendre dans le regard des enfants savants :

En fait maman cherche un gentil tueur.

Il avait été désemparé. Il avait tapoté la tête de Monica Rose. Puis il avait exclusivement tourné son attention sur Vera Candida.

Après cette première fois, Jules Ramirez n'avait plus jamais remis les pieds chez elles.

Cadenassée à double tour

Elle avait couché quatre fois avec Jules Ramirez à l'hôtel des Calabrais – il vivait dans un petit appartement avec sa mère et sa sœur.

Il avait été silencieux et rapide. Elle y avait consenti parce qu'elle avait pensé qu'elle ne pouvait pas le faire patienter plus (ça faisait plus d'un mois qu'ils étaient ensemble). Elle s'était prêtée à la manœuvre avec ce qu'elle espérait être un brin de souplesse mais elle était juste raide et absente et enfermée à l'intérieur d'elle-même. Il suffisait de déserter son chez-soi, ce n'était pas très compliqué de faire jouir un homme (peut-être un rien plus long si on se refusait à lui parler pendant qu'il s'activait, les paroles étant de bons accélérateurs dont n'usait pas Vera Candida parce que parler lui aurait demandé de sortir, même à peine, de sa passivité). Elle se disait pendant qu'il la baisait qu'il n'y avait aucune prédisposition à avoir. Ça l'avait inquiétée, gamine. Elle avait imaginé qu'il fallait être une pute agile avec accessoires, tour de main et doigté, comme sa grand-mère, pour mener l'affaire à son terme. Et puis finalement il ne fallait pas grand-chose, rien qu'elle n'eût pu donner. Elle tentait juste de penser à autre chose, repoussant la main ou la langue de son amant quand elles se faisaient pressantes, comme elle aurait éloigné un insecte importun zigzaguant près de ses yeux, se disant, Ça sera donc toujours comme ça ? J'essaierai juste de me concentrer sur autre chose pour ne pas me mettre à hurler ? se demandant si tout cela était bien normal, se sentant isolée et désespérée et pensant, dans son accablement, Ce sera donc ainsi jusqu'à ma mort ?

La révélation

On lui aurait annoncé qu'il ne pourrait jamais coucher avec Vera Candida mais qu'il aurait le droit de rester avec elle sa vie durant, Itxaga aurait signé immédiatement. Il se rendit compte que ce qu'il voulait faire le plus intensément du monde c'était *lui rendre service*. Il se dit, Je vieillis. Merde.

Itxaga, gentleman paralysé

Vera Candida appela l'usine de paniers-repas et dit, Je suis malade. C'était la première fois qu'elle usait de ce mensonge alors le contremaître la crut, il demanda ce qu'elle avait, elle répondit, Gastro-entérite, il ne voulut pas en savoir plus, il dit, J'espère que tu seras sur pied demain mais pas de conneries avec les gastros, je ne veux pas d'épidémie.

Elle le rassura et raccrocha. Elle remonta chez elle. Elle prépara Monica Rose et se maquilla, attacha ses cheveux et enfila ses mules à talons, prit la petite dans ses bras et sortit – les filles à talons qui portent leurs enfants sur la hanche sont toutes célibataires, c'était ce qui se disait toujours à Lahomeria.

Elles prirent le tramway et arrivèrent passage des Baleiniers. Elles sonnèrent chez Itxaga, qui vint les accueillir à la grille. La vieille propriétaire se mit à la fenêtre et les salua. Quand ils passèrent sous sa fenêtre, la vieille leur cria, Je ne permets pas que les enfants jouent dans le jardin. Itxaga lui fit un signe qui ne voulait rien dire, avant de suivre Vera Candida et Monica Rose dans la maison. Il avait préparé un repas, il ne savait pas ce que mangeaient les fillettes de deux ans alors il avait juste coupé en plus petits morceaux le poulet aux épices qu'il avait mijoté.

Vera Candida inspecta avec attention l'appartement d'Itxaga – un grand salon qui donnait sur le jardin, les meubles y étaient tous anguleux, solides et utilitaires, mais d'une beauté tranquille de vieux meubles qui ont partagé la vie entière de leurs différents possesseurs, au fond un bar séparait le salon de la cuisine, une cuisine moche un brin rustique choisie sans doute par la propriétaire ; il y avait également une chambre toute blanche, d'une modeste blancheur de chaux comme une chambre d'hacienda ; la troisième pièce était un bureau qui avait sombré dans un foutoir inimaginable (quand Itxaga lui montra l'endroit il lui assura, Je sais exactement où tout se trouve) ; et il y avait enfin une salle de bains dévorée par l'humidité.

Après avoir fait le tour de l'appartement, elle s'assit sur l'accoudoir du fauteuil (bois poli et housse verte) et lui demanda enfin comment il avait perdu son doigt. Il éluda mais fut soulagé qu'elle posât la question. Il dit quelque chose comme, J'ai fait du bricolage. Elle haussa les sourcils, Et la balafre c'est aussi le bricolage ?

Ce soir-là, Monica Rose ne dit pas de choses bizarres, elle s'installa sur le canapé et s'endormit, la bouche ouverte. Itxaga se demanda à quel âge l'école devenait obligatoire pour les enfants. Puis son regard tomba sur une boîte de mouchoirs en papier qui traînait sur la table basse. *Douceur et résistance* était écrit sur la boîte. Il rit et dit à Vera Candida, C'est tout toi ça. Elle le regarda comme s'il était demeuré.

À deux heures du matin, après avoir essentiellement parlé du 30 rue de l'Avenir, il lui proposa de rester dormir, il dit, Je vous laisse ma chambre, je dormirai sur le canapé. Il transporta Monica Rose dans ses bras jusqu'à son propre lit

– elle pesait tout à coup très lourd et elle était aussi chaude, transpirante et odorante qu'un coyote, il prit un oreiller pour lui qu'il ramena dans le salon et Vera Candida ferma la porte de la chambre et se coucha avec sa fille. Itxaga n'arriva pas à s'endormir, il se répétait, Elle n'a même pas dix-huit ans.

Le lendemain matin, elle se leva tard, Itxaga qui était debout depuis cinq heures s'était dit, C'est comme d'avoir un bébé et une ado à la maison. Il avait entendu la petite parler toute seule pendant des heures, aussi avait-il fini par ouvrir tout délicatement la porte de la chambre pour que la gamine en sortît. En libérant Monica Rose, il avait aperçu Vera Candida qui dormait, les draps roulés en boule entre les jambes et toute repliée sur elle-même comme si elle avait tenté de se faire la plus petite possible.

Vera Candida était maussade quand elle se leva mais il réussit à la faire rire, elle portait un tee-shirt à lui et tripatouillait les œufs brouillés qu'il avait cuisinés. Elle prépara la petite, se maquilla, s'habilla, enfila ses mules à talons et sortit vers midi de chez Itxaga en tenant sa fille par la main. Il voulait les accompagner au tramway avant de filer au journal mais, comme il avait oublié les clés du bureau, il retourna en vitesse dans la maison. Pendant ce temps elles avancèrent vers la grille. Et Itxaga était encore à l'intérieur quand il entendit le coup de feu. Il se précipita dehors ; quelqu'un venait de tirer sur Vera Candida.

Les pensées volatiles

Pendant la nuit, Itxaga s'était dit qu'il se sentait capable d'investir éternellement le canapé si Monica Rose et Vera Candida dormaient dans son lit. Il avait pensé qu'il le leur proposerait dès le lendemain. Au matin il n'avait pas su comment amener la conversation sur son idée qui, avec le soleil, miroitait de toute son incongruité. Il s'était contenté de faire sortir Vera Candida de sa morosité. Il constata que les sentiments qu'il nourrissait pour cette fille le paralysaient, il pensa, J'ai cru que je vieillissais mais en fait c'est comme si j'avais quinze ans, il ajouta pour lui-même en soupirant, Tout ce chemin pour rien. Et, juste avant d'entendre claquer le coup de feu dans la rue, Itxaga ruminait encore avec circonspection ses incapacités.

L'état d'ivresse

La balle traversa l'épaule gauche de Vera Candida, elle pulvérisa l'os en une multitude de fragments très blancs et aussi petits que des dents de lait, brisures qui se dispersèrent en partie dans sa propre chair, et pour le reste dans le jardin du passage des Baleiniers. Vera Candida était arrivée à la grille, elle attendait qu'Itxaga ressortît de la maison et surveillait Monica Rose qui ramassait des cailloux pour les fourrer dans les poches de son short, quand une Fiat déglinguée stoppa devant le numéro 5, et qu'un Jules Ramirez hagard en jaillit, il sauta sur la chaussée tout en gardant un pied dans la voiture comme pour déguerpir plus vite, la visa avec un revolver en tirant n'importe comment, haineusement approximatif, et marmonnant entre ses dents pour s'encourager et se motiver à la flinguer, Sale pute, dans un état second causé ou multiplié par les vingt-deux bières qu'il avait ingurgitées cette nuit-là et dont les canettes jonchaient le tapis de sol à l'arrière de la voiture.

Il réussit à se remettre au volant et à redémarrer en trombe (selon un scénario très précis et flou et cinématographique qu'il avait mis au point et fantasmé la nuit durant), mais ne parvint pas à sortir du passage des Baleiniers qui se resserrait de ce côté-ci, il tenta de redresser sa voiture mais il loupa sans doute quelque chose puisqu'il se prit de plein fouet le mur à côté du terrain vague. Le choc ne fut pas très violent ; il n'avait pas eu le temps d'accélérer suffisamment.

Il n'essaya pas de redémarrer ni de sortir de la voiture, ce qui laissait imaginer qu'il s'était assommé ou blessé. De son côté, Vera Candida s'était affaissée, à genoux, l'air hébété, la main droite sur l'épaule gauche, avec Monica Rose, debout contre elle, qui s'était mise à pleurer et crier et serrait le cou de sa maman dans ses bras, ayant l'air de vouloir se fondre dans sa mère tant elle se serrait contre elle, convaincue, semblait-il, que si elle entrait de nouveau à l'intérieur de sa mère il n'y aurait plus tout ce bruit, tout ce sang, toute cette terreur. Itxaga qui avait surgi criait, Ne bouge pas ne bouge pas j'appelle les secours, persuadé que si elle esquissait le moindre mouvement elle allait se vider de son sang. Vera Candida se mit à pleurer de douleur et ce fut un étonnement pour elle et un grand soulagement parce qu'elle vivait depuis très longtemps dans la conviction macho de ne pas être douillette.

Itxaga fila dans la maison – le coup de feu n'avait pas réveillé sa vieille propriétaire qui en plus d'une légère déficience auditive dormait dorénavant avec des bouchons de cire dans les oreilles pour ne pas entendre les bagarres nocturnes qui finissaient souvent passage des Baleiniers. Il ressortit de la maison après avoir appelé les secours et vit la Fiat accidentée sur le bas-côté ; c'était comme d'avoir loupé une scène dans un film à cause d'un bref assoupissement. Les flics arrivent, dit-il, puis il demanda à Vera Candida si elle connaissait son agresseur mais elle ne répondit pas et continua de pleurer avec sa fillette.

La voiture de police déboula passage des Baleiniers avec sirène et gyrophare et freina avec emphase devant la grille

Itxaga alla trouver le flic qui d'abord ne sortit pas de la voiture mais baissa simplement sa vitre, Vera Candida se mit à pleurer de plus belle, Itxaga retourna auprès d'elle et se retrouva à informer le policier depuis la grille. Le flic finit par s'extraire de son véhicule, il se dirigea, démarche chaloupée et main sur son arme, vers la Fiat qui fumait et cliquetait, moribonde. Il ouvrit la portière et repoussa le conducteur vers le dossier de son siège (celui-ci avait la tête posée sur le volant) puis il se retourna vers Itxaga, On l'emmène en cellule de dégrisement, cria-t-il, et une ambulance arrive pour la fille. Vous, vous allez nous suivre au poste pour nous raconter ce qui s'est passé.

Itxaga se demanda ce qu'il allait faire de Monica Rose puis il vit le flic sortir de la Fiat déglinguée un Jules Ramirez inconscient, il se sentit accablé quand il le reconnut, Vera Candida qui avait cessé de pleurer dit, Laisse, Monica Rose va venir avec moi, je t'appelle dès qu'ils ont examiné mon épaule. Et Itxaga leva les yeux au ciel, il aperçut des nuages très blancs et joufflus qui simulaient une montagne et une multitude de martinets qui criaient en valsant très haut au-dessus de Lahomeria. J'attends l'ambulance avec mademoiselle et je vous suis sur ma Vespa, clama-t-il quand il baissa de nouveau les yeux vers le passage des Baleiniers et les petits drames du monde. Le flic appelait un collègue pour rapatrier Ramirez au commissariat, il essuya ses mains sur son pantalon, Jules Ramirez avait les jambes qui dépassaient de sa voiture, il ronflait, bouche ouverte, il avait le nez bleu et sa joue saignait, le flic réajusta ses lunettes de soleil, Itxaga voulut dire quelque chose, mais il renonça, il s'accroupit auprès de Vera Candida et de la petite Monica Rose dont le visage barbouillé de larmes était gris de poussière comme si elle avait passé du temps au fond d'une tanière de renards ou d'une mine d'argent, il s'accroupit et dit, J'attends avec vous, je ne vous lâche plus.

III

PASSAGE DES BALEINIERS

Être une usine de paniers-repas

L'odeur de Monica Rose faisait chavirer Vera Candida. Elle s'asseyait près de sa fille et plongeait le visage dans ses cheveux. Ils sentaient le sel et l'iode, le vent et quelque chose de plus souterrain et mammifère, comme la sueur d'un minuscule rongeur ou bien d'un petit loup. Monica Rose sentait la fourrure. Vera Candida se disait toujours, Comment ferai-je quand je serai une très vieille femme, que je n'y verrai plus, que je tenterai de me souvenir de cette odeur. Elle s'efforçait d'enregistrer comme sur des cylindres d'argile les sensations liées à sa fille : la main de la petite dans la sienne, la façon dont Monica Rose serrait son cou avec ses bras aussi fins que des roseaux, elle serrait serrait en y mettant toute sa minuscule force, et c'était inenvisageable de ne plus être deux un jour, c'était si injuste que cela paraissait impossible.

Après l'épisode avec Jules Ramirez, Vera Candida et Monica Rose vécurent encore deux ans ensemble au 30 rue de l'Avenir. Vera Candida continua de travailler de nuit dans son usine de paniers-repas. Ce qui lui permettait de toujours passer la journée avec sa fille. Elle la déposait vers onze heures du soir chez la tatie hongroise alors que la petite dormait déjà – elle s'endormait dans son lit près de la banquette dans la pièce où elle vivait avec sa maman et, si elle se réveillait en pleine nuit pour faire pipi, boire un verre d'eau ou tout simplement parce qu'elle venait de cauchemarder, elle se retrouvait dans l'appartement de la voisine. Avant même d'ouvrir les yeux, Monica Rose savait où elle était rien qu'à l'odeur. Le salon de la voisine sentait le paprika et les pets – peut-être pas les pets mais un mélange de ces odeurs qui s'échappent par tous les pores de la peau et qui vous rappellent que vous êtes vivant et que vous devez être vigilant sinon toute cette belle mécanique s'en ira en capilotade ; c'est le corps qui exsude par moments des fumets de pourriture acide. L'appartement de la voisine sentait la moisissure des chairs.

Quand Monica Rose apprit que la tatie se faisait payer pour la garder et comprit ce que cela signifiait, elle dit à sa mère, C'est moi son usine de paniers-repas.

Que me chantes-tu là ? tempéra Vera Candida en prenant la petite dans ses bras.

Toi tu as les paniers-repas et elle elle m'a moi.

Et elle se mit à sangloter si fort que Vera Candida craignit un instant que ce chagrin ne tournât convulsions.

Pendant ces deux années, les relations que Vera Candida conserva avec Itxaga furent stables et prudentes. Ils se voyaient régulièrement, allaient dîner, buvaient des bières et parlaient de tout (de leur enfance, des gens maltraités qui deviennent maltraitants, de la Capa, de Monica Rose, des affaires de mœurs à la mairie de Lahomeria, des narcotrafiquants, des nouvelles du monde et des films qui sortaient), ils parlaient de tout mais contournaient l'un et l'autre obligeamment le sujet des affaires de cœur. Itxaga pensait que Vera Candida couchait de temps en temps avec des types qu'elle rencontrait à l'usine de paniers-repas. Il ne révéla jamais rien de ses propres histoires et il est fort possible qu'il ne couchât avec personne. Il semble qu'il recevait toujours un abondant courrier de lectrices ardentes mais que leur détresse et leur appétit le déprimaient. Un jour Vera Candida parvint à lui demander avec une désinvolture calculée s'il avait une petite amie et il répondit qu'il n'en avait pas parce qu'il était romantique, contrairement aux femmes qui lui plaisaient. Elle feignit la surprise et constata bêtement, Pourtant tout le monde baise avec tout le monde dans cette ville. Itxaga fronça les sourcils et s'interrogea, Est-ce une invite ? Il la regarda attentivement et décida que non.

Vera Candida savait bien que ce qu'il leur fallait, à sa fille et à elle-même, c'était un homme. Depuis qu'elle était née, elle appelait Monica Rose, Mon amazone. Ce qui n'était pas, elle s'en rendait compte, précisément une bonne idée. Tatie n'avait-elle pas parlé l'autre jour d'un article dans lequel on débattait de l'effet de la suggestion sur les enfants. Vera Candida était restée menton ballant, ne comprenant pas grand-chose à ce que lui racontait la vieille femme, mais saisissant obscurément qu'elle ne s'y prenait pas comme il fallait avec Monica Rose.

Ma tigresse, ma lionne, mon amazone.

Elle pensa que Monica Rose un jour l'interrogerait sur son père, elle se douta qu'elle ne pourrait rien en dire alors comme pour contrer à l'avance les questionnements de Monica Rose, comme pour excuser le silence à venir, elle s'offrit de lui donner un père tout neuf.

Elle lui demanda un jour, Tu aimerais bien avoir un papa ?

Et elle ajouta, Les autres petites filles ont un papa.

(Ce qui était totalement faux, le quartier de Lahomeria où elles habitaient, et tout particulièrement le 30 rue de l'Avenir, comptait un nombre impressionnant de mères isolées (Vera Candida remplissait la case Mère isolée pour toucher une allocation sur l'eau courante) et ne pas avoir de papa, ne pas le connaître et porter le nom de sa maman était chose fort bien admise.)

La petite regarda sa mère depuis le tapis où elle s'amusait avec ses jouets (un crocodile en plastique discutant avec une poupée manchote habillée en skaï noir et rose (Mais pourquoi habille-t-on dans ces contrées les poupées en pute ? se demandait toujours Vera Candida)) et elle lui répondit, Mais maman, on est tellement bien toutes les deux, je n'ai pas du tout besoin d'un papa.

Vera Candida réfléchit à la question une journée entière puis, le lendemain, à vingt heures, elle déposa Monica Rose chez la tatie hongroise, enfila des sous-vêtements coordonnés et partit dîner avec Itxaga, l'homme qui lui faisait la cour depuis quatre ans.

La conversion de Vera Candida

Quand Vera Candida pensait à la période précédant son installation chez Itxaga, elle avait l'impression d'avoir vécu coincée dans le tiers-monde et que peu à peu son pays – circonscrit à son corps, son esprit et sa fille – s'était ouvert à une certaine forme de démocratie et de richesse. Il lui semblait qu'à l'époque elle ne parlait pas ou si peu qu'elle bredouillait ce qu'elle avait à dire et que la parole lui avait été donnée au contact d'Itxaga. Elle se souvenait d'elle-même comme d'un petit animal fruste et effrayé.

Elle en avait parlé à Itxaga et il lui avait rappelé que c'était bien elle qui avait résisté, durant près de deux années après l'incident provoqué par Jules Ramirez, à habiter un territoire plus civilisé – son entresol du passage des Baleiniers.

Elle était incapable d'expliquer pourquoi elle avait mis tant de temps à rejoindre avec Monica Rose l'appartement d'Itxaga. Elle imaginait, et c'est ce qu'elle disait à Itxaga quand ils en discutaient, qu'elle ne se sentait pas tout à fait à la hauteur, qu'elle fanfaronnait mais qu'elle avait au fond assez honte de l'endroit d'où elle venait et du trajet qu'elle avait eu à faire et qu'elle s'interdisait de tomber amoureuse d'Itxaga parce que ce type d'événement bousculait l'ordre du monde. Itxaga balayait ses arguments d'un geste et disait, C'est parce que je ne te plaisais pas, c'était à cause de mon bec-de-lièvre. Elle souriait parce qu'elle lui savait gré de renverser la situation — même s'il ne s'agissait vraisemblablement que d'une galanterie.

Le soir des sous-vêtements coordonnés, elle fit l'amour pour la première fois avec Itxaga. À l'époque, Vera Candida pensait encore que les mots *faire l'amour* abritaient quelque chose de si intime qu'ils en étaient indécents et un peu ridicules. Comme elle les trouvait mièvres elle ne savait les prononcer qu'avec un léger rougissement qu'elle contrait en outrant son dégoût par un froncement des sourcils ; elle espérait montrer ainsi que toutes ces histoires étaient bien risibles et qu'elle n'était point dupe. Son mépris avait quelque chose d'infantile qui amusait Itxaga.

Quand ils avaient fait l'amour, cela avait duré si longtemps qu'une telle lenteur avait fini par inquiéter Vera Candida. Puis elle avait eu l'impression qu'Itxaga s'y prenait d'une manière fort différente de celles qu'elle avait déjà pu expérimenter — on lui eût demandé de préciser sa pensée, elle aurait dit, Une manière livresque. C'était sans doute parce que ses premiers émois dataient de son enfance quand elle était tombée, chez une voisine de sa grand-mère, sur un livre qui s'intitulait *Belle Caraïbe, suave Caraïbe* et qu'elle y avait lu une scène de fellation. Elle avait cru fermement, jusqu'à ce que ce genre de séance lui fût imposée, que cette pratique était née de l'imagination tordue mais légitimement fantasque de l'auteur. Vera Candida manquait assez d'expérience pour considérer que la majorité des usages courants en matière de sexualité relevait de l'extravagance. Avec Itxaga, elle s'était prêtée à la manœuvre, puisque, dans cette sorte de débat, elle ne savait rien faire d'autre que de se soumettre passivement. C'était l'un des domaines où elle persistait à être d'une docilité parfaite comme si cet événement arrivait à quelqu'un d'autre qu'elle ou plus précisément à une chose – son corps – dont elle avait la garde et subissait l'encombrement.

Il s'avéra bien sûr qu'Itxaga mit tant de patience et d'attention à s'occuper de sa bien-aimée (cela faisait si longtemps qu'il y pensait) que la séance ne se transforma pas en fiasco absolu. Mais ce fut « l'art de vivre » d'Itxaga qui charma définitivement Vera Candida (c'est ce qu'elle lui dirait plus tard, elle lui dirait, C'est ton art de vivre qui est si engageant).

Au matin il s'était levé avant elle, avait mis de la musique et fait griller des galettes de maïs. Quand elle s'était réveillée et faufilée jusqu'au salon pour voir ce qu'il farfouillait là, elle le vit qui regardait rêveusement la végétation au-dehors, debout à boire du café dans une chemise blanche portée sur une sorte de pantalon d'intérieur bleu à rayures (les pantalons de pyjama n'étaient pas des pièces d'habillement fort courantes pour Vera Candida). Elle aperçut le jus de fruits et les verres et la carafe et les mangues et Vera Candida, prête à se moquer des attentions de son nouvel amant, se rendit compte qu'il ne faisait pas cela pour elle seule mais qu'il était évident qu'il ne savait pas commencer une journée sans un petit déjeuner parfait, et que toute cette cérémonie était pour lui le début fort naturel d'une journée fort commune. Elle le trouva élégant ; elle pensa à sa propre tasse de chicorée soluble qu'elle remplissait directement avec l'eau chaude de sa douche et buvait debout en faisant ses ablutions et en se dépêchant pour laisser la place libre à un autre usager de la salle de bains, elle pensa aux barres chocolatées qu'elle grignotait en préparant Monica Rose ; elle trouva Itxaga séduisant. Et elle n'eut plus peur de lui, comme s'il cessait d'appartenir à un milieu social qui toujours l'avait écœurée et effrayée, comme si dorénavant il s'inscrivait dans une catégorie très particulière qu'elle ignorait encore, celle des hommes élégants et solitaires qui tournicotent lentement dans leur salon au petit matin.

Quand Vera Candida entra dans la pièce, il se retourna, la salua et lui sourit (ce sont bien sûr ses yeux qui sourirent avant toute chose, elle en fut troublée comme si elle ne s'y était pas du tout attendue) ; alors, submergée peut-être par l'évidence d'avoir déjà tant perdu de temps, elle fit quelque chose qu'elle n'imaginait pas possible la veille encore : elle s'approcha et se frotta à lui de manière explicite. Il hésita (il avait l'habitude d'un comportement tellement plus distant de la part de Vera Candida), mais il posa son café, lui embrassa le cou en lui soulevant les cheveux et la fit basculer sur le canapé du salon. Il avait de grandes mains avec neuf doigts en tout mais caressantes et imaginatives. Il la prit de manière plus rapide et plus brutale que la veille, chose qu'elle eut l'air de mieux comprendre à défaut d'apprécier, puis il lui dit à l'oreille des choses tendres et légèrement gênantes et lui annonça, à peu près en ces termes, que de nombreuses années s'offraient à eux pour améliorer leur plaisir. Elle trouva la remarque étrange mais elle eut envie de lui faire confiance, elle eut envie de déposer dans les mains de cet homme la majeure partie de son fardeau ; l'idée de passer des années avec lui ne la terrorisa pas. Elle s'assit sur lui, le laissa la regarder à loisir, elle voyait bien qu'elle lui plaisait et cette constatation était excitante, elle le laissa lui caresser les seins et la contempler, c'est ce qu'elle se dit, Ce type me contemple, ce fut elle qui prit son sexe pour le mettre en elle, il lui toucha les cheveux, elle adora voir les yeux de cet homme s'étrécir, elle se sentit prise d'une sorte d'ivresse, il la tenait par les hanches, et elle vit le pouvoir qu'elle avait sur lui et cela lui parut magnifique et saugrenu, elle l'embrassa alors en ouvrant les lèvres, et Vera Candida n'avait jamais embrassé un homme, baiser oui, mais embrasser et se laisser caresser les seins, non, il la souleva pour ne pas jouir en elle, et elle se dit, C'est dingue, on n'a pas mis de capote, mais elle se dit cela comme si elle constatait qu'il avait plu et que la rue était peut-être glissante, elle finit par poser la tête sur son épaule et il dit, Tes cheveux sont comme des étangs obscurs.

Le placard à confitures

Vera Candida annonça à Monica Rose qu'elles allaient vivre chez Itxaga. Elle le lui dit quelques jours seulement après sa nuit passée avec lui. Elle lui rappela qu'elle connaissait l'endroit, qu'il y avait un jardin et des oiseaux et elle lui précisa qu'il y aurait une petite chambre rien que pour elle (le bureau d'Itxaga). Monica Rose la fixa sans parler, les yeux écarquillés, comme terrorisée, puis elle fondit en larmes. Vera Candida se mit à pleurer aussi et elle prit sa petite fille dans les bras pour la consoler et lui dire tout ce qui, dans leur vie, allait changer (en mieux) et tout ce qui resterait exactement comme avant. Monica Rose lui demanda si elle allait se marier avec Itxaga et Vera Candida rit, se moucha bruyamment et ne répondit pas. À cet instant, elle se vit au bras d'Itxaga et elle eut envie d'être près de lui et de le toucher.

Le lendemain elle mit ses affaires dans des sacs à provisions, elle dit au revoir à tout le monde, promit de revenir et pleura de nouveau. Itxaga vint les chercher, il avait emprunté une voiture, il s'étonna du peu d'effets qu'elle emportait et fit monter Monica Rose à l'arrière. Les femmes du 30 rue de l'Avenir étaient sur les coursives accoudées aux balustrades, elles hochaient la tête et parlaient bas en les regardant partir, on eût dit que Vera Candida venait d'être choisie par le sultan.

En s'installant avec Itxaga, elle cessa de travailler à l'usine de paniers-repas et se découvrit un grand intérêt pour la lecture, l'étude et la poésie.

Pendant que la petite était à l'école, Itxaga rentrait à la maison à des heures irrégulières, elle entendait sa Vespa pétarader au bout de la rue. Elle glissait un marque-page dans son livre et attendait qu'il arrivât. La grille grinçait et elle le voyait remonter l'allée comme s'il devait traiter une affaire urgente. Quand il ouvrait la porte, elle se sentait chavirer, elle aimait l'idée que son désir pour elle le fît rentrer du boulot en vitesse, elle se sentait toute frémissante rien que d'y penser, il venait vers elle et l'entraînait dans la chambre. Au bout d'un moment ils n'attendirent plus d'être dans la chambre et ils firent l'amour n'importe où dans la maison. Ils avaient été si patients que la passion qu'ils avaient l'un pour l'autre prit du temps à se déployer. Elle avait toujours entendu dire que c'était le contraire qui advenait. On baisait d'abord sur la table de la cuisine et on finissait par le faire au lit et dans le noir. Quand elle le lui fit remarquer, il lui dit que c'était normal après ce qui lui était arrivé. Elle se demanda ce qu'il en savait et si elle parlait dans son sommeil.

Au bout de quelques mois il lui offrit une bague. Il la voulait en or avec une perle. Mais elle refusa. Elle la préférait en argent, toute simple, achetée chez le Péruvien de la place du Commandeur. Il l'invita au restaurant et ils firent comme s'il s'agissait d'une bague de fiançailles. Elle aimait la trace verte qu'elle lui faisait autour de l'annulaire. Elle la montrait à Itxaga et lui disait, Je porte ma bague même quand je ne la porte pas.

Itxaga lui avait appris comment le plaisir pouvait être dans chacun des gestes de la vie, il achetait des fleurs coupées et lui fit connaître d'autres boissons que la bière, il lui dit qu'elle pouvait ne manger que le jaune des œufs et lui offrit des pinceaux le jour où elle raconta qu'elle aimait bien dessiner, enfant. Ils dormaient parfois dans le salon quand leur chambre les fatiguait, ou passaient la nuit à l'hôtel à Lahomeria juste pour changer. Ils emmenaient Monica Rose par le train du littoral dans d'autres ports et sur d'autres plages si tout à coup l'envie leur en prenait ; ils avaient maintenant l'âge où l'on a accès au placard à confitures et ils en profitaient.

Vera Candida passait son temps à la bibliothèque du quartier pendant que Monica Rose était à l'école. Elle allait la chercher à dix-sept heures et l'emmenait à la plage – elle ne se baignait jamais, elle ne savait pas bien nager, elle surveillait donc simplement sa petite fille depuis la rive, elle la voyait nouer des amitiés aussi passionnelles que volatiles avec d'autres enfants, et quand l'hiver arrivait, elle s'asseyait sur la plage désertée, sortait un livre, et laissait Monica Rose récolter des seaux de coquillages et de cailloux ronds et lisses. Elle levait souvent le nez de son livre pour s'étonner de la beauté du tableau qui s'offrait à elle, un ciel gris qui se réverbérait dans une mer de métal et sa petite fille tout en rouge qui vagabondait, les cheveux agités par le vent du large, pliée en deux pour mieux voir les trésors qui jonchaient le sable. Elles se faisaient des signes de loin en loin, la petite courait vers elle pour lui présenter un spécimen particulièrement rare et parfait puis elles rentraient passage des Baleiniers en se donnant la main, et Vera Candida se disait, C'est une métamorphose. Elle ne pensait plus à Vatapuna et à ce qui s'était passé à Vatapuna. Elle ne pensait plus à Rose Bustamente parce que c'eût été une souffrance de penser à elle. Et quand Monica Rose lui demanda un jour qui était son papa en vrai, Vera Candida ne put d'abord répondre. C'était comme si elle n'avait jamais pensé à cette question – alors qu'elle s'était demandé à maintes reprises ce qu'elle dirait à Monica Rose en pareilles circonstances, mais, allez savoir pourquoi, elle imaginait que la question viendrait bien plus tard quand Monica Rose du haut de ses quinze ans exigerait des réponses. Alors Vera Candida dit, Les pères sont les hommes qui élèvent les enfants, et elle ajouta qu'il n'y avait rien d'autre à savoir. Alors Monica Rose décida que son vrai père était un chevalier défiguré et caché et qu'elle était elle-même l'héritière du royaume d'Islande. Elle sut instinctivement qu'il y avait quelque chose d'indicible dans tout cela – de la même façon qu'elle soupçonnait depuis toujours que son nombril devait bien avoir une fonction sexuelle puisque tout le monde lui disait qu'il ne servait à rien.

Vera Candida esquiva les récifs et vécut chaque pas fait avec sa petite fille comme s'il avait été le dernier et qu'elle avait deviné qu'un camion allait les faucher toutes deux au coin de la rue – un camion de questions et de mauvais souvenirs. Vera Candida avait très peur de perdre la petite. Elle essayait d'éloigner ses angoisses, elle les rangeait dans des commodes à clés, égarait les clés, et poussait au fond de tiroirs ténébreux les pensées macabres. Elle se surprenait à tenter de se souvenir de Monica Rose comme si elle était déjà perdue, elle admirait ses vertèbres, ses côtes et ses ongles en pensant à leur disparition possible. À plusieurs reprises elle imagina des épitaphes pour sa fille. C'était parfois comme si la petite lui manquait alors qu'elle était juste à côté d'elle.

Elle regardait Monica Rose et se demandait si elle ressemblait à Rose Bustamente. Mais penser à Rose Bustamente équivalait à ressentir une piqûre extrêmement aiguë dans son estomac. Elle sentait les liens distendus et impossibles à retendre entre elles. Elle l'imaginait sur sa barcasse à pêcher des poissons volants puis elle faisait et refaisait le calcul de son âge et se disait, Elle est peut-être morte maintenant. Et cette pensée la triturait avec ses milliers de mauvais doigts de mauvaise pensée. Elle imaginait Rose Bustamente comme une très grosse et très vieille femme enjuponnée fumant des cigarillos sur son bout de plage, elle lui accordait des accointances avec la magie qui lui auraient permis de savoir que tout allait bien pour sa petite-fille sur le continent. Elle se disait, Elle doit savoir. Et elle s'efforçait vainement d'oublier le chagrin qu'avait dû avoir Rose quand elle avait perdu Vera Candida après avoir perdu Violette. Rose Bustamente devenait pour Vera Candida une sorte de montagne de chagrin enjuponnée.

Les très jeunes années d'Itxaga

Vera Candida avait toujours parlé de son passé à demi-mot. Elle avait évoqué Vatapuna et sa grand-mère. Mais elle se refusait à développer ses souvenirs, même à l'époque où Itxaga lui posait encore des questions. Elle lui avait dit, Je suis désolée mais je ne veux vraiment pas me remémorer ce qui est arrivé là-bas, ça me rendrait si triste que je pourrais me tuer. Itxaga avait fini par respecter le mutisme de sa belle et, comme pour équilibrer ce silence, il lui avait livré sa vie par petits morceaux. Ils débattaient le soir de son enfance comme si Vera Candida elle-même avait participé à cette histoire et croisé les gens dont il lui parlait. Vera Candida adora la vie d'Itxaga. Elle aimait tout, son enfance, ses cauchemars de petit garçon, son adolescence et ses premiers émois.

Itxaga lui raconta que, lorsqu'il était petit, il faisait souvent le même rêve étrange et pénétrant. Il rêvait d'un serpent géant – parfois il s'agissait d'un dragon ou d'un énorme lézard recouvert d'écailles éblouissantes comme autant de miroirs. Itxaga se faisait immanquablement écraser par le serpent et il sentait son corps exploser et tous ses os se briser.

Il se réveillait en hurlant.

Sa mère ou une amie de sa mère venait alors à son chevet – parfois en chemise de nuit mais, le plus souvent, personne n'était endormi dans l'appartement à l'exception de lui-même, et les filles s'asseyaient sur le rebord de son lit, continuant de fumer leur cigarette parce qu'on n'avait pas dû bien leur expliquer que ce n'était pas idéal de fumer dans la chambre d'un petit garçon ou bien qu'elles s'en foutaient, et elles étaient douces et lui caressaient le crâne, elles tenaient à ce qu'il leur racontât son rêve mais Itxaga s'y refusait, c'eût été comme de revivre une seconde fois son cauchemar ou de sentir deux fois la brûlure d'un poison dans son œsophage.

À cette époque, il s'appelait encore Hyeronimus et vivait en Belgique dans une toute petite ville au bord de la mer du Nord. Sa mère et lui y vécurent quelque temps avant de retourner à Lahomeria qu'elle avait quittée plusieurs années auparavant pour entamer et abandonner des études d'art aux Pays-Bas. Le père de sa mère avait été préfet à Lahomeria, il avait gardé de bonnes relations avec le gouvernement ; il était riche et réactionnaire, il avait usé de pratiques peu recommandables pour faire parler les opposants pendant les années noires du régime, il s'était racheté une conduite et vouait à sa fille un culte que ses plus proches amis lui reprochaient gentiment (et prudemment). Sa femme l'avait quitté pour un professeur d'université et ne donnait plus de nouvelles à qui que ce fût depuis de très nombreuses années. Il disait d'elle qu'elle était morte et c'était en dernier lieu assez probable.

Quand elle revint à Lahomeria, la mère de Hyeronimus était une toute jeune femme potentiellement riche et accompagnée d'un très beau petit garçon de quatre ans affligé d'une cicatrice à la lèvre (ce qui émouvait tout un chacun, lui octroyait un zozotement et l'empêchait de se faire des camarades de son âge, obstacle qui n'était finalement pas une si mauvaise chose pour son grand-père le préfet puisque celui-ci craignait fort l'influence du monde extérieur sur son jeune héritier). Le père de l'enfant était censé être un peintre hollandais ou un professeur des Beaux-Arts ou un écrivain reconnu. Il était en fait vraisemblable que la mère de Hyeronimus ne sût pas avec certitude qui était le père de son fils.

Hyeronimus Itxaga vécut avec sa mère dans un grand appartement bordélique de Lahomeria jusqu'à l'âge de huit ans. Là elle disparut, ayant suivi on ne sait qui lors d'une soirée sans aube. Il arrivait fréquemment que sa mère ne rentrât pas de la nuit. Elle lui laissait des petits mots dans la maison si elle y pensait, sinon il se débrouillait pour faire chauffer son lait et partir à l'école seul.

Hyeronimus était un enfant taciturne qui aimait le football, les Marvel et les livres d'Agatha Christie.

Quand sa mère ne rentra pas de plusieurs jours il n'en informa personne et vida avec application le garde-manger puis quand celui-ci finit par être totalement dégarni il se contenta de son déjeuner à la cantine. Le reste du temps il était au stade ou devant la télé. La première fois que son grand-père appela (son grand-père n'appelait jamais lui-même ; il faut croire qu'il ne savait pas composer un numéro ; il y avait toujours une femme qui disait quand vous décrochiez, Je vous passe monsieur le Préfet Itxaga, et vous pouviez ne pas être tout à fait disponible à ce moment-là, avoir simplement décroché pour dire, Je suis occupé je vous rappellerai un peu plus tard, ou bien, Justement j'allais sortir, la femme ne vous laissait jamais le temps de prononcer la moindre parole et vous passait instantanément monsieur le Préfet Itxaga), Hyeronimus lui dit que sa mère était sortie et qu'il ne savait pas quand elle reviendrait. La seconde fois, Hyeronimus répondit que sa mère n'était toujours pas là, ce qui contraria son grand-père.

Toujours pas là, répéta celui-ci. Tu veux dire qu'elle n'est pas revenue depuis l'autre jour ?

En effet, approuva l'enfant.

J'arrive, dit le vieil homme.

Hyeronimus raccrocha et il attendit près de la fenêtre en hésitant à déguerpir avant que son grand-père ne débarquât. Il se balançait d'un pied sur l'autre en se demandant si ce dernier allait accepter de lui donner une pension pour qu'il restât tout seul dans l'appartement de sa mère – comme il le faisait pour celle-ci ; Hyeronimus avait huit ans et cette idée, si elle n'effleura bien entendu pas une seule seconde le vieux préfet Itxaga, lui parut rationnelle et offrir de multiples avantages pour chacun. Bientôt il vit la grosse Mercedes noire de son grand-père se garer. Elle ne se gara d'ailleurs pas ; elle s'arrêta en double file, bloqua la circulation et permit aux automobilistes de Lahomeria de pouvoir exprimer leur désœuvrement et leur irritation à coups d'avertisseur sporadiques puis, comme ils comprenaient que leur attente allait se faire plus longue, de se mettre à klaxonner sans interruption.

Le chauffeur de la Mercedes ouvrit la portière au grand-père – costume sombre, fines rayures, chapeau blanc, canne à pommeau tête de bélier, accoutrement de vieux mac ou de vieux mafieux ou de vieux politique, accoutrement qui clamait, Je résiste au temps, au Nylon, au prêt-à-porter et à toutes les décadences.

Hyeronimus soupira, toujours posté près de la fenêtre, il se dit, C'est trop tard. Puis il imagina le jardin derrière la villa de son grand-père – c'était un jardin délaissé envahi par les rosiers sauvages – et il pensa qu'il allait vivre dorénavant dans ce jardin. Alors il mit dans son sac de foot les affaires qui lui semblèrent indispensables – ses crampons, *Dix Petits Nègres* et un tee-shirt de Batman envoyé spécialement du Mexique par une amie de sa mère, taille huit ans, une aubaine, les copines de sa mère ne savaient jamais quel âge il avait.

Il se posta à côté de la porte avec son baluchon à ses pieds. Quand le vieux sonna (il l'entendait reprendre son souffle sur le palier), Hyeronimus lui ouvrit, le vieux ne dit rien, entra, passa devant l'enfant sans lui prêter attention, il fit le tour des trois pièces de l'appartement, soulevant des vêtements avec sa canne comme s'il craignait une contagion, puis il repassa devant Hyeronimus, On y va, dit-il, et ils descendirent tous deux jusqu'à la rue où les attendait la Mercedes noire dans le vacarme des klaxons, le vieux agita sa canne en l'air sans regarder personne, comme s'il allait viser les pigeons, il émit, Ça va ça va, et il fit signe à Hyeronimus de monter en premier à l'arrière de la voiture.

À partir de ce moment-là, la vie de celui-ci se passa dans la villa du vieux préfet Itxaga. Sa mère revint de loin en loin ; elle arrivait, se disputait avec son père, embrassait son fils, elle restait parfois une nuit puis repartait. Hyeronimus, quand elle était là, ne changeait rien à ses habitudes ; il allait à l'école et au foot, écoutait de la musique dans sa chambre et dînait avec son grand-père. La gouvernante demandait si elle mettait le couvert de Mademoiselle, et le grand-père répondait, Ce ne sera pas nécessaire. La mère de Hyeronimus repartait et la vie reprenait son cours un peu lent.

Quand Itxaga voulait évoquer une impression d'ensemble de son enfance, il parlait d'une longue pluie incessante. C'était à cause du jardin et de sa luxuriance de jungle. Il ne se rappelait que sa végétation d'un vert catégorique et luisant. Et puis qu'il rentrait tout crotté – à cause de cette averse continue – après les matchs. Il se souvenait de la gouvernante qui l'envoyait se doucher avant le dîner en se lamentant comme une maman dans une publicité pour poudre à laver.

À seize ans, il découvrit la poésie et les exactions de son grand-père.

Il décida de ne plus lui parler et il se mit à distribuer des fanzines grossièrement photocopiés et agrafés nuitamment – le clac de l'agrafage emplissait la maison silencieuse et devait troubler le sommeil du vieux préfet.

Il écrivit pour des revues communistes et anticommunistes.

On lui apprit que sa mère était morte. On le lui apprit deux mois après l'accident qui la tua. Elle était au Mexique, elle roulait à moto sur une route du côté de Ciudad Juarez. Elle avait dérapé. Elle était morte sur le coup. Elle ne portait pas de casque. Cette nouvelle ne parut pas affecter outre mesure Hyeronimus. Cela faisait fort longtemps qu'il n'avait pas vu sa mère. Il fit comme s'il prenait la chose avec stoïcisme.

À peu près au même moment il tomba amoureux d'une femme de quinze ans son aînée. Elle l'hébergea quand il décida de quitter la villa de son grand-père et de ne plus s'appeler Hyeronimus. Le vieux préfet dégringola peu à peu dans la maladie d'Alzheimer et finit par s'éteindre dans son palais en ne se souvenant pas bien comment en sortir. Le nouvel Itxaga hérita d'une confortable somme d'argent. Apparemment il fit don d'une bonne partie de cet argent à des œuvres caritatives, il rendit service à des amis, injecta des capitaux dans *L'Indépendant de Lahomeria* et garda le reste pour des jours plus sombres.

Les vies se transforment en trajectoires. Les oscillations, les hésitations, les choix contrariés, les déterminations familiales, le libre arbitre réduit comme peau de chagrin, les deux pas en avant trois pas en arrière sont tous gommés finalement pour ne laisser apparaître que le tracé d'une comète. C'est ainsi qu'Itxaga devint peu à peu ce qu'il est encore et que, de loin, on ne pouvait lui imaginer une autre vie que la sienne.

L'arithmétique

Pendant des années, quand Monica Rose s'assoirait sur le canapé entre Vera Candida et Itxaga, elle se serrerait contre eux, bougerait son minicul comme si elle se faisait un nid, les prendrait par le bras et dirait, On est bien tous les deux.

La première fois, Vera Candida rectifierait, On n'est pas deux, on est trois.

Et Monica Rose répondrait, On est bien quand même.

Le chaton

Un jour, alors qu'elle était à la maison à lire perchée sur le tabouret de la cuisine, le téléphone sonna et avant même de décrocher, comme si la lumière de cet après-midi ensoleillé s'était brusquement assombrie, avalée par l'orage, Vera Candida sut qu'en répondant au téléphone elle ouvrirait la porte à sa terreur. Elle décrocha donc avec prudence comme si le combiné avait été un serpent venimeux qu'il eût fallu traiter avec d'infinies précautions. C'était la directrice de l'école. Monica Rose avait fait une chute sur le bitume de la cour depuis le faîte d'un palmier dattier.

Vera Candida raccrocha et avant même de téléphoner à Itxaga et de se précipiter à l'hôpital où la petite venait d'être transportée, elle regarda tout autour d'elle et vit que la pièce avait changé, elle enregistra la place de chaque objet et entendit les oiseaux au-dehors, elle pensa que rien n'était innocent aujourd'hui dans l'agencement du salon, elle contempla le vieux canapé en velours et la table basse et le journal qui traînait et le livre qu'elle lisait et qui gisait à terre, tout avait l'air maintenant menaçant ou sournois ou bien simplement indifférent, monstrueusement indifférent.

Elle appela Itxaga puis un taxi.

Son corps était devenu creux et vertigineux ; si l'on avait crié à l'intérieur ça aurait produit un écho comme dans un gouffre. Quand elle arriva à l'hôpital, on lui apprit que Monica Rose était inconsciente.

Vera Candida se dit, De toute façon si elle meurt je me tue.

Itxaga était déjà là, il parlait avec un médecin, elle s'approcha, elle n'entendait rien de ce qu'ils se disaient, elle était au fond de la mer, de l'eau plein les oreilles, elle se posta tout près de lui, légèrement en retrait, elle savait qu'il lui fallait rester auprès de lui, dans son ombre, que c'était le seul endroit protecteur du monde.

Monica Rose avait trois côtes cassées, la jambe droite et les deux bras fracturés. Elle avait aussi un traumatisme crânien. Et Vera Candida pensa, Elle est vivante et si elle est vivante je vais m'occuper d'elle, même si elle ne sort pas du coma. Elle tenta de le dire à Itxaga, il avait mis son bras autour de ses épaules pour parler aux infirmières, il la portait plus qu'il ne la tenait. Il se tourna vers elle et dit quelque chose comme, Elle n'est pas dans le coma, ils l'ont juste endormie. Elle aurait voulu savoir ce qu'elle faisait en haut du dattier, elle les entendit prononcer, Une chute de cinq mètres, elle pensa aux histoires de chatons qui retombent sur leurs pattes, même en dégringolant du troisième étage, ses oreilles se mirent à bourdonner, c'était comme si tout le sang de son corps se retrouvait à bruisser dans ses oreilles, et elle tomba dans les pommes.

*Ce que je sais de Vera Candida
et de Monica Rose*

Monica Rose se remit sur pied et tout retrouva sa place originelle. Mais Itxaga pensait de loin en loin au jour de son accident et à ce qu'il avait appris sur Vera Candida alors qu'elle s'accrochait à son bras avec la ténacité d'une bernicle. Il s'était dit, Comme elle est faible. Elle était tombée dans les pommes et Itxaga n'avait jamais imaginé que Vera Candida, qui lui avait toujours paru la personne la plus solide qu'il connaissait, pût s'évanouir ainsi et devenir si molle que ses os avaient dû se liquéfier ; elle était si légère qu'elle lui fit songer à un oiseau et il sut qu'il s'était trompé sur elle et voulut s'excuser de sa propre candeur.

Monica Rose grandit et souvent, en grandissant, elle disait à sa mère, quand celle-ci s'inquiétait de la voir vagabonder ou plonger dans les vagues ou jouer avec un briquet ou avec un chien abandonné, elle disait à sa mère, Tu as peur de tout. Quand Itxaga entendait cette phrase, il se sentait outragé comme si tout ce qu'avait vécu Vera Candida venait d'être réfuté, il se mettait en colère et demandait à Monica Rose de cesser immédiatement de dire des conneries.

Itxaga aimait aller la chercher à l'école. Il arrivait à Vespa très en avance. Il se postait près d'un acacia, pas tout à fait devant l'école, il trouvait ça déraisonnable d'être tellement en avance, mais il ne pouvait s'en empêcher, il avait besoin de goûter cette attente, il n'y avait en général que deux grands-mères qui venaient très tôt et se retrouvaient là dans leur intimité de grands-mères, un sac en papier à la main et dans le sac en papier une galette de maïs pour leur petite-fille ou leur petit-fils. Itxaga avait l'impression que c'était toujours le printemps quand il allait chercher Monica Rose. Il aurait pu assurer qu'il faisait tout le temps doux et beau, avec une légère fraîcheur dans l'air, quelque chose de lavé et d'odorant qui le ravissait. Il attendait Monica Rose, adossé à la barrière qui évitait aux enfants de se jeter sur la chaussée, et il était véritablement un homme heureux. Peu à peu des gens arrivaient, s'interpellaient, formaient des groupes et il y en avait toujours qui commençaient à distribuer des tracts. Et ça remplissait Itxaga de joie le fait qu'il existe des parents d'élèves (qui depuis toujours lui étaient apparus comme une inoffensive catégorie sociale) et que ces gens distribuent des tracts à d'autres parents d'élèves. Il souriait à ceux qui le reconnaissaient. Il ne venait pas assez souvent pour entamer des conversations avec eux mais le fait qu'ils le reconnaissent et fassent comme s'il était l'un des leurs l'apaisait. La sonnerie retentissait et il se redressait. La porte s'ouvrait et c'était réellement une volée de petits enfants qui déboulaient et cherchaient le visage de leurs parents, il y avait tout à coup une telle confusion, le surgissement de ces minuscules personnes électrisait l'atmosphère et il adorait voir le visage de Monica Rose se tendre et le distinguer, il adorait percevoir la confiance qu'elle avait en lui. À aucun moment, son visage, même avant qu'elle ne l'ait vu, ne laissait transparaître la moindre inquiétude, il lui avait dit qu'il viendrait et bien entendu il venait, elle se dirigeait vers lui, affamée et excitée, et il lui donnait du chocolat puis il l'emportait sur sa Vespa, elle s'accrochait à lui et elle parlait et ni l'un ni l'autre ne disait jamais à Vera Candida qu'ils rentraient de l'école à Vespa, celle-ci le savait mais elle préférait ne pas l'évoquer, il déposait Monica Rose devant la grille de leur maison, elle sautait à terre, lui rendait son casque, il lui confiait le sac d'école qu'il avait gardé à ses pieds pour conduire, elle poussait la grille et se retournait pour lui faire un signe, en général elle continuait de grignoter les biscuits qu'il lui avait apportés, il repartait au travail et la petite entrait dans la maison où sa mère l'attendait. Itxaga ressentait à chaque fois un soulagement intense.

Une fois qu'il grondait Monica Rose pour une broutille elle se campa bien en face de lui et lui assena, Tu n'as rien à dire puisque tu n'es pas mon père. Itxaga conseilla donc à Vera Candida de parler à Monica Rose. Raconte-lui quelque chose, donne-lui quelque chose, dit-il, un nom, un métier, une petite histoire de rencontre. Tu ne peux pas la laisser comme ça avec cette origine tronquée. Vera Candida réfléchit longtemps à cette expression. Origine tronquée. Mais elle finit par abandonner, comme si la tâche était au-dessus de ses forces. Aussi Monica Rose grandit-elle en acceptant le mystère de ses propres origines. Elle fit de ce silence l'un des éléments les plus brillants de sa cuirasse.

Un jour, alors que Monica Rose avait quinze ans, comme il passait devant son lycée, Itxaga vit des élèves sortir, il s'arrêta, il la repéra et elle était quelqu'un d'autre, et il put voir ce à quoi elle ressemblerait quand elle serait adulte, il sut très distinctement quel genre de femme elle deviendrait, elle bavardait et riait et se pliait littéralement de rire comme si ce qu'on lui racontait là était la chose la plus drôle du monde, puis elle l'aperçut et il lut ce que ses lèvres dirent à ses deux copines, elles dirent, C'est le mec de ma mère.

Itxaga et Vera Candida n'avaient jamais eu d'enfant et il n'en avait finalement ressenti aucun manque. Il avait en effet eu l'impression que la totalité de ses désirs avait été comblée ; et il s'était avéré qu'il était un homme assez doué pour se satisfaire de l'assouvissement de ses désirs.

L'épine dans les pétales de rose

Cela commença par un mal de ventre chronique. Elle n'arrivait plus à manger le poulet aux épices d'Itxaga ou alors il fallait que celui-ci réduisît la quantité et la force des piments et servît du riz en accompagnement parce que le riz donnait l'impression à Vera Candida de lui colmater l'estomac.

Elle ne s'inquiéta pas.

Monica avait alors vingt-trois ans et elle était partie vivre tout à côté de sa fac. Un jour elle déjeuna avec sa mère et lui fit remarquer que, si elle n'aimait pas le poulet au citron (à Lahomeria on mange essentiellement du poulet accommodé à tout ; comme le poulet n'est pas très bon, il est noyé sous les épices et les condiments), il fallait qu'elle cesse d'en commander, Vera Candida affirma qu'elle adorait le poulet au citron et particulièrement dans ce petit boui-boui où il était plus savoureux que dans les restaurants du port, alors Monica lui dit qu'elle grimaçait en mangeant, ce qui était le signe qu'on appréciait très modérément ce qu'on mangeait ou bien qu'on couvait un ulcère.

Vera Candida pensait que les ulcères étaient des saloperies qui ne parvenaient à se loger dans votre estomac que parce que la vie était stressante et sombre et sournoise. Comme sa vie était devenue depuis maintenant de nombreuses années une sorte de lit de pétales de rose, qu'elle était la femme d'un homme merveilleux, et que sa fille était une magnifique créature malgré le père qu'elle avait eu, Vera Candida n'imagina pas un seul instant être la candidate adéquate à un ulcère à l'estomac.

Elle répondit que son estomac devenait fragile en vieillissant, Monica lui rappela qu'elle n'avait pas encore trente-neuf ans et que c'était un âge fort peu avancé pour ergoter à propos de la décrépitude de ses organes. Elles changèrent de sujet et Vera Candida se surveilla les fois suivantes pour ne pas agacer sa fille avec l'expression d'inconfort qui se peignait sur son visage.

Quand la douleur se mit à la réveiller la nuit et qu'elle restait les yeux grands ouverts fixés sur le plafond de leur chambre, les mains posées sur son ventre selon une technique qu'elle utilisait quand elle avait huit ans (elle réchauffait son ventre sous ses paumes lorsqu'elle avait mal, elle était persuadée que des flux magiques calmaient sa douleur), elle ne songea pas tout de suite qu'il était temps de consulter quelqu'un mais pensa à sa grand-mère Rose Bustamente et commença à nourrir d'insupportables remords de ne point être retournée la voir. Obscurément la douleur devenait liée à ce chagrin et à sa repentance ; elle passa ainsi des nuits entières à se remémorer son enfance auprès de sa grand-mère et quand la douleur se calmait – elle finissait toujours par se calmer, elle apparaissait, réveillait Vera Candida, c'était comme une sollicitation, puis grimpait grimpait, un peu plus haut chaque nuit comme si la montagne de douleur était mouvante et croissante et ambitieuse, puis elle culminait, Vera Candida se sentait près de lâcher prise, et peut-être de perdre conscience, c'était incroyablement aigu, elle se mettait à transpirer, ça durait peu de temps ou incroyablement longtemps, c'était impossible à déterminer, la sensation refluait et la douleur disparaissait, et Vera Candida avait l'impression que rien de tout cela n'avait jamais existé –, elle remerciait Rose Bustamente comme si elle était maîtresse de sa douleur. Puis elle se tournait vers la chaleur pectoral de son amour et se rendormait, balayée par un intense épuisement.

Un matin elle vomit du sang et elle comprit que quelque chose de grave était en train d'arriver au fond de ses entrailles ; elle s'en étonna ; comment pouvait-il se dérouler des événements dans *son* corps dont elle ne savait rien, c'était comme de transporter dans son sac à main un reptile ou d'ouvrir l'une des chambres de sa maison et d'y découvrir un invité clandestin, installé dans un lit avec toutes ses affaires éparpillées autour de lui, cela ferait des mois ou même des années qu'il logerait là, dans un coin de votre chez-vous, et vous vous apercevriez qu'il a déjà organisé de nombreuses fêtes et des choses qui vous dégoûtent avec des gens qui vous dégoûtent, et une petite voix suffisante et illusoirement raisonnable vous répéterait, Ce n'est pas possible, tu l'aurais su.

Vera Candida, le jour où elle vomit du sang, s'assit sur le rebord de la baignoire et sentit un grand vertige la prendre, elle était au cœur d'un typhon, elle bougeait à peine mais le monde alentour était en train de virevolter dans les airs et toute cette agitation l'hébétait. Elle eut brusquement froid, elle mesura seule sur le rebord de la baignoire, les deux mains bien accrochées, l'ampleur maligne de ce qu'elle abritait. Elle pensa à Monica et à Itxaga, elle eut envie de pleurer et puis elle eut honte de ne pas être en bonne santé, elle se dit obscurément que ce n'était pas du tout cela qu'ils attendaient d'elle, elle décida de ne rien faire mais quand Itxaga frappa à la porte de la salle de bains parce qu'il s'en allait au journal, elle répondit si petitement qu'il glissa un œil par l'embrasure, il la vit blême et il demanda en fronçant les sourcils, Quelque chose ne va pas ?, et elle agita la main pour dire que tout allait bien, J'ai encore mal à l'estomac, répondit-elle, alors Itxaga ouvrit la porte plus grand, et elle se leva, elle aurait aimé sauter sur ses pieds mais elle en était incapable, alors elle se leva simplement avec un maximum de dignité et se faufila pour sortir de la salle de bains et ne pas se retrouver face à lui, Va voir le docteur Orabe, dit-il en la suivant, je t'appelle tout à l'heure pour te donner son numéro, va le voir, je le préviendrai, il te prescrira quelque chose pour calmer cette foutue douleur. Comme elle ne répondait pas, il dit, Mon amour ?, il la rejoignit dans le salon, Tu entends ce que je te raconte ?, elle se rendit compte qu'elle était en train de pauvrement sourire (il appelait cela, Ton sourire du tiers-monde), alors elle se reprit et regarda Itxaga dans les yeux, Oui téléphone-moi tout à l'heure, je prendrai rendez-vous avec lui.

Et ce fut le docteur Orabe qui fit les tests et les prises de sang et le scanner, et il jura qu'il ne dirait rien directement à Hyeronimus (il l'appelait Hyeronimus parce que son propre père avait été un proche du grand-père d'Itxaga) puisque Vera Candida le pria expressément de la laisser parler elle-même à son bien-aimé. Je le lui dirai moi-même, docteur.

Elle sortit du cabinet du docteur Orabe qui était situé dans la ville haute, dans une rue bordée d'acacias et de palmiers et elle pensa, Deuil, c'était un mot qui rythmait sa marche sur le trottoir impeccable de cette rue impeccable, Deuil, disait son pied gauche et son pied droit répondait, Quoi changer ?, Deuil, répétait le pied gauche et le pied droit répondait, Comment vivre en sachant qu'on va mourir incessamment ? Elle fit attention de ne pas marcher sur l'ombre des acacias, elle se mit à compter ses pas jusqu'au croisement, elle espéra que ce serait un chiffre impair, elle essaya de se souvenir de la première fois où elle avait eu mal à l'estomac, la première alerte en quelque sorte, cela pouvait-il faire sens, il devait bien s'être produit un événement de particulièrement signifiant dans cette journée où elle avait souffert pour la première fois de son cancer, avait-elle dit ou fait quelque chose qui avait provoqué l'allumage de la mèche. Elle pensa à son cancer comme à une forme illisible dans le canevas de son corps, on ne voit pas tout de suite que le beau tapis précieux du salon avec son motif savant est en fait un enchevêtrement de démons ricanants, elle se demanda si elle avait eu la prémonition de ce qui arrivait, elle se dit, Trente-neuf ans c'est jeune, elle se laissa aller en traversant la rue à une douce lamentation, elle s'interrogea, quand la mort vient lentement (puisque la mort s'installe bien plus souvent lentement que brutalement), les gens autour de vous deviennent-ils crépusculaires, les voyez-vous avec de moins en moins de clarté, l'ombre gagne-t-elle le champ de vision, deviendrai-je bleue comme les vieilles personnes le deviennent, que vais-je faire de toute ma connaissance et de toute mon expérience, que vont-elles devenir, vont-elles s'enfoncer dans le sol avec moi ou s'effilocher autour de ma tête et se disperser dans l'atmosphère ? Mais la connaissance de quoi au fond ?

Elle se rendit compte que, à chaque fois qu'elle avait lu un livre pendant toutes ces années, elle avait cherché un éblouissement, quelque chose qui lui dirait comment appréhender la mort. La barrière à franchir est dans ma tête, se dit-elle. Et en réalité il n'y a pas de barrière. Quelqu'un a tracé sur le sol une ligne et je l'enjambe avec une facilité déconcertante, d'un côté de l'autre d'un côté de l'autre, et hop vous voyez, il ne se passe rien de spécial. De ce côté-ci je suis avec les vivants, de ce côté-là je suis avec les morts. C'est comme un petit pas de danse que j'improvise pour vous.

Elle pensa, Il me faut retourner à Vatapuna, et ce fut un tel choc qu'elle faillit stopper net au milieu du carrefour, il était encore tôt, et peu de voitures circulaient dans ce quartier calme, elle leva le nez vers le ciel brumeux, Je vais retourner à Vatapuna, elle se sentit soulagée, elle sut que ce soulagement était chimérique mais ce n'était pas si important que cela, si bien qu'elle rentra à tout petits pas presque tranquilles passage des Baleiniers.

La question importante

Un jour au cours des dix-huit années qu'ils passèrent ensemble, Itxaga et elle parlèrent de ce qu'ils feraient s'ils apprenaient qu'ils étaient atteints d'une maladie mortelle. Itxaga avait dit que si on lui annonçait qu'il allait bientôt mourir, il resterait auprès de Vera Candida et tenterait de goûter pleinement les derniers moments à vivre auprès de sa bien-aimée, il lui avait dit, Nous irions dans un coin paisible à la campagne et je m'éteindrais sereinement et je solliciterais peut-être ton aide à l'instant où les choses empireraient. Vera Candida avait secoué la tête, Je suis désolée mon amour, mais moi je crois que je préférerais voyager dans tous ces pays que je ne connais pas, je ferais la fête et je finirais par mourir d'épuisement avant de me faire dévorer par mon cancer. Itxaga avait souri, il avait dû penser que personne ne fait réellement quelque chose de ce genre quand on lui annonce une échéance fatidique imminente. Puis il avait dû se demander si elle accepterait de rester auprès de lui s'il était atteint d'une saloperie mortelle. C'était ça la question importante : que feras-tu quand je serai à quelques mois de la mort ?

*Déficiences génétiques de l'arrière-petite-fille
de Rose Bustamente*

Quelques jours avant de quitter Lahomeria et son Itxaga, Vera Candida décida de déjeuner avec sa fille une dernière fois. Elle n'avait encore parlé à personne de sa maladie, elle se retrouvait une nouvelle fois sur les territoires du secret et de la dissimulation dont elle connaissait bien les contours et les lois.

Monica avait presque vingt-quatre ans maintenant. Elle était très belle, elle avait les mêmes yeux que sa mère et une chevelure noire et lustrée qui tombait comme un rideau d'ottoman dans son dos ; c'était l'une des plus ravissantes choses qui existaient en ce monde cette chevelure, d'ailleurs il était beaucoup plus agréable de regarder Monica s'éloigner que de la voir venir vers vous, et cela juste à cause de cette chevelure somptueuse qui était si enchanteresse à contempler, tandis que son regard pouvait vous plonger dans un indicible inconfort.

Vera Candida avait donc donné rendez-vous à sa fille dans un restaurant à deux pas du musée où Monica passait sa vie quand elle n'était pas serveuse. Monica faisait des études d'art, ce qui rassurait beaucoup Vera Candida parce qu'elle venait d'un monde où on ne faisait pas d'études et encore moins d'études qui concernaient des disciplines aussi futiles et fantaisistes que celles qu'avait entreprises de suivre

Monica. Pour Vera Candida c'était le signe qu'elle avait réussi à éloigner Monica de Vatapuna, de Jeronimo, des poissons volants et des ogres mangeurs d'enfants. Itxaga, qui était toujours pragmatique, lui avait pourtant dit et répété, C'est juste un bond socioculturel, rien que de très classique, tout cela est parfaitement normal.

Ça n'empêchait, c'était une grande source de fierté pour Vera Candida.

Elle arriva très en avance et s'assit près de la vitrine pour voir sa fille traverser la rue et se diriger de son pas de guerrière vers le restaurant où elles avaient rendez-vous sans que celle-ci pût se douter qu'elle était observée. C'était quelque chose que Vera Candida avait toujours aimé faire. Quand Monica était encore toute petite, qu'elle était seule avec elle et n'avait pas encore décidé de vivre avec Itxaga, elle la laissait trotiner sur la plage et aimait à se persuader qu'elle ne connaissait pas cette enfant et qu'elle la voyait pour la première fois, elle tentait de deviner si elle aurait été tout autant subjuguée par la beauté de cette fillette si celle-ci n'avait pas été sa fillette. C'est très difficile, pensait Vera Candida, d'oublier que votre enfant est un organe siamois de l'un des vôtres, c'est très difficile de ne pas le considérer tout le temps comme un membre supplémentaire et parfait de votre propre corps.

Alors Vera Candida vit Monica déboucher du coin de la rue de ce pas de guerrière qu'elle avait depuis si longtemps adopté. Elle avançait avec un très léger déhanchement, un infime boitillement souvenir de sa chute du dattier, Vera Candida se dit, C'est moi en plus costaud, elle la regarda, grande et brune, le visage sombre et la chevelure qui vivait sa vie autonome de chevelure d'amazone, elle se dit, C'est moi en plus fort et en plus exigeant.

Monica traversa la rue et Vera Candida se demanda pourquoi tout le monde ne se retournait pas sur son chemin. Monica entra dans le restaurant, son regard balaya la salle, elle aperçut sa mère, on ne peut pas dire qu'elle sourit mais son visage s'éclaira quelque peu, elle garda un air préoccupé. Elle portait une robe noire avec des fanfreluches, une robe qui devait avoir quarante ans, Monica portait toujours des robes de vieille femme, c'était une sorte d'affront, semblait-il, elle n'avait pas de bijoux, juste cette robe noire tout effrangée qui lui seyait à merveille.

Tu es très belle, lui dit Vera Candida quand elle s'assit.

Alors Monica lui sourit – ou plutôt c'est la partie droite de son visage qui sourit ; si on avait découpé le visage de Monica selon une ligne verticale le séparant idéalement en deux moitiés égales, il y aurait toujours eu une partie de ce visage qui serait restée sérieuse et très faiblement hostile, tandis que l'autre aurait parfois émis quelque chose s'apparentant à de l'ironie, de l'amusement ou un brin d'affection.

J'adore la couleur de ton gilet, fit Monica.

Vera Candida se dit que la conversation commençait bien. Monica avait l'air d'être dans de bonnes dispositions.

Comment s'appelle cette couleur ? demanda Monica.

La-couleur-que-je-cherchais, répondit Vera Candida.

Monica rit une demi-seconde, Vera Candida lui en fut reconnaissante.

Il fallait que je te parle, reprit Monica en toussotant.

Moi aussi, dit Vera Candida. Et à ce moment elle ne sut plus très bien qui était à l'initiative de ce déjeuner.

Tu as choisi ? lança Monica en consultant la carte.

Vera Candida se concentra, elle pensa, C'est la dernière fois que je vois ma fille.

Tu as choisi ? répéta Monica d'un ton légèrement agacé, puis elle leva les yeux, vit l'expression de sa mère, et elle s'adoucit, Ça ne va pas ?

Pas trop bien. Mais toi, ma belle, tu voulais me parler de quelque chose ? (Vera Candida se dit, Je me sens bien, là, en mère-sacrifice, parle-moi-de-toi-on-verra-s'il-reste-un-peu-de-temps-pour-moi…)

J'ai décidé d'arrêter mes études, assena Monica après que le serveur fut venu prendre leur commande.

Vera Candida sentit un édifice s'effondrer à l'intérieur de sa poitrine, elle songea, Elle a rencontré un type, elle est enceinte, elle veut devenir femme au foyer.

Je vais partir en Angola m'occuper des réfugiés, poursuivit Monica.

Angola, ça n'évoquait pas grand-chose à Vera Candida, elle avait une vague idée d'une guerre terrible dans la jungle et de gens qui parlaient portugais.

Tu ne parles pas la langue… gémit-elle.

Monica arrondit ses yeux comme des soucoupes (ses yeux : bleus, constellés de petits points marron-rouille, déficiences génétiques certes mais qui donnaient à son regard un pétillement particulier) puis elle décida de faire comme si elle n'avait pas entendu.

Je trouve qu'ici rien ne justifie l'existence que je mène, plaida-t-elle.

Vera Candida ne fut pas sûre de comprendre cette phrase. Elle considéra son assiette de légumes cuits posée devant elle, le docteur Orabe lui avait conseillé ce genre de nourriture et elle n'en pouvait déjà plus, elle essaya de réfléchir à ce que sa fille venait de lui dire mais c'était comme un souvenir qui se dissipait, sa grand-mère lui disait toujours, Ta mémoire est une immense commode avec des millions de tiroirs et parfois les tiroirs sont coincés, mais là, ce n'était pas sa mémoire qui lui faisait défaut, c'était juste son entendement qui déraillait, Je suis en train de faire un accident cardiovasculaire ?, elle avait l'impression de marcher dans une substance sirupeuse et de peiner pour saisir ce que Monica lui disait.

Je comprends, prononça tout de même Vera Candida parce qu'elle était persuadée que c'était ce qu'elle devait dire à sa fille à cet instant. Et tu voudrais partir quand ?

D'ici un mois et demi.

Et tu pars seule ?

Oui en quelque sorte, répondit Monica en souriant. Avec trente autres volontaires comme moi.

Ah ah, émit Vera Candida pour se laisser le temps de digérer l'information et de se préparer à poser une question qui ne froisserait pas sa fille. Et tu n'as pas l'intention de poursuivre tes études par correspondance ?

Vera Candida avait réussi à poser l'une des deux questions qu'il ne fallait pas poser (l'autre étant : Et tu as un petit ami ?).

Laisse tomber, fit Monica en se remettant à manger ses pâtes au poivre.

Vera Candida se rendit compte que le bon moment était passé, qu'elle ne pouvait plus parler à sa fille de son départ pour Vatapuna et de ce qui motivait ce départ, toute explication serait prise comme une tentative pour calmer l'hostilité de Monica et l'amadouer, la relation des malheurs de Vera Candida serait automatiquement perçue comme une manière de culpabiliser Monica, Tu t'énerves contre moi alors que je souffre mille morts. Ce qui ne serait ni digne ni souhaitable pour Vera Candida qui voulait quitter ses aimés avec grâce et décence. Elle regarda sa fille et pensa aux milliers de kilomètres qui allaient bientôt les séparer, elle pensa aux mers entre Vatapuna et l'Angola (c'est quoi la capitale de ce pays ?), au décalage horaire (je ne dormirai jamais au moment où tu dors), et à l'impossibilité de communiquer (mais qui te préviendra quand ce sera la fin ?).

Elle soupira, se pencha vers son plat et s'appliqua à déplacer les légumes dans l'assiette pour se donner l'illusion qu'elle y avait goûté. Pendant ce temps-là sa fille dévorait muettement ses pâtes. Vera Candida réalisa qu'elle n'avait ce comportement malaisé qu'avec sa fille, que personne ne l'aurait reconnue si on l'avait vue hésiter et s'adresser ainsi avec des circonvolutions à Monica, qu'Itxaga lui aurait dit, Arrête de la protéger et de la flatter comme tu flatterais une jument baie, Vera Candida se demandait toujours, quand elle était en présence de sa fille, ce qu'elle avait fait de sa volonté et de sa détermination. Elles n'allaient quasi plus se parler jusqu'à la fin du repas. Monica éviterait de prendre un café, elle serait soulagée quand sa mère demanderait l'addition, elle jetterait un œil dehors, elle verrait la rue et n'aurait plus qu'une envie, être à l'extérieur, délivrée de la présence de sa mère, une présence envahissante à force de se vouloir discrète, une présence qui ne se voulait jamais contrariante et dont la maladresse était exaspérante, Cesse donc de devancer mes pensées, cesse donc de parler à ma place, d'ailleurs Vera Candida dirait à cet instant, Vas-y, je vais régler, je sais que tu es pressée, alors qu'à aucun moment Monica n'aurait laissé entendre qu'elle était pressée, mais cette proposition l'apaiserait, Au revoir, à bientôt, un baiser sur la joue, une hésitation, un geste de la main, les regards ne se croiseraient pas, Appelle-moi embrasse Itxaga à bientôt oui c'est ça à très bientôt laisse-moi régler je vais encore rester un peu à plus tard, et Monica enfilerait sa petite veste, elle se dirigerait vers la sortie d'un pas rapide pour donner raison à sa mère, elle se retrouverait dans la rue à l'ombre du restaurant, elle respirerait, elle se sentirait comme relaxée d'une captivité douloureuse et très vaguement coupable aussi, elle se dirait, Je ne peux tout de même pas me retourner pour lui faire signe, elle hésiterait et le temps de cette hésitation suffirait à éloigner le moment adéquat où ç'aurait été possible, elle traverserait et s'en irait, elle ralentirait le pas au premier angle de rue, elle se sentirait malheureuse tout à coup, Monica, elle aurait presque couru pour l'atteindre ce premier angle de rue afin de disparaître de la vue de sa mère qui, elle le devinerait, l'avait regardée s'éloigner derrière la vitre, elle se sentirait brutalement prise d'une envie de pleurer et d'un accablement infini.

L'adieu à Itxaga

Avant de quitter définitivement Lahomeria, Vera Candida laissa une lettre à son grand amour Itxaga.

Elle prépara ses affaires. Elle posa sur leur lit tout ce qu'elle pensait pouvoir emporter puis réduisit peu à peu la pile pour en arriver à la substance de ce qu'elle voulait emporter, quatre tee-shirts, un pull, des sous-vêtements et deux pantalons, de l'argent, des médicaments, des calmants et des patchs de morphine qu'Orabe lui avait fournis. Puis elle s'assit sur le bord du lit, prit un magazine pour support et écrivit sa lettre, elle lui dit qu'elle l'aimait et l'aimerait toujours, qu'elle partait et ne reviendrait pas, que la vie était ainsi faite et que ni lui ni elle n'y pouvaient grand-chose. Quand elle relut sa lettre elle se sentit émue et transportée comme si elle regardait la fin d'un grand film mélodramatique et que tout cela ne la concernait pas directement. Elle se dit qu'elle aurait dû se servir du stylo à plume qu'il lui avait offert plutôt que d'un stylo-bille qui portait le nom d'un hôtel où elle n'avait jamais mis les pieds.

Elle écrivit, Jetaimejetaimejetaimejetaimebillythekid.

C'était une habitude qui remontait aux premières années de leur vie commune. Ils se laissaient des petits mots collés-collés, le seul moyen de les comprendre était de les lire tout haut, ils jouissaient de la difficulté qu'ils avaient à les déchiffrer, ils rigolaient et s'enthousiasmaient, persuadés d'avoir inventé quelque chose, aucun espace blanc jamais ne venait contaminer la page, leur parole était une déclaration continue qui ne pouvait être interrompue.

Jetaimejetaimejetaimejetaimebillythekid.

Elle prit ses cliques et ses claques et fit le tour de l'appartement. Ils étaient toujours restés dans l'entresol d'Itxaga, la grande baie vitrée du salon qui courait sur la moitié supérieure du mur était toujours au ras du sol d'un jardin luxuriant et bordélique. Vera Candida aimait ce terrier, le fait de pouvoir observer le monde comme depuis un bunker à moitié enterré.

Jetaimejetaimejetaimejetaimebillythekid.

Elle réfléchit un moment debout au milieu du salon, les yeux écarquillés. De ce qui était perdu, elle se rendit compte qu'elle ne désirait retrouver que les moments passés sur la plage en hiver avec Monica Rose petite fille. Son corps déclarait forfait et c'était cela qui allait lui manquer le plus, c'était à cela qu'elle penserait quand elle n'aurait plus qu'une pensée : avoir été avec Monica Rose, toutes deux assises sur la peau nue de la planète.

Elle s'assit dans le canapé pour l'appeler. Elle savait qu'elle tomberait sur sa messagerie parce que Monica ne devait pas être rentrée du restaurant où elle était serveuse. Elle tripotait le cendrier en porcelaine sur la table basse et pensait à sa fille et au moment où celle-ci écouterait le message, au visage qu'elle aurait, à la position de sa tête, à son regard, etc.. elle fut obligée d'appeler une seconde fois parce que les mots ne vinrent pas la première fois. Là elle laissa un message bref et pas trop larmoyant, elle fit tomber le cendrier sur le sol en béton, il se brisa en deux, elle jura, Oh merde, alors sur le message d'adieu à sa fille, il y aurait un Oh merde, elle se demanda s'il était possible d'effacer le message et de le recommencer, elle s'emmêla les crayons, elle rappela une troisième fois, elle expliqua à sa fille pourquoi elle avait juré et lui dit qu'ellelaimaitlaimaitlaimait Elle raccrocha en ayant l'impression d'avoir salopé son départ. Elle nettoya les cendres sur le sol et les débris de porcelaine. Elle posa la lettre pour Itxaga bien au milieu sur la table basse, subtilement de biais, elle fit un pas en arrière pour mesurer l'effet, elle se sentit ridicule dans son entresol à faire ses préparatifs, On dirait que je vais me pendre, se dit-elle, alors elle empoigna son sac à dos et quitta définitivement l'appartement.

IV

Retour à Vatapuna

Le léger strabisme de la Vierge

La vieille derrière le grillage, avec tous ses sautoirs de catcheuse autour du cou, fait signe à Vera Candida de quitter les abords du snack miteux qu'est devenue la maison de sa grand-mère. Elle l'invite à faire le tour et à venir s'asseoir dans la cuisine de sa propre cabane. Vera Candida ne se souvient pas bien de cette cabane voisine de celle de sa grand-mère. Ou tout du moins c'est très vague. Il lui semble qu'il ne s'agissait que d'un appentis où personne ne vivait quand elle était gamine. Elle traîne les pieds jusqu'à l'ancien appentis qui sert visiblement de maison à la vieille, elle se sent harassée, mais d'une façon assez inédite, comme si elle avait porté des tonnes de cailloux sur son dos en grimpant une colline, elle soupire à chaque pas, ne sachant encore ce qu'elle doit faire de son désarroi maintenant que le lieu de repos sur lequel elle s'était fixée n'existe plus.

Il y a visiblement deux pièces, un réduit où la vieille doit dormir et la cuisine dans laquelle elle mijote ses conserves à en croire les longues étagères de bocaux qui strient les murs de sa cabane. Certains paraissent avoir cinquante ans ; ils sont si opaques qu'ils pourraient bien renfermer de petits cadavres de marsupiaux confits dans du formol. Dans la cuisine, près de la porte d'entrée, comme pour faire toujours face au monde extérieur, trône une énorme télé – gigantesque, une sorte de télé pour géants, un machin monstrueux, noir et menaçant posé sur deux tabourets et semblant ne pas dégringoler du seul fait de sa propre volonté.

La vieille glousse tout en s'activant, elle désigne un tabouret à Vera Candida, puis sort deux verres épais de son placard et sa gnôle maison de sous l'évier, continuant de pouffer comme à une bonne histoire qu'elle se répéterait inlassablement. Vera Candida se dit, Il est sept heures et demie, comment fait-elle pour picoler de si tôt matin et atteindre un âge si respectable. Elle tente de se souvenir de cette vieille avant qu'elle ne soit vieille. Mais rien ne vient. Il y a de plus en plus de trous dans sa mémoire, c'est comme un puits tout blanc dans lequel sombrent ses souvenirs.

La vieille pie finit par s'asseoir face à Vera Candida, elle lui sert un verre de son alcool de mangue, Vera Candida ne se sent aucune obligation d'y tremper les lèvres ni l'envie de dissuader la vieille de la servir. Celle-ci boit son petit verre d'un geste précis, le buste immobile, la nuque qui plie avec une souplesse de danseuse, le coude très haut, élégant, efficace.

Tu ressembles tant à Rose qu'on dirait pile-face son reflet, dit la vieille. Elle porte, en plus de ses breloques, un chemisier avec un col de dentelle en mauvais état et un châle en patchwork au crochet, noir rouge jaune et bleu. Vera Candida pense à sa propre fille qui adorerait cette tenue.

Elle scrute Vera Candida. Elle ajoute, À part la couleur des yeux.

Vous connaissez ma grand-mère Rose ?

Connaissez, connaissez, coasse la vieille, tu penses donc qu'elle est encore vivante ? On avait le même âge avec Rose, tu crois ça ? Et moi, je lui suis toujours restée fidèle d'entre les fidèles. Moi, je l'ai aidée jusqu'au bout. Tiens, donne-moi un âge.

Elle est morte ?

Donne-moi un âge ma jolie.

Quatre-vingts.

Hé hé, fait la vieille et elle se ressert un verre de gnôle. Elle adresse un signe à Vera Candida pour l'inciter à boire son verre puis n'arrivant pas à l'en convaincre, elle le ramène vers elle et en garde un dans chaque main.

Je bois rarement après le lever du soleil parce que sinon ça me tourne la tête, rapport à la chaleur. Mais là j'ai une visite, n'est-ce pas, alors je déroge un poil.

Vera Candida tente d'imaginer l'effet que pourrait produire dans son estomac ce verre d'alcool. Elle grimace à cette pensée et la vieille reprend :

Rose est morte et enterrée. Si tu veux, je te montre sa tombe, on lui cueille trois fleurs, tu m'aideras à nettoyer, j'ai plus trop la force.

Puis elle répète, On lui cueille trois fleurs ?

Comme Vera Candida acquiesce, la vieille se lève et lui dit, Laisse tes affaires là, on repassera, tu me raconteras tout doux ce que tu es venue faire ici, et elle trottine vers la porte ouverte, On lui cueille trois fleurs et hop, elle prend ses ciseaux sur un tabouret dehors, On lui cueille trois fleurs et ça fera la rue Machin. Vera Candida expire prudemment, elle se serait bien reposée un brin, elle pousse son sac dans un coin de la pièce et suit la vieille.

Le cimetière est derrière la minuscule église blanche au bout du village. Vera Candida revoit la statue de la Vierge aux proportions étranges – ses jambes sont singulièrement courtes pour un buste si long –, elle est censée veiller sur les pêcheurs, elle a d'ailleurs les pieds – ou plutôt le pied droit, celui qui est visible sous les plis de sa robe de plâtre – dans une barcasse en bois, un simple petit bateau dont la proue se dirige droit vers l'océan. Vera Candida s'arrête un instant pour la regarder, elle a été repeinte et redorée. Elle a été fabriquée, tout comme les charpentes et l'autel de l'église, en bois de récupération de navires échoués. La Vierge a les yeux bleu turquoise et un air d'ennui profond, elle louche légèrement et ne semble pas particulièrement bienveillante.

Vera Candida, glapit la vieille depuis le cimetière, viens donc ici, viens donc avec moi, tu crois qu'on est là pour bayer aux toucans ?

Vera Candida pousse la porte grillagée du cimetière et rejoint la vieille qui s'agenouille devant une tombe. C'est celle de Violette, sa mère. La vieille sort d'une cachette (un affaissement sous la dalle) sa brosse et son seau, un chapelet et une mantille Elle plante dans le seau le bouquet de mauvaises herbes qu'elle a cueillies sur le chemin et tend la chose à Vera Candida d'un geste autoritaire, Va remplir le seau au robinet avant qu'elles soient toutes fanées.

Vera Candida fait ce que la vieille demande puis reste debout auprès d'elle pendant que celle-ci à quatre pattes sur la dalle grattouille avec un couteau et la brosse les lianes malignes qui grignotent la pierre, Regarde, regarde donc, répète-t-elle, en agitant son couteau, aimablement menaçante, et Vera Candida regarde, et elle voit le nom de sa mère et juste au-dessous celui de sa grand-mère Rose Bustamente et elle se rend compte qu'elle est morte deux ans auparavant et cette nouvelle l'attriste et lui sape les jambes, Deux ans, ça fait déjà un bail, elle se sent coupable et mauvaise fille, ce que remarque la vieille qui, jetant par-dessus son épaule un œil chassieux, se radoucit et lui dit, T'en fais pas elle a pas souffert, morte tout doucement dans son sommeil, c'est moi qui l'ai trouvée, jamais vu mort plus paisible, croix de bois. Et elle se signe.

Voir que Rose et Violette sont dans un même caveau la navre puis la rassérène, elle sait ce qu'elle est venue faire là. Quand sa maladie la terrassera, c'est auprès de Rose et Violette qu'elle reposera, elle a envie d'en parler tout de suite à la vieille qui pépie puis elle se ravise. Sur la tombe il y a des fleurs en plastique décolorées, Vera Candida s'approche, elle voit une photo de Rose glissée dans une pochette transparente, la photo n'a plus beaucoup de couleur, elle est à l'abri sous un petit autel formé de boîtes de glace collées entre elles pour former une maison, le tout décoré de capsules de couleur et de petits galets peints, deux bouteilles de Coca font office de vase, disposées chacune d'un côté de l'autel. Vera Candida s'approche.

Elle a pas souffert, répète la vieille.

Elle voudrait prendre la photo entre ses mains mais elle craint qu'elle ne tombe en poussière, que la vieille ne se mette à beugler (c'est manifestement elle qui a fabriqué l'autel en capsules de bière), alors elle ne fait que s'approcher le plus possible et elle voit sa grand-mère lui sourire et froncer les sourcils comme Vera Candida les fronce toujours elle-même, on ne perçoit d'ailleurs plus que des sourcils et une bouche, il n'y a rien d'autre sur cette photo, la pellicule du papier a adhéré à la pochette et l'image a progressivement migré pour presque disparaître, Rose Bustamente est morte et enterrée.

Elle a pas souffert, répète encore la vieille.

Vera Candida aimerait la faire taire, elle se sent accablée d'avoir fait tout ce chemin, quitté le continent et Lahomeria pour regagner Vatapuna, traversé le bout d'océan et une partie de l'île pour ne trouver que la tombe de Rose, même s'il est évident qu'il y avait peu de chances que Rose soit encore en vie, mais Vera Candida aurait voulu que les choses soient magiques pour une fois, que Rose l'ait attendue dans sa baraque au bord de l'eau, elles auraient pu converser, assises à se balancer, en retardant la fin.

Et à côté d'elle, la vieille qui range son attirail dans sa cachette secrète dit :

C'était la plus jolie fille de Vatapuna, sais-tu ?

Vera Candida l'aide à se relever. La vieille continue :

Elle pouvait prendre en main n'importe quel mou de la tige.

Puis elle lui fait signe de la suivre pour ressortir du cimetière :

On n'avait jamais pensé, fait-elle, qu'elle pourrait foutre sa vie en l'air pour une sale petite frappe comme ce Jeromino.

Jeronimo.

Jeronimo. M'est excuse de te dire ça, c'est la vérité vraie même si c'est ton grand-père.

Et la vieille s'en va en trottinant.

Vera Candida referme la porte du cimetière, elle suit la vieille à petits pas prudents, les bras bien serrés sur le torse, frissonnant de fatigue et d'une fièvre légère malgré la chaleur de Vatapuna et les médicaments qu'elle a pris, elle suit la vieille, la tête basse, en se demandant où a bien pu passer cette vérole de Jeronimo, s'il habite toujours dans sa Villa de marquis en haut de la colline, s'il a déguerpi ou si certaines âmes raisonnables de Vatapuna ont fini par l'éjecter comme on éradique les nuées de doryphores.

Le suif

Après avoir fait le tour du cimetière, Vera Candida récupère son sac et dit à la vieille amie de sa grand-mère qu'elle aimerait se reposer. Elle part s'installer à l'hôtel du Trésor, l'unique hôtel de Vatapuna. L'hôtel du Trésor est l'ancienne villa du maire, l'endroit même où a habité Jeronimo à son arrivée à Vatapuna, où il a convoqué Rose Bustamente juste avant qu'il ne la capture, où fut veillée Violette Bustamente après que son corps fut découvert dans la forêt tout sillonné de fourmis.

Montée dans sa chambre (aucune des chambres n'est occupée, toutes les petites clés sont alignées sur le tableau rouge de l'accueil), Vera Candida, épuisée, se sent prête à dormir cent vingt heures d'affilée. Elle ouvre la fenêtre sur le rebord de laquelle sont posées une dizaine de bougies votives avec, figurés sur le cylindre de cire, Vierge et Enfant ou parfois Vierge seule, il y en a des bleues, des rouges et des blanches, certaines sont déjà en partie consumées, elle les range par couleur puis par ordre croissant en partant de la gauche. Après avoir réorganisé le monde, elle s'accoude à la rambarde et scrute la colline sur la droite ; il y a eu des coupes sombres dans la forêt, nombre de petites maisons au toit de tôle parsèment la pente, de fins ruisselets de boue dégoulinent du flanc de la colline comme si une humeur en suintait, le tout ressemble à un camp de réfugiés après une guerre civile, Vera Candida pense à sa fille et la pensée de sa fille lui fait l'effet d'une explosion minière dans son estomac.

Elle se penche par la fenêtre mais elle ne peut pas voir de là où elle est la Villa de son grand-père L'hôtelière lui a proposé cette chambre parce qu'on y aperçoit la mer qui miroite derrière le port de pêche. Vera Candida reste accoudée à la balustrade, tentant de reprendre son souffle, respirant l'air de Vatapuna et y retrouvant ce mélange de poussière, de graisse frite et de terre détrempée qu'elle a tant détesté. Des gens marchent dans la rue, lèvent les yeux et la regardent, elle hoche la tête vers eux et ils font de même.

Elle a promis à la vieille de retourner la voir. Elle s'en veut de n'avoir point songé à amener dans son sac à dos des babioles qui auraient pu passer pour des cadeaux. Que pensait-elle offrir à sa grand-mère si celle-ci avait été encore en vie, à part sa précieuse présence ? Elle se rend compte qu'elle est oublieuse et s'afflige à l'idée qu'elle n'est pas une personne généreuse, Quel genre de personne suis-je donc ? s'interroge-t-elle consternée. Elle continue d'observer les habitants de sa ville natale déambuler en bas. Elle croit tous les identifier. Mais elle a tendance à reconnaître des gens qu'elle n'a jamais vus. Elle voit des gamins circuler les bras chargés de livres, Il y a une bibliothèque, se dit-elle, et cette constatation la laisse songeuse. Elle pense à Itxaga. Depuis qu'elle est partie, elle a l'impression que le temps se déroule à un rythme différent, elle se demande s'il en est de même pour lui. La vie commune c'est le temps et le déni du temps. Je ne me suis pas vue vieillir dans son regard.

Elle espère qu'il ne viendra pas jusqu'ici la rechercher.

Elle se sent d'une solitude infinie sans son interlocuteur coutumier. On lui a coupé la langue. Elle ne sait plus à qui parler. L'ai-je abandonné ? Peut-on considérer que j'ai abandonné Itxaga ? Et que faire maintenant de tout ce que je sais de lui ? Que faire de mon extrême et si vaine connaissance de lui ?

Pendant qu'elle est accoudée à ruminer ces sombres pensées, elle sent son corps s'affaisser, son dos se plier un peu plus et ses épaules se voûter. La souffrance de son ventre est comme un cobalt qui pulse. C'est une douleur dévorante. Il s'agit d'en prendre soin, de l'alimenter et de lui prêter toute l'attention que son caprice requiert pour qu'elle s'assoupisse et la laisse en paix le temps d'une sieste de cyclope. Elle sort de sa chambre, descend et veut savoir si elle peut grignoter quelque chose. L'hôtelière, madame Maya, qui ne sait pas qui est Vera Candida parce qu'elle s'est installée il y a seulement une petite dizaine d'années à Vatapuna, la laisse patienter dans le patio, puis lui fait signe de prendre place dans la salle du restaurant déserte et sombre. Des dizaines de petites bougies éteintes et presque fondues sont disséminées sur les tables et les dessertes. Madame Maya lui sert une soupe de haricots avec du pain, Vera Candida lui demande ce que sont devenus le maire du village et son fils, elle ne sait pas pourquoi elle pose cette question, elle n'a pas pensé au fils du maire (son possible père) depuis des années et des années, et madame Maya dit qu'elle n'en sait trop rien, une affaire d'argent pas claire, de terrains non constructibles bradés et le maire n'a pas été réélu, il est parti avec son fils pour d'autres contrées, on raconte qu'ils se sont installés dans le Nevada pour chasser les chevaux sauvages mais madame Maya a entendu aussi d'autres histoires, ils seraient à Gdansk et tremperaient dans des business louches (du grandbanditisme, dit madame Maya en un seul mot). Elle avoue en fin de compte que personne n'est sûr de rien ; quand les gens quittent l'île, on les perd de vue, ils donnent bien peu souvent de leurs nouvelles. Enhardie par la question de Vera Candida, elle s'enquiert de ce qu'elle est venue faire à Vatapuna, Du tourisme ? questionne-t-elle finaude. Un article pour un guide ? (Madame Maya aimerait tellement que ce soit ça mais personne ne vient à Vatapuna pour ce type de mission.) Comme Vera Candida ne réagit pas à ses questions, elle insiste, La dame cherche-t-elle un peu de repos ? Madame Maya vante les vertus de l'air iodé de Vatapuna. Vera Candida se dit, J'ai donc l'air si mal en point ? L'hôtelière lui propose son sorbet à la grenade, elle part lui en chercher et Vera Candida reste seule dans cette drôle de salle pleine de bougies presque mortes. La femme revient auprès d'elle pour entendre la réponse à sa question. Elle s'adosse au vaisselier, les mains derrière le dos, protégeant sans doute son coccyx des petites sculptures du bois, elle attend patiemment que Vera Candida accepte de converser. Vera Candida n'a au fond aucune envie de dissimuler les raisons de son séjour, elle dit, Je suis venue retrouver ma grand-mère Rose Bustamente, et plus bas elle ajoute, Et débusquer mon grand-père Jeronimo. La femme secoue la tête, Je ne savais pas que Rose Bustamente avait une petite-fille. Étrangement elle ne fait aucune allusion à Jeronimo comme si cette partie de la phrase était passée sur une longueur d'onde qui lui avait échappé.

Je ne savais pas que Rose Bustamente avait une petite-fille, répète-t-elle songeuse. Elle devait bien avoir cent ans quand elle est morte.

Puis elle conclut de façon énigmatique :

C'était une drôle de femme. Elle avait encore toutes ses dents et tous ses cheveux.

Vera Candida se sent alors si triste que c'est comme si cent cinquante touristes éméchés venaient d'envahir cette petite salle de restaurant.

La vieille à l'Esprit saint

Vera Candida attend dans le patio que l'après-midi passe et que la nuit tombe. Elle garde le nez levé vers le carré de ciel bleu foncé au-dessus de sa tête, elle voit des chauves-souris le sillonner et des nuages qui ressemblent à de petites chapelles perchées tout en haut d'escaliers insensés. Elle monte dans sa chambre, dort deux heures, se lève, tournicote dans la pièce, ferme la fenêtre, se recouche, redort trois heures, se lève de nouveau pour aller boire un verre d'eau, s'applique un patch de morphine, se remet au lit, dort encore trois heures, se réveille, attrape des médicaments sur la table de nuit, les avale avec le reste de l'eau, se rendort encore une fois.

Quand la nuit se termine, elle se sent presque aussi faible qu'en se couchant mais elle descend trouver un cadeau pour la vieille, elle déniche une médaille avec une Vierge miraculeuse tout en couleurs dans l'échoppe au coin de la rue, et aussi des fleurs en tissu rouge et bleu au bout de fils de fer enrubannés de papier vert, elle se rend chez la vieille qui tarde à lui ouvrir et n'a pas l'air très fraîche, elle invite Vera Candida à s'asseoir dans son capharnaüm, elle lui annonce :

Ta grand-mère avait un magot.

Elle sort de la pièce pour entrer dans un cagibi et on entend sa très vieille voix comme si elle traversait des tunnels et se cognait aux murs et peinait pour sortir du souterrain.

Je le gardais pour toi ou pour ta fille quand vous viendriez.

Vera Candida éprouve un vertige.

Elle entend la vieille ajouter :

C'est la grande Teresa de Lahomeria, ou bien Anna, je ne sais plus bien, enfin celle qui faisait la fière et qui revenait une fois l'an à Vatapuna. Elle a raconté qu'elle t'avait hébergée et que tu étais bien grosse. Et après ta grand-mère a reçu cette lettre de toi qui parlait de la petite.

Vera Candida voudrait répondre mais elle devine que sa voix ne portera pas jusqu'au cagibi de la vieille. Celle-ci continue à gueuler depuis son réduit :

Et puis de toute façon, ta grand-mère savait bien que tu attendais un petit quand tu t'es carapatée, doucette.

Vera Candida sent son estomac se nouer. La vieille poursuit :

Mais il était absolument nécessaire que tu t'en ailles d'ici pour rompre la fatalité.

Vera Candida se demande si elle est capable de se lever pour voir ce qu'elle farfouille là-dedans et lui causer sans forcer la voix et lui poser toutes les questions qui lui incendient les lèvres. Mais la vieille ressort le bout de son nez.

Je ne me souviens pas de vous, dit seulement Vera Candida.

C'est normal.

La vieille balaie la chose d'un geste. Elle tire une malle depuis son cagibi. Vera Candida se lève péniblement pour lui donner un coup de main. Où vont-elles bien pouvoir mettre cette malle, la cuisine est si encombrée.

Vous n'habitiez pas ici ? insiste Vera Candida.

Je n'ai jamais bougé de Vatapuna, souffle la vieille.

Elle pousse son fauteuil à bascule qui se met à osciller et grincer, elle est aussi rouge que la fleur en tissu que Vera Candida lui a apportée. Celle-ci s'interroge, C'est ça le magot de ma grand-mère ? Elle s'étonne de ne pas reconnaître la malle. La vieille se penche, si elle se penche plus elle va chavirer, elle se rend compte soudain que la malle est fermée par un cadenas. Elle jure. La malle est antique, elle est en carton avec un peu de cuir et des coins en métal. Vera Candida n'a pas du tout envie de l'ouvrir. Elle se dit qu'elle doit être pleine de vieilles dentelles trouées comme par des milliers de minuscules carabines. Il doit y avoir des *Reader's Digest* devenus orange, rouillés et tout collés. Il y a peut-être quelques photos d'elle-même quand elle était enfant mais Vera Candida n'est vraiment pas sûre de vouloir les regarder.

Où dors-tu ? demande la vieille en s'asseyant un instant comme pour reprendre pied.

À l'hôtel du Trésor.

Tu devrais venir t'installer ici.

Ici chez vous ?

Ici.

Mais il n'y a pas la place.

Il y a toujours la place.

Vera Candida voudrait connaître le nom de cette vieille femme ; elle fouille tous les tiroirs de sa commode-mémoire, tous ceux qui ne sont pas coincés, tous ceux qui coulissent encore et il n'y a rien qui se rapporte à cette vieille femme. Il lui semble vraiment que la cabane de cette vieille, pourtant attenante à celle de sa grand-mère, n'existait pas quand elle était enfant. Ou du moins pas sous cette forme *civilisée*.

J'étais petite quand je suis partie, commence Vera Candida.

Pas si petite.

J'étais petite, poursuit Vera Candida, et je ne me souviens pas de votre nom.

Je m'appelle Maria Virgo Espiritu Sancti. Mais appelle-moi Consuelo.

Vera Candida fronce les sourcils et scrute le tout petit visage plissé et poudré comme une vieille pomme de terre véreuse. Elle se demande si la femme se moque d'elle. Puis s'assoit, épuisée tout à coup.

Tu es malade, dit la vieille.

Elle se penche, sort des piments au vinaigre d'un bocal entreposé sous la table, un peu de gnôle et deux verres.

Est-ce qu'il y avait des hommes honnêtes à Lahomeria ?

Vera Candida ferme les yeux, elle sait ce que veut dire honnête.

J'avais un bien-aimé.

Il est mort ?

Non.

Alors tu l'as toujours.

Je n'y retournerai pas.

C'est ça.

Vera Candida veut changer de sujet et indique du menton la malle.

Qu'y a-t-il à l'intérieur ?

Qui sait, répond la vieille après s'être versé une lampée de gnôle. Puis elle ajoute, Quand j'aurai pris ce remontant et que ta douleur sera calmée on lui ouvrira le bec avec le pied-de-biche de Timoine, le voisin.

Elle prend un air roublard qui rappelle quelqu'un à Vera Candida.

Il n'y a pas couenne assez dure pour me résister, dit-elle.

Une autre rasade.

On dit qu'à Lahomeria on fait des miracles avec des opérations, continue-t-elle.

Peut-être.

Tu n'as pas essayé ?

Parfois ils ouvrent et ils recousent sans rien toucher.

Tellement c'est abîmé ?

Tellement c'est abîmé.

C'était ton cas ?

Ils n'ont pas ouvert. Ils ont aussi la possibilité de regarder sans ouvrir.

Ah.

Comme si elle voulait se figurer la chose, la vieille se met à scruter son plafond d'où pendent des paniers de toutes sortes, des paniers à coquillages, des paniers à crabes, des paniers à champignons comestibles, à champignons vénéneux, à champignons mortels, à champignons toxiques incommodants, à champignons toxiques paralysants, à champignons toxiques curatifs, à baies roses, à amandes vertes, à margouses, et elle prononce pensivement :

Le Progrès.

Elle hoche la tête comme si elle venait de découvrir l'une des raisons qui font tenir les étoiles dans l'éther. Elle a l'air assez contente d'elle-même.

Vera Candida lui demande, Est-ce que Jeronimo habite toujours dans sa Villa en haut de la colline ?

La vieille plisse les yeux.

Ça fait longtemps qu'on ne l'a pas vu mais rapport au fait qu'on ne l'a pas sorti de là-bas les pieds devant, il doit toujours y être.

Elle ferme ses paupières.

Les charognes ç'a la peau dure, énonce-t-elle très bas.

Puis elle rouvre les yeux, se lève et sort, elle va trouver son voisin en laissant Vera Candida toute seule dans la cuisine en face à face avec cette antique malle et un frigo qui grogne sourdement et dont la glace déborde et empêche la porte de bien fermer ; on dirait un monstre de glace que le frigo n'arriverait plus à contenir et qui s'apprêterait à envahir la maison, il ourdirait ses armes en cristaux aigus, rassemblant ses régiments de givre pour attaquer la vieille. C'est un objet effrayant. Vera Candida se dit, C'est la morphine qui me fait perdre la tête. Puis, Il faut que je me concentre sur quelque chose d'inoffensif. La vieille revient avec son pied-de-biche – Vera Candida se dit, Oh oui, qu'elle m'assomme et qu'on en finisse –, mais la vieille ne fait que se diriger vers la malle et pousse sur l'instrument après l'avoir inséré dans la fente avec une aisance de cambrioleur. Vera Candida est pour le moment incapable de se lever ; elle se demande juste comment la vieille va s'en sortir avec le cadenas ; comme pour lui répondre, celle-ci brandit le pied-de-biche et l'abat violemment sur le cadenas qui se brise en deux, tous ses maigres muscles apparaissent sur ses bras, on dirait qu'elle n'a plus que les muscles attachés aux os, qu'il n'y a plus de chair, rien qui donne l'illusion de la vie, la malle est maintenant ouverte, la vieille repose son outil et fait signe à Vera Candida.

Ramène-toi, lui dit-elle.

Vera Candida la rejoint. Et la malle ne contient au premier abord que de vieilles robes de princesse autrichienne.

Les robes de Sissi, glapit la vieille, tout excitée.

Elle en soulève une, on la dirait tissée par une araignée, elle va se dissiper sous la pression de l'air.

Ce sont les robes de l'autre vérole, grommelle la vieille subitement calmée.

Vera Candida pense aux ailes des papillons colorés qui vous restent entre les doigts et ne sont bientôt plus que de la poussière colorée et défunte.

Ne touchez à rien, souffle-t-elle. Ne touchez à rien, je vous en prie.

La vieille Consuelo recule et va s'asseoir dehors sur sa chaise en formica.

C'est ton trésor, dit-elle, comme pour s'en convaincre et sur un ton si rêveur que Vera Candida y prête à peine attention.

Celle-ci, suspendue telle une mouche dans de l'ambre, ne sait point par où commencer. Elle s'accroupit puis se met à genoux puis s'assoit sur le sol les jambes de côté puis s'accroupit de nouveau. Elle sort d'abord les robes une à une avec des gestes mesurés et méticuleux de qui transplante un cœur. Il y a six robes, une paire de chaussures rouges avec des brides rouillées, un petit sac de dame, tout pailleté ou presque tout pailleté, il y a dans sa couvrure de brillants de tels manques qu'on a l'impression qu'il pèle, une boîte d'hameçons emplie de photos, elles sont moisies et collées les unes aux autres, Vera Candida ne sait pas si elle a le courage de les détacher les unes des autres et de les regarder, et puis elle décide que non. Elle se souvient que sa grand-mère avait un appareil (un machin cubique qui faisait un bruit bizarre quand on l'actionnait, comme s'il n'avait été qu'un jouet et qu'il avait été absolument vide à l'exception d'un ressort), elle en prenait soin, elle le rangeait dans du papier journal puis dans une pochette de tissu puis dans une boîte de café en métal. Elle craignait que l'humidité de Vatapuna ne détériore les pellicules et le mécanisme de l'appareil – elle était persuadée, et de toute évidence à juste titre, que cet appareil n'était pas un jouet. Posées sur les photos il y a des boucles de cheveux d'enfant. Vera Candida se demande s'il s'agit des siens ou de ceux de Violette.

Au fond de la malle une douzaine de boîtes sont astucieusement disposées, comme s'il s'était agi d'une patience. Vera Candida en ouvre une, elle y trouve un rouleau qu'elle déplie, ce sont des bons au porteur, ils ont soixante ans. Une autre boîte et encore une autre, même chose, des bons au porteur de soixante ans d'âge. Sont inscrits les noms de Jeronimo et de sa grand-mère. C'est le seul endroit au monde où ces deux noms sont accolés. Ils n'ont plus d'autre valeur que d'être la preuve que tout cela a existé, que Jeronimo, d'une façon ou d'une autre, voulait acheter la cabane de sa grand-mère, il ne reste rien d'autre de ce caprice que ces papiers à la graphie tarabiscotée, ils ressemblent à l'acte notarié d'une mine d'or.

Vera Candida remet tout à l'intérieur de la malle puis se relève péniblement. Elle sort et la vieille Consuelo n'est plus là sur sa chaise en formica, elle scrute les alentours, il y a juste le soleil qui poudroie et le snack à côté avec son air d'abandon. Elle n'a aucune envie de l'attendre, elle veut juste reprendre son souffle, retourner à l'hôtel et se reposer, elle se dit qu'elle va lui laisser un mot mais rien ne permet de penser que la vieille sait lire. Alors Vera Candida referme la porte derrière elle et s'en va.

À l'hôtel, madame Maya est assise à la porte, elle s'évente à l'ombre d'un volubilis géant avec un journal, elle a remonté sa jupe sur ses genoux, J'ai mes vapeurs, dit-elle à Vera Candida en matière d'explication. Celle-ci se poste à l'ombre elle aussi, s'adosse au mur qui est frais et crépi et de ce fait offre une multitude de sensations, elle voit une araignée au diamètre impressionnant se cacher dans une fissure, Vera Candida n'a plus peur des araignées, c'est arrivé il y a peu de temps, c'est ce qu'elle se dit, puis elle s'interroge, Est-ce arrivé juste avant l'annonce de ma mort prochaine ou juste après. Tout à coup elle se tourne vers la femme et lui annonce :

En fait j'ai un cancer de l'estomac.

Madame Maya n'a pas l'air d'avoir entendu, mais elle finit par hocher la tête et dire :

Vous êtes bien jeune.

Elle semble réfléchir à la question un moment, avant de poursuivre :

Mon fils vous pêchera du barracuda. Ça soigne tout un tas de choses. Et si ça ne soigne pas ça fortifie.

Elle s'interrompt et reprend :

La voisine d'en face avait un cancer de l'estomac, ou des intestins je ne sais plus bien, enfin, une saloperie des entrailles, eh bien, elle s'en est sortie.

Vera Candida est à deux doigts de lui demander si le barracuda y est pour quelque chose. Mais elle se rattrape à temps, elle craint d'entendre des histoires de maladies et de guérisons approximatives. Elle ignore pourquoi elle a révélé de quoi elle souffrait à cette femme. Peut-être parce qu'il n'y avait personne d'autre à qui le dire.

Elle veut savoir plutôt si la femme connaît la vieille qui habite dans la cabane juste à côté du snack (à Vatapuna on prononce snek). Madame Maya arrête de s'éventer et fait :

À côté à côté ?

Qui jouxte.

Il n'y a personne dans cette baraque.

Elle secoue la tête et recommence son manège avec le journal comme si elle avait fini d'y penser :

Et d'ailleurs il n'y a jamais eu personne.

Vera Candida approche un tabouret, s'assoit (s'effondre serait plus juste), elle décide de rester là à regarder les gamins trotter sur la route le long de la courbe de Vatapuna, il est manifeste qu'il n'y a plus de milice dans les environs (Vera Candida ne sait plus si elle a connu elle-même la milice dans les rues de Vatapuna ou si c'est sa grand-mère qui le lui a raconté, elle finit par confondre ses souvenirs avec ceux des autres), on ne voit vraiment que des gamins trotter comme s'ils allaient quelque part, il n'y a même pas d'adolescents désœuvrés soulevant la poussière du chemin avec leurs espadrilles traînassantes, Vera Candida a l'impression que c'est ici que les choses importantes se passent et peut-être aussi les choses agréables. Elle ne sait plus si elle est là maintenant ou si elle a été transportée ici il y a de cela cent ans quand la milice martelait les rues, qu'il y avait encore des poissons volants dans cette mer, si chaude présentement qu'on dirait par moments qu'elle bouillonne, elle se dit qu'il n'y a évidemment pas de réfrigérateur à Vatapuna ni d'aspirateur ni de fer à repasser et c'est terriblement rassurant d'être à la fois maintenant et il y a cent ans, puis elle se dit que les réfrigérateurs, les aspirateurs et les fers à repasser qui sont dans les maisons de Vatapuna ne ressemblent en rien à ceux de Lahomeria, ce sont des fossiles d'appareils ménagers, elle en est quasi certaine, elle voudrait embrasser l'hôtelière du grand hôtel vide de Vatapuna, personne ne vient jamais jusque-là, personne ne s'intéresse à ce monde qui bouge si peu qu'on dirait la résolution d'une partie d'échecs, elle pense à la vitesse du temps, elle se dit qu'elle aimerait lire de vieux livres mais elle n'est pas sûre qu'elle pourra trouver de vieux livres ici, qui lisait à Vatapuna il y a de cela cent ans ?, et elle pense à la vieille Consuelo et comprend que sa grand-mère lui a simplement envoyé un fantôme, un très vieux fantôme parce qu'elle n'a pas réussi ou pas voulu lui envoyer un fantôme jeune, parce que les fantômes jeunes c'est peut-être plus difficile à agencer, à construire, à fomenter, à convoquer, à mettre au monde (comment dit-on pour des fantômes ?), peut-être parce que Rose Bustamente n'en avait rien à faire de la jeunesse et qu'elle trouvait que ce serait une bonne blague que Vera Candida soit accueillie à Vatapuna par une très vieille dame fantôme.

De la solidité du satin

Vera Candida va à la mairie. Elle a attendu le lendemain matin. Celle-ci n'est ouverte que deux jours par semaine et exclusivement le matin. C'est là que se trouve le bureau d'aide sociale, qui est l'office le plus actif de la mairie. Elle est venue consulter le cadastre ou ce qui en tient lieu.

Là-bas, sur le grand cahier et le plan de Vatapuna (qui pourrait être un plan du XVe siècle, un plan qui daterait de l'arrivée des conquistadores avec figuration des animaux de la jungle et enluminures fleuries dans les marges), elle cherche le snack et la cabane près du snack. Pendant un instant elle pense qu'elle ne va pas les trouver. Mais si. Sur l'emplacement de l'ancienne cabane de Rose devenue snack, il y a le nom du nouveau propriétaire. Et puis sur celui de la cabane de la vieille est inscrit le nom de sa propriétaire : Rose Bustamente. Il y a une petite croix sur le cadastre pour indiquer que Rose est morte. Rose avait donc été propriétaire des deux cabanes. L'une a été vendue et l'autre abrite un vieux fantôme. Personne ne s'est visiblement occupé de savoir qu'en faire. Si aucun individu ne vient la réclamer d'ici un, deux ou dix ans elle sera détruite. C'est à peu près ainsi que ce genre d'affaires se résout à Vatapuna.

Cette cabane donc m'appartient.

La cabane de la vieille fantôme, l'appentis abandonné de son enfance lui appartient.

Elle décide d'aller s'y installer, d'y transporter ses affaires dès le lendemain.

Après cela, elle cherche sur le cadastre la Villa de son grand-père – la fonctionnaire de la mairie la regarde d'un air ensommeillé, elle porte, assise derrière son guichet, la chemise réglementaire bleu ciel sur un short ultracourt qui dévoile ses cuisses brunes, larges et lisses. Au début elle ne voit pas la Villa de son grand-père, ce qui la satisfait étrangement comme si rien de ce qu'on lui a raconté et de ce qu'elle a vécu n'existait tout à fait. Puis elle la repère. Quelqu'un a représenté les cent trente-deux marches qui troublaient tant Rose Bustamente. Ce n'est pas un plan de cadastre c'est le dessin d'un village de forêt tropicale.

Elle referme le cahier avec un bruit sec qui fait sursauter la jeune femme en short et chemise réglementaire, elle la remercie et s'en retourne à l'hôtel. Elle se sent prise d'une énergie rare, elle tient bien entendu à en profiter. Si on lui demandait ce qu'elle compte faire maintenant, elle répondrait sûrement, Régler son compte à mon grand-père. Depuis toujours quand elle pense à lui elle sent dans sa bouche le goût de son sexe. Ces choses ne s'oublient pas. Au mieux ou au pire elles s'enfouissent mais ne s'oublient pas.

Elle se prépare un léger sac, elle y met de l'eau, des barres de céréales, des médicaments et un couteau long et bien aiguisé qu'elle a volé dans la cuisine de l'hôtel pendant que madame Maya faisait sa sieste. Elle devrait peut-être attendre la fin de l'après-midi, une heure moins chaude pour une expédition de ce type, mais elle craint de perdre toute cette belle énergie. Elle sait qu'Itxaga ne serait pas tout à fait d'accord avec ces mots, il lui affirmerait qu'il ne s'agit pas du tout de belle énergie. Il lui parlerait sans doute de prescription et de justice des hommes (et rien que ces mots, Justice des hommes, filent de l'urticaire à Vera Candida). Il lui dirait peut-être quelque chose d'énigmatique comme, Ne te prends pas pour un tremblement de terre ; ce n'est pas qu'Itxaga aime les phrases énigmatiques, loin s'en faut, mais il penserait sans doute que Vera Candida le comprendrait mieux ainsi, cela signifierait peut-être, Ne te fais pas justicière.

Quand elle s'en va, madame Maya est toujours devant sa porte sous son volubilis. Vera Candida prend sur la droite du côté de la colline. Elle se dit qu'elle aimerait bien être accompagnée par Consuelo, le vieil avatar de sa grand-mère. Puis elle se dit qu'il vaut mieux être seule pour faire ce qu'elle a à faire. Elle sort du village et grimpe dans la forêt, elle connaît si bien cette forêt que ça pourrait lui donner le vertige. La montée dure près d'une heure. Au bout de ce temps-là on peut apercevoir, entre les margousiers et les palmiers à huile et les lianes de toutes sortes qui s'enchevêtrent en un réseau complexe et supérieur, la blancheur de la pierre de la Villa. Encore dix minutes et on se retrouve au pied des cent trente-deux marches.

La maison est dévorée par la forêt.

Et vraisemblablement habitée par des singes. Elle en voit qui sautent en hurlant de corniche en corniche, se pendent par les pieds aux passiflores dont les troncs sont aussi épais que ceux des arbres ; ils l'observent en penchant la tête, laissant immobiles leurs bras longs et mélancoliques.

Gravir les marches est un exercice périlleux. Il en manque un grand nombre et celles qui ont survécu aux assauts de la végétation sont mal en point. Vera Candida voue son grand-père et sa mégalomanie à mille tourments. Elle grimpe l'escalier en l'insultant, ce qui lui donne du cœur au ventre, elle sent la sueur dégouliner sur son visage et toutes les petites bestioles de la forêt se coller à sa peau comme à une aubaine salée. Elle se dit qu'arrivée tout là-haut elle rendra l'âme, que ça la guette sérieusement une mort aussi stupide, qu'il faut qu'elle reprenne son souffle et se calme. Au sommet de l'escalier, elle pose son sac sur le sol, se penche en avant, les mains sur les genoux, la tête lui tourne, il s'agit peut-être d'une nouvelle poussée de fièvre, elle boit un peu d'eau. Depuis le perron on distingue la mer qui miroite comme si elle abritait dans ses fonds sous-marins un galion rempli d'or, on voit le bout de la baie, il y a de nouvelles constructions qui ont percé la forêt et d'ici on ne sait pas s'il s'agit de villas ou de bidonvilles, elles brillent au soleil et ne permettent pas d'être évaluées avec application.

Vera Candida n'a aucune intention de frapper le heurtoir de la porte, mais de toute façon le battant droit est entrouvert, un jeune singe s'y faufile devant elle, lui ouvrant le chemin pour se rendre chez son ignoble grand-père, ce qui lui semble d'une ironie savoureuse. Elle se surprend à glousser, elle n'a plus peur de rien, elle peut mourir maintenant ou demain, comment peut-on avoir peur d'un vieillard vicieux quand on a dans le corps ce que Vera Candida a dans son corps ? Elle suit le singe dans le hall d'entrée. Il paraît réellement lui montrer la route. Il l'attend de l'autre côté du dallage défoncé – qui a pu défoncer ce carrelage ? le vieux est-il devenu dingue et a-t-il soulevé chacune des dalles en cherchant une hypothétique cassette ? les singes conservent-ils des fruits et des graines sous le carrelage, faisant de ce hall d'entrée leur garde-manger personnel ? la forêt envoie-t-elle ses armées de lianes pour pulvériser l'arrogant dallage bicolore digne d'un palazzo vénitien, qu'avait fait poser son grand-père avant sa déconfiture ?

C'était quoi d'ailleurs cette déconfiture ? Rose Bustamente n'avait jamais été très claire sur la question. Mille fois Vera Candida a hésité à demander à Itxaga de se renseigner sur le personnage qu'avait dû être son grand-père. Le chet-setteur chanceux au poker venu se soustraire aux yeux du monde dans sa villa carrare et cristal ? Le salopard escamoteur pris de court vivant le temps qui lui restait dans sa ruine infinie ? Le petit Boris Zimmermann devenu Grichka Komosov ? Qu'y avait-il de vrai dans ce que lui avait raconté Rose Bustamente ?

La seule chose de vraie en définitive est que Jeronimo est à la fois l'arrière-grand-père et le père de Monica Rose, se dit Vera Candida. C'est la seule chose qui ne relève pas de la mythologie. Le reste n'est que foutaises.

Vera Candida, dans le dédale des couloirs détruits, réactive le dégoût qu'elle a de Jeronimo, faisant venir à elle les images de la journée qu'elle a passée chez lui dans la Villa quand elle était venue lui annoncer la mort de Violette, pensant, Ce connard imbibé n'a même pas compris qu'il avait affaire à sa petite-fille, continuant, Ce qui n'excuse rien, ajoutant, Nul ne l'obligeait à me capturer comme une petite bête sauvage, à m'attacher et me fourrer sa putain de bite dans la bouche jusqu'à me faire vomir, nul ne l'obligeait, c'est ainsi qu'on traite les fillettes ?, ne l'obligeait à me violer avec sa putain de bite molle, et je me disais, Comment fera-t-il pour mettre ce truc en moi ? c'était une chiffe longue et rouge et je savais ce que c'était qu'être violée, les filles en parlaient beaucoup, elles étaient on ne peut plus explicites, mais je ne savais pas si avoir la bite de son grand-père dans la bouche c'était être violée, et je voulais lui dire que Violette était morte, mais qui putain de Dieu croyait-il que j'étais ? bénéficiait-il donc de fournées de petites filles qui venaient jusqu'à lui ? il m'a donné de l'argent en repartant, il m'a ouvert la porte, m'a embrassé les cheveux et m'a donné de l'argent et je n'ai pas pu lui dire que Violette était morte, et Vera Candida sort le couteau de son sac, elle marche dans les couloirs, sautille sur les dalles pour éviter celles qui ont un air si torve qu'on sait ne jamais devoir poser le pied dessus et Vera Candida se sent portée par sa haine, elle a perdu le singe de vue alors elle tourne dans les couloirs, elle se dit, Le vieux vicieux a réussi à me perdre encore une fois, elle pousse des portes et les pièces sont vides, certaines sont sombres, volets clos, d'autres sont pleines de meubles recouverts de draps, des cloportes grands comme une main d'homme filent sous les lits, il y a une nichée d'hirondelles au-dessus de la cheminée, le sol est immonde, recouvert de fientes et de petits squelettes à bec, c'est bien d'avoir ce couteau à la main, et le mal de ventre n'est plus là, elle a un goût de sang dans la bouche, elle vit depuis quelques mois avec le goût de son sang dans la bouche, Vera Candida se sent presque en forme, il suffit de vouloir assassiner son grand-père et tout à coup vous voilà d'attaque, le sac lui pèse dans le dos, alors elle le pose par terre devant une porte qui lui paraît être une porte reconnaissable et puis de toute façon à quoi bon, même si elle retrouve son sac elle n'est pas sûre de retrouver la sortie de ce labyrinthe, le singe réapparaît, ou peut-être est-ce un autre, qui sait ?, et il se faufile par une porte à gauche du couloir, et Vera Candida le suit, elle pousse la porte, et ce qu'elle voit d'abord c'est qu'il s'agit du salon dont lui parlait sa grand-mère, elle voit les trois portes-fenêtres qui donnent sur la terrasse, la terrasse depuis laquelle la vue sur la mer était polluée par la cabane de sa grand-mère, Vera Candida est éblouie par la lumière qui pénètre dans le grand salon, elle baisse les yeux et se protège avec la main, elle voit le sol qui est jonché de débris, de sacs en papier, de livres, de nourritures moisies et disséminées aux quatre coins de la pièce, Il doit y avoir une armée de rats ici, des rats gros et roux comme il y en avait sur la plage quand j'étais petite, Vera Candida plisse les yeux et s'habitue à ce flot de lumière, le lustre est toujours là, enjolivé de dentelles supplémentaires d'araignées, et accrochée au lustre il y a une corde ou ce qui peut faire office de corde, la ceinture d'un peignoir en satin par exemple, et accrochée à la ceinture du peignoir en satin il y a une vieille momie qui pendouille, toute sèche et grimaçante, et là Vera Candida remarque que le sol est encore plus sale exactement sous la momie, comme si tous les liquides de ce corps s'en étaient allés, elle se dit, Il est là depuis des siècles, et elle est en rage, Ce connard s'est pendu il y a de cela fort longtemps, et les rats ne l'ont pas mangé, elle ne veut pas s'approcher, elle a peur de ce que peut abriter ce corps tout sec et vide comme une chrysalide, elle pense, Ce connard s'est pendu, elle laisse tomber son couteau à terre, elle s'approche prudemment comme s'il pouvait se détacher et lui sauter dessus en hurlant, comme si elle était dans une connerie de film d'horreur mexicain, Je vais ressortir d'ici quel que soit le temps qu'il me faudra, elle s'approche du cadavre mais le contourne, va jusqu'à la fenêtre pour ne pas le voir à contre-jour et pour mieux te regarder mon enfant, elle dit, Violette est morte, et elle répète plusieurs fois, Violette est morte, et elle voit ses gencives édentées et les orbites vidées de ses yeux, il ne porte pas d'habits comme si les rats les avaient mangés ou plus sûrement comme s'il s'était pendu tout nu, et ça lui ressemble bien, un truc aussi con, elle le trouve encore plus siphonné, et elle se dit qu'il aurait aimé qu'on le découvre avant qu'il ne tourne momie pour qu'on puisse admirer sa bite longue et molle qui devait bien lui arriver au genou à ce merdeux, à moins que ce ne soit le souvenir qu'elle en ait et il est fort possible qu'à quatorze ans elle n'ait pas eu la bonne mesure des choses, elle recule et sort de la pièce par l'une des portes-fenêtres, la voilà sur le balcon et de là elle voit, tout petits minuscules, le snack et la maison de la vieille Consuelo fantôme, c'est tout droit depuis ici, Je vais y retourner se dit-elle, pour l'instant elle n'a plus mal, il y a juste le goût du sang dans sa bouche comme si elle perdait continuellement une dent et qu'elle suçotait la plaie, elle se sent prête à retrouver la sortie avec ou sans singe pour guide et elle s'accoude à la balustrade, qui n'est pourtant pas très solide, mais elle sait qu'elle n'est pas montée si haut pour se foutre en l'air depuis la balustrade du balcon de son grand-père, et elle sait tout ce qu'elle a eu jusque-là à savoir et au moment où elle se rend compte qu'elle le sait elle n'a plus rien à savoir.

Ce qui perdure

Itxaga a invité Monica à dîner passage des Baleiniers. Il ignore ce qui le pousse à le faire, il a du mal à la fréquenter depuis que Vera Candida est partie et que celle-ci a renoncé à son voyage en Angola. Il prépare à manger avec des gestes mesurés et parcimonieux comme s'il avait droit à un nombre donné de mouvements, qu'il ne pouvait en aucun cas dépasser son quota et qu'il lui fallait bien faire avec, il coupe les oignons avec minutie et lenteur, il presse les citrons avec la circonspection d'un scaphandrier qui dévisse une mine, il n'a de goût à rien, c'est une pierre qu'il a dans le sternum, une pierre qui l'empêche d'avoir faim et envie de parler, il a reçu ce matin un paquet qui vient de Vatapuna, au début il a cru qu'il n'y avait rien d'autre à l'intérieur que des bons au porteur aussi vieux que des antiquités, il est resté là, son paquet ouvert, les bras ballants, il aurait tant aimé avoir des nouvelles d'elle, mais non, il s'agissait juste de bons au porteur inutilisables, de trucs de l'âge de pierre, s'il n'avait pas été aussi malheureux il aurait éclaté de rire, porteur de quoi, d'ailleurs, porteur de fardeaux, porteur de fatalité ?, à dire vrai, ce qu'il ressentait au moment où il a ouvert ce paquet (kraft, tout ce qu'il y a de plus classique, bureau de poste de Vatapuna, Itxaga a essayé de voir si la date était encore visible mais elle était effacée), ce qu'il ressentait donc au moment où il ouvrait ce paquet et qu'il découvrait qu'il n'y avait rien à l'intérieur, rien de rien, à part ces cochonneries de bons à la porteuse, c'était de la colère, il était très en colère contre Vera Candida, il s'est même dit, Quelle conne, après il a regretté, mais il a vraiment dit tout haut, Quelle conne, il lui en voulait tant de le laisser là estropié au milieu du salon, Comme d'habitude elle ne m'a consulté en rien, et il s'est senti floué encore une fois, elle était partie et advînt que pourrait, Fais maintenant comme si je n'avais jamais existé, puis il s'est ressaisi quand il a vu que Vera Candida avait glissé un petit mot dans le paquet, comment se fait-il qu'il ne l'ait pas remarqué du premier coup, il y est écrit : Jepenseàvousmesamours. Il a plié le papier et l'a glissé dans la poche de sa chemise puis il s'est demandé s'il devait garder les bons au porteur ou les donner à Monica ou les balancer. Il n'a pas pensé à les brûler, ce genre de geste n'existe pas dans la réalité, dans la réalité on oublie les choses, on les égare ou bien on les jette, on ne fait pas de grand feu avec les fragments de nos vies. Il les a en dernier ressort posés sur son lit et il est parti au journal.

Itxaga est à tel point plongé dans ses pensées que, lorsque Monica frappe à la porte et entre presque dans la même impulsion (ça c'est un truc de Monica, Je n'attends pas qu'on me dise d'entrer, j'entre), il sursaute et se coupe et comme il est en train de confectionner de très fines rondelles de citron la double sensation de coupure et de brûlure le réveille tout à fait. Bonjour Monica. Il tend sa joue, elle la lui embrasse (les baisers de Monica sont de petites choses volatiles, comme si votre contact physique la dégoûtait légèrement), elle jette son sac sur le canapé, elle a l'air épuisée, elle a souvent l'air épuisée, c'est une posture qu'elle a mise au point depuis qu'elle est gamine, elle pense peut-être qu'avoir l'air épuisée lui donne l'air occupée, Itxaga part à la salle de bains désinfecter sa plaie et se dit, Si je ne voulais pas qu'elle vienne je ne devais pas l'inviter, il sent que la soirée va être difficile, *Ce qu'elle nous a fait* est l'expression dont use en général Monica pour parler du départ de sa mère, et rien que ça, ça irrite Itxaga, même quand elle a su que sa mère était malade (il a été d'une insupportable simplicité d'appeler le docteur Orabe et d'avoir l'information et Itxaga se demande encore pourquoi il ne l'a pas fait plus tôt, pourquoi il a laissé Vera Candida l'embobiner et lui dire, Non non c'est juste un ulcère, rien de *vraiment* grave, pourquoi il l'a laissée refermer toutes les portes sur elle, se claquemurer et préparer son départ), même quand elle a su, donc, Monica a continué d'en vouloir à sa mère, ç'a presque décuplé son ressentiment, Itxaga s'est dit, Elle est juste démunie et malheureuse, il a essayé de se souvenir de la façon dont il a réagi à l'annonce de la disparition de sa propre mère aux abords de Ciudad Juarez, lui en a-t-il voulu ou bien a-t-il réussi à déposer sa douleur dans un petit coin tranquille et bien ombreux de son cerveau pour s'en accommoder plus aisément.

Il se rend compte que, s'il avait sa propre mère sous la main, il l'étranglerait sûrement pour ses incompétences.

Itxaga glousse souvent tout seul quand il se fait ce genre de réflexion (il se fait régulièrement ce genre de réflexion), ça peut le faire rire un bon moment de penser à sa mère et à Vera Candida, il les compare et cet exercice l'amuse, il est tout seul et il se marre et il secoue la tête comme s'il s'était fait à lui-même une sacrée bonne blague, allons bon le voilà qui commence à rire dans la salle de bains, Monica l'a entendu, elle se plante dans l'encadrement de la porte et elle demande, Qu'est-ce qui t'arrive, et Itxaga comme s'il ne comprenait pas la question répond, Je me suis coupé. Il passe devant elle pour sortir de la salle de bains, elle le suit et s'assoit sur un tabouret pendant qu'il finit ses préparatifs, elle ne dit rien, et son silence soulage Itxaga, c'est ce qu'il partage le plus volontiers avec elle le silence, pas un silence ombrageux ou agacé ou rancunier, un silence tranquille et pacifique. Au moment où il enfourne son poulet au citron, il dit, Je vais aller retrouver ta mère. Et c'est bizarre de prononcer ces mots parce que ça n'a rien de prémédité, il pourrait jurer qu'il n'avait aucune intention, en invitant Monica, de lui annoncer son départ. Elle accuse le coup puis murmure, Elle est toujours à Vatapuna ? Comme si elle digérait la chose, elle continue (et il y a un minuscule accent de panique dans sa voix que seul quelqu'un comme Itxaga qui a vécu si longtemps avec elle peut percevoir), Vous me laissez tous ? Itxaga se tourne vers elle, elle est encore une si petite fille, il se dit que, si elle était un animal un tantinet plus civilisé, elle prendrait sur elle, sourirait aigre et dirait, C'est bien, ça, c'est une excellente idée, elle n'en penserait pas moins bien entendu, mais elle le garderait pour elle, alors que là elle a juste huit ans et elle est malheureuse comme si elle perdait son deuxième lapin préféré. Puis sa hargne naturelle reprend le dessus, Vous ne pensez qu'à vous (là elle a subitement treize ans), tu n'en as rien à foutre que j'aie annulé mon voyage en Angola. Et Itxaga continue de la regarder et se dit qu'en effet il n'en a rien à foutre qu'elle ait annulé son voyage en Angola. Elle se lève et se tourne vers la baie vitrée, les bras croisés. Alors Itxaga s'assoit sur le tabouret qu'elle vient de quitter, il essuie méticuleusement ses mains avec un torchon et il se met à parler à son dos, il lui dit qu'il ne restera pas absent longtemps, qu'il ne peut pas laisser sa douce mourir dans un coin qui lui est inconnu, qu'il avait toujours imaginé l'accompagner dans ce moment si d'aventure elle devait mourir avant lui (c'est bizarre d'ailleurs qu'il ait souvent pensé à cette éventualité alors qu'il a dix-huit ans de plus qu'elle), il ne sait pas si Monica l'écoute mais en tout cas elle ne l'interrompt pas, il aimerait la remercier pour sa docilité puis il se rend compte que le terme est mal choisi, mais c'est vraiment ça qu'il ressent, il a l'impression d'apprivoiser un petit animal agressif. Conforté par son silence (et soulagé parce qu'elle ne le regarde pas droit dans les yeux comme elle le fait toujours ; il ne s'adresse présentement qu'à sa chevelure de reine), il continue et lui explique ce qu'ont été ces années avec Vera Candida et ce qu'a été de vivre avec elle Monica et de l'élever parce qu'il aimait sa mère et que c'était une raison suffisante pour élever cette petite fille, Je reviendrai, dit-il, mais il me faut rejoindre ma douce, sa décision est prise, il ira lui chercher de la morphine et toutes sortes de médocs contre la douleur auprès d'Orabe et il prendra l'avion dès demain, il ne va pas emprunter cette saloperie de bateau pour Nuatu, il veut arriver là-bas le plus vite possible, et ça lui semble presque enviable ce qu'il s'apprête à faire, accompagner sa belle beauté là où elle veut aller, il goûte le silence tranquille et pacifique de Monica, il a déjà envie d'y être, il veut sentir la tête de sa douce sur sa poitrine, il désire qu'elle s'assoupisse ainsi, il songe, C'est ce que je peux faire de mieux, il se lève et propose à Monica, Tu viens m'aider à choisir des affaires pour elle ? Et d'abord elle ne se retourne pas, elle est toute réticente et amère, Moi je ne vais pas y aller, dit-elle, Itxaga sourit et répond, Bien sûr, alors elle le suit dans la chambre et, pendant que leur dîner cuit, le dîner que ni l'un ni l'autre ne voudra manger mais que chacun mangera pour faire plaisir à l'autre, ils trient les affaires qu'Itxaga doit emmener pour Vera Candida et lui-même, Itxaga lui montre le petit mot et les bons au porteur que Vera Candida a envoyés et Monica n'a pas du tout l'air de savoir de quoi il s'agit mais elle ne pose pas de questions, il est fort possible que ça ne l'intéresse pas du tout, elle se met à parler, elle raconte des anecdotes sur son travail et range les bons au porteur dans une boîte qu'elle place par terre contre le mur et Itxaga remarque son geste et pense, Elle n'en veut pas, elle les refuse, elle ne veut rien de ce qui vient de Vatapuna, cette pensée le soulage, et, à un moment, alors qu'elle est assise sur le lit à regarder de vieilles photos dans un album et qu'il est en train de plier ses chemises, Itxaga dit quelque chose de drôle et de triste et ils se surprennent à rire ensemble.

Table

Prologue 7

Le retour de la femme jaguar, 9.

I. Vatapuna 13

Les deux métiers de Rose Bustamente, 15. – *Blanche avec des ailerons*, 18. – *Le code du Commerce et des Échanges de Vatapuna*, 22. – *Les insinuations de l'affreux*, 27. – *Le Taj Mahal*, 31. – *Le Fils de Tarzan*, 37. – *Les nombres impairs*, 43. – *L'iguane*, 44. – *Quand je veux*, 47. – *Soupçons…*, 49. – *… et décision de Rose Bustamente*, 53. – *Mélancolie tropicale*, 59. – *Un enterrement en pleine canicule*, 62. – *Apprendre à respirer sous l'eau*, 69. – *Les fourmis, les Peuls et les ogres*, 74.

II. Lahomeria 81

La montée des eaux, 83. – *La traversée des âmes perdues*, 89. – *Monica Rose, batracien*, 95. – *Madame Kaufman*, 101. – *En attendant Billythekid*, 105. – *La petite cuillère gravée*, 110. – *Comment les filles du palais des Morues réagirent à l'article de Billythekid*, 115. – *Les croisements contrariés*, 119. – *Le terminus de la ligne 7*, 124. · *Le chevalier Billythekid*, 128. – *Des chaussures qui grincent comme un panier d'osier*, 133. – *La rédemption des affreux*, 138. – *La vieille fille de l'air*, 146. – *Le mezcal un soir et ces merveilleux nuages*, 151. – *La confusion des sentiments*, 153. – *L'immeuble communautaire de la rue de l'Avenir*, 155. – *Le rêve d'Itxaga*, 160. – *La foudre au Solitaire*, 163. – *Inconvénients et avantages d'être journaliste à Lahomeria*, 165. – *Renée en admirable veuve*, 167. – *Convalescence muette d'Itxaga*, 169. – *Hygiène et esquive*, 170. – *Des limites de l'esquive*, 174. – *La douleur du doigt fantôme*, 179. – *Le vent de Lahomeria*, 184. – *L'ordre naturel des choses*, 187. – *Les mules à talons*, 189. – *Les grands écarts faciaux de Monica Rose*, 193. – *Cadenassée à double tour*, 194. – *La révélation*, 196. – *Itxaga, gentleman paralysé*, 197. – *Les pensées volatiles*, 200. – *L'état d'ivresse*, 201.

III. Passage des Baleiniers 205

Être une usine de paniers-repas, 207. – *La conversion de Vera Candida*, 211. – *Le placard à confitures*, 216. – *Les très jeunes années d'Itxaga*, 221. – *L'arithmétique*, 228. – *Le chaton*, 229. – *Ce que je sais de Vera Candida et de Monica Rose*, 231. – *L'épine dans les pétales de rose*, 235. – *La question importante*, 241. – *Déficiences génétiques de l'arrière-petite-fille de Rose Bustamente*, 242. – *L'adieu à Itxaga*, 249.

IV. Retour à Vatapuna 253

Le léger strabisme de la Vierge, 255. – *Le suif*, 262. – *La vieille à l'Esprit saint*, 267. – *De la solidité du satin*, 279. – *Ce qui perdure*, 288.

Réalisation : Nord Compo à Villeneuve-d'Ascq
Achevé d'imprimer par CPI - Firmin Didot
à Mesnil-sur-l'Estrée
Dépot légal : août 2009. N° 679/11 (98030)
Imprimé en France